rowohlt
BERLIN

Christoph Schulte-Richtering

32 TAGE JULI

ROMAN

Rowohlt · Berlin

1. Auflage Mai 2017

Satz aus der Adriane PostScript, InDesign,
bei Pinkuin Satz und Datentechnik, Berlin
Druck und Bindung CPI books GmbH,
Leck, Germany
ISBN 978 3 87134 163 2

32 TAGE JULI

PROLOG

«Fledermäuse am Meer sind doch auch nicht viel mehr als betrunkene Möwen», murmelte Tiggy und drückte sich an der goldgelb beleuchteten Promenade vorbei, um die Treppe zum Strand hinab ins Dunkel zu steigen. Und in der Tat: Unmengen von Fledermäusen torkelten um die Laternen, waren kurz sichtbar, drehten sofort wieder ab und verschwanden in der Nacht, um wenige Sekunden später zurückzukehren und das für menschliche Ohren stumme Spiel zu wiederholen.

Das war hier um vier Uhr morgens die einzige hektische Bewegung. Ansonsten platschten nur die schwarzen Wellen sanft an den Strand, und von der Felswand wehte ein Hauch, der die immer noch warme Luft angenehm kühlte. Der Atlantik aber, der war in der Nacht eisekalt und abweisend. Hier an der Algarve, so sagen die Fischer, stürzt Europa sich ins Meer. Wo es sonst Sonne, Sand, Sardinen satt gibt, wo vom frühen Morgen an die Souvenirhändler Cristiano-Ronaldo-Trikots anpreisen, wo ein Liliputaner im rosa Hasenkostüm gegen Trinkgeld Kapriolen macht und wo die Speisekarten seit ein paar Jahren sechssprachig sind: Hier, unterhalb der nächtlichen Promenade verschluckt die Weite des Atlantiks den letzten Sound des portugiesischen Touristenstädtchens. Der Strand schläft.

Wer jetzt die beiden Männer beobachtet hätte, die im Dunkel des Ufers leise fluchend eine große, reifenförmige

Schwimmente und eine bunte Luftmatratze aufbliesen, der hätte sie vielleicht für betrunken gehalten. Wer zusätzlich noch die Plastiktüte mit Taucherbrillen, Flossen, Seil und Unterwasserscheinwerfer sowie den halben Eimer stinkender Fischabfälle bemerkt hätte, dem wäre womöglich der Verdacht gekommen, es mit zwei verrückten Anglern zu tun zu haben, die eventuell auf der Jagd nach *Espadas* waren, den Degenfischen, die die Fischer hier vor der Küste aus der tiefen See holen. Aber erstens war kein Neugieriger in der Nähe, der sie hätte beobachten können – und zweitens waren die beiden Herren nichts dergleichen: weder betrunken noch verrückt. Die Männer waren stocknüchtern und ganz bei sich, denn sie hatten einen Plan: Sie waren auf der Suche nach einer Leiche und wussten, wo sie suchen mussten.

Die beiden Männer kickten die Adiletten von den Füßen, zogen ihre Klamotten aus und versteckten sie gut unter einem Felsvorsprung. Der eine begann umständlich, sich die mittlerweile aufgeblasene Schwimmente anzuziehen: Genau genommen war es keine Ente, sondern eine Giraffe, aber das tut nicht viel zur Sache. Erst stieg er von oben in den Ring des Gummitiers rein, bis der Bauchansatz die Giraffe stoppte. Damit war er unzufrieden. Er stieg wieder heraus, um sie anschließend über den Kopf zu ziehen, bis wiederum der Bauchansatz die Aktion stoppte, diesmal von unten her. Schließlich entschloss der Mann sich seufzend, die Giraffe als Luftmatratze zu verwenden, und legte sich im Sand probeweise auf sie drauf. Seine kleine Wampe passte genau in die wie dafür vorgesehene Höhlung des Rings. Ein etwas kompliziertes Szenario, das als «lächerlich» zu bezeichnen der

Erzähler keine Sekunde zögern würde – wenn die Sache nicht einen kleinen Haken hätte: Der Mann auf der Giraffe war ich.

Mein Name ist Jonas Jenkner, von Freunden werde ich trotz meines Alters von mittlerweile siebenundvierzig Jahren immer noch Jayjay genannt. Ja, ein kleines Bäuchlein gibt es, aber das ist nichts im Vergleich zu der ansehnlichen Biertonne meines Freundes Tiggy, die erstaunlicherweise von zwei dürren, zerbrechlichen, porzellanfarbenen Beinen getragen wird. Tiggy ist zwar einen Kopf kleiner als ich, wiegt aber zehn Kilogramm mehr: Tiggy, mein ältester Freund, seit über dreißig Jahren. Tiggy heißt eigentlich Christian Strohm und ist beruflich so eine Art Heuschrecke für die Übernahme von Fernsehproduktionsfirmen. Tiggy, der Sammler: Früher sammelte er Schlümpfe und Fantasy-Figuren, dann Aufkleber aller Art. Dann – noch mit Mitte dreißig – Pokémons. Und natürlich Frauen! Tiggy ist der lebende Beweis dafür, dass man nicht gut aussehen muss, um einen Ruf als veritabler Casanova zu genießen. Woran das liegt? Ich weiß es bis heute nicht. Vielleicht an seiner Art des beherzten Zugriffs auf Dinge und Menschen. Er fackelt nicht lange, ohne dabei je aufdringlich oder unangenehm zu wirken. Er weiß, was er will – und das hilft ihm. Auch beruflich sammelt er nach wie vor: Firmen in Europa und Übersee, die er tauscht, kauft und verkauft, als seien es die Schlümpfe von damals, obwohl er dabei statt mit Pfennigbeträgen mit Millionensummen jongliert.

Das sah man ihm in dem Moment allerdings nicht an, weil er gerade mit zugehaltener Nase einen Eimer mit Makrelen-Innereien durch die Gegend trug. Der Letzte, der

Tiggy nicht Tiggy oder «Herr Strohm», sondern «Christian» genannt hatte, war unser säuerlicher Schuldirektor, Pater Volkwin, als er uns 1987 die äußerst ruhmlosen Abizeugnisse übergab. Im selben Jahr sind wir dann schon einmal hier in Portugal gewesen, neunzehnjährig, ohne Schwimmgiraffe, ohne Fischabfälle und ohne Adiletten.

Der Zeitpunkt unseres nächtlichen Ausflugs war sorgfältig gewählt – um drei Uhr morgens schlossen die Bars in Lagos, und kurze Zeit später war das Partyvolk am Stadtstrand vorbeigezogen, in Richtung der Hotels, Ferienwohnungen oder Youth Hostels. Bald nach Sonnenaufgang allerdings brachen aus dem nahegelegenen Yachthafen bereits wieder die ersten Boote auf, um mit der Sonne im Rücken in Richtung des Cabo São Vicente zu segeln, des südwestlichsten Punkts von Europa. Und die mussten genau an der Stelle vorbei, wo wir mit unserer Schwimmgiraffe standen. Ungünstig. Das gab uns also ein Zeitfenster von etwa zwei Stunden, in dem wir voraussichtlich ungestört unsere Angelegenheit erledigen konnten. Die Fischabfälle hatten wir in der Markthalle besorgt, für den Fall, dass es sich ein Liebespaar in Ermangelung eines geeigneten Hotelzimmers zwischen den Felsen unseres Ausgangshafens gemütlich gemacht hatte. Dann hätten wir die Turteltäubchen mit einem kräftigen Eimerguss von der oberhalb gelegenen Strandpromenade kurzerhand verscheucht. Zum Glück war die Luft rein, sodass Tiggy das Fischgekröse mit zugehaltener Nase ein paar Meter weiter im Meer verklappen konnte, um den Eimer sofort wieder zu füllen, und zwar mit am Strand gesammelten, großen Kieselsteinen.

Unter Beobachtung Fremder hätte ich mich jetzt sicher

zügig und mannhaft ins Meer gestürzt – aber vor Tiggy als einzigem Augenzeugen hatte ich keine Scheu, mich zu zieren: Ich wagte mich nur zentimeterweise und auf den Zehenspitzen vor, die Arme mit der Giraffe in die Luft getreckt. Und während ich mit einem leisen «Uh-uh-uh» versuchte, mich an die Kälte des Wassers zu gewöhnen, quiekte Tiggy mit seiner Luftmatratze wie ein ausgebüxtes Ferkel, bis wir beide endlich drin waren.

«Weißt du noch, damals? Als meine Mutter immer sagte, man kriegt einen Herzschlag bei so kaltem Wasser?», rief ich Tiggy leise zu.

«Klar, sie hat damals aber auch gesagt, dass wir das gekaufte Mineralwasser aus Flaschen abkochen sollen, bevor wir es trinken», keuchte Tiggy. «Und wir hätten es beinahe auch gemacht!»

«Woah, ist das kalt! Ich nehm's als Kneippkur, ist sicher gut für den Kreislauf...»

«Ich hab eher Angst, dass uns der Böse Watz von unten die Eier abbeißt!»

Wir plantschten los, prust und ächz, nur ein paar hundert Meter lang war unsere Strecke. Zu Fuß wären es wenige Minuten, aber im frostigen Wasser besteht für einen Siebenundvierzigjährigen schon Wadenkrampfgefahr. Wir schwammen vom Stadtstrand Richtung Westen, vorbei an den berühmten Postkartenmotiven der Algarve. Hier wärmt in den lauen Abendstunden die Sonne die roten Felsen. Dann schrauben die Hobbyfotografen mit der Sonne im Rücken an ihren Stativen rum, und die Touristen versauen ihre iPhone-Fotos mit Selfie-Stick und Instagramfilter. Aber im nächtlichen Schwarz hat die sonst liebliche Felsenküste der Algarve etwas durchaus

Bedrohliches. Zitternd paddelten wir vorbei an den bei Tageslicht malerischen Buchten in Richtung des Leuchtturms von Ponta da Piedade, vorbei an der prachtvollen Casa do Pinhão, die jetzt dort auf den Klippen thront, wo früher das Haus des alten Gonçalo stand. Wir trieben mit der Strömung durch natürliche Torbogen hindurch, die die Brandung in Jahrtausenden aus dem Fels gehöhlt hatte. Den bizarren Formationen hatten die Kapitäne der Sightseeingboote schillernde Namen wie «George Washington» oder «Elefant» gegeben, um den Touristen auf den zweistündigen Grottenfahrten ein paar Pointen bieten zu können. Ich kannte die Strecke sehr gut, es ging am «Gorilla» vorbei, dann hieß es Kurs auf «Laurel und Hardy» nehmen. Wir kamen langsam voran – das lag an Tiggy, der mit seinem Eimer voller Kieselsteine auf der Luftmatratze die Arschkarte gezogen hatte: Die Matratze hing in der Mitte ziemlich durch. Kurz hinter den «Daltons», vier nebeneinanderstehenden, nach hinten kleiner werdenden Felsen, die die Alten hier «Die vier Brüder» nennen, bogen die Schwimmgiraffe und die Luftmatratze schließlich in eine kleine Bucht ab. Von hier konnte man schon das schwache, regelmäßig aufscheinende Licht des Leuchtturms sehen. Wir hielten direkt vor dem kleinsten «Dalton», der anders als die anderen frei im Wasser stehenden drei Felsen mit der Steilküste noch über eine natürliche Brücke verbunden war, unter der seit Jahrtausenden das Meer wogte.

Hierher kamen die Touristen nicht: Mit den Ausflugsbooten fuhren sie in einiger Entfernung vorbei, und auch mit Kajaks oder Tauchausrüstung verirrte sich nie jemand an diese Stelle – allzu versteckt lag sie zwischen den Klippen, die Schönheiten der anderen Buchten dieser Felsenküste waren viel leichter erreichbar. Am dunklen Ufer schwieg uns ein etwa hundert Meter langer Strand an, der vom Land aus unzugänglich zu sein schien, heute wie vor dreißig Jahren: Er war umschlossen von hohen Felsen, auf denen nichts wuchs als stacheliges Gestrüpp und Macchiagebüsch. Aus den Steilhängen wuchsen ein paar knorrige Feigenbäume, deren Duft sich mit dem des Salzwassers mischte. Der Mond beleuchtete in der Mitte des Hangs auch den Erdbeerbaum, der ja irgendwie schuld an allem war.

Wer hierher wollte, brauchte ein Boot oder musste schwimmen. Die Praia Estrela war einst der Ort meines ersten Glücks, der Ort meiner Sehnsucht ist er seit jeher geblieben. Ich war nie mehr hier gewesen, seit jener Nacht mit Luisa, Alex und den anderen. Die Erinnerung an das Lagerfeuer, an den Rubin und an Luisa selbst traf mich wie ein Schlag – dass ich einmal schwer schlucken musste, lag nicht nur am Meerwasser. Tiggy guckte auch ein bisschen betreten, ihm ging es wohl ähnlich. Wir waren am Ziel unserer kühlen Reise.

Tiggy band den Kieselsteineimer mit dem Seil an die Luftmatratze, schnürte auch die Giraffe daran fest und ließ den Eimer auf den Grund sinken. Diese Konstruktion sollte uns als Anker und als Boje dienen. Wir nahmen Taucherbrille und Flossen aus der Tüte und machten den Scheinwerfer klar. Das Meer schwappte ruhig gegen die Felsen und gluckerte freundlich wieder zurück. Am Horizont kündigte ein leises Grau die Dämmerung an – nicht mehr lange, und die Sonne würde aufgehen.

«Boah, mir fällt gleich was ab vor Kälte», bibberte Tiggy.

«Vielleicht hätten wir uns besser ein Kajak mieten sollen», sagte ich.

«Riesenidee», Tiggy schaltete den Scheinwerfer ein und leuchtete auf die nur drei Meter entfernte Felswand, «über Nacht ein Kajak mieten, da fragt sich der Vermieter doch sofort: ‹Was wollen die hier nachts mit einem Kajak – außer Drogen schmuggeln oder Leichen entsorgen?› Da hättest du gleich deine Adresse und deine Telefonnummer bei der Polizei hinterlegen können.»

«Dann fuchtle du mal nicht so mit dem Licht rum, das ist nicht weniger auffällig», murrte ich und nahm ihm den Scheinwerfer ab. «Hilft ja jetzt nichts. Glaubst du, wir finden ihn überhaupt?»

«Keine Ahnung – aber länger als eine halbe Stunde halte ich das hier drin eh nicht aus.»

«Also los – Petri Heil», murmelte ich, nahm den Schnorchel in den Mund und tauchte ab.

Das Meer war hier zwar nur etwa drei Meter tief, aber der Lichtkegel meines Scheinwerfers beleuchtete immer nur ein paar Quadratmeter. Große Algenwiesen wiegten hin und her. Fische waren kaum zu sehen – hier und da ein verhuschter, silberner, na, ich sag mal, Seebarsch, ansonsten eine Menge Winzfische in kleinen Schwärmen. Auf den Felsen knabberten dunkelgrüne Taschenkrebse an glibberigem Seetang und ließen sich von unserem Geleuchte nicht im mindesten beeindrucken. Alle paar Meter gammelte auf den Algenwiesen eine grünbraune Seegurke rum, die aussah wie ein großer Hundehaufen. Sonst – nichts. Ich tauchte auf, Tiggy kam prustend nach.

«Das wird nichts – ohne den Scheinwerfer sieht man ja kaum was! Und bis wir mit dem alles abgesucht haben ...»

«Hatte ich mir auch leichter vorgestellt», keuchte ich, während ich mit den Flossen paddelnd versuchte, mich über Wasser zu halten, und Tiggy den Scheinwerfer herüberreichte. Wir schwammen zu unserer Giraffenmatratze, für die ich jetzt sehr dankbar war.

«Lass uns mal da hinten nachschauen, zwischen den beiden letzten ‹Daltons›. Vom Gefühl her kommt das hin.» Tiggy stellte den Scheinwerfer auf einen weiteren Fokus.

«Okay – und wenn wir noch etwas warten, geht die Sonne auf, ist bald so weit. Vielleicht hilft das.»

«Lass uns lieber schnell machen. Ich hab keinen Bock, dass uns nachher auf dem Rückweg alle paar Minuten die bescheuerten Segler zuwinken. Das wird auch bald losgehen.»

Er verschwand im Wasser – ich konnte ihn anhand seines Schnorchels und des schwach leuchtenden Lichtkegels verfolgen und ihm dann dabei zusehen, wie er zwischen den beiden Felsen suchte.

So schnauften wir etwa eine halbe Stunde erfolglos im Wasser rum. Meine Beine konnten kaum noch einen vernünftigen Flossenschlag machen, wegen der Kälte, nachlassender Kraft, vermutlich beides. Die Sonne hatte den Himmel mittlerweile rosé gefärbt, und auch das Meer war nicht mehr ganz so tiefschwarz wie noch vor wenigen Minuten. Sogar ohne Scheinwerfer konnte man schon ein bisschen was erkennen, sodass Tiggy und ich begannen, verschiedene Stellen zu durchkämmen.

Ich hatte eben eine kurze Giraffenpause eingelegt und wollte gerade wieder meine Brille aufsetzen, um in Tiggys Richtung zu schwimmen, da tauchte er prustend auf. Durch Taucherbrillen hindurch sehen Augen immer irgendwie aufgerissen aus, aber so weit ich das erkennen konnte, war Tiggy regelrecht entsetzt. Zuerst rief er durch den Schnorchel «Hmhm, hm hmmmhmm!», dann spuckte er den Schnorchel aus und hustete: «Jayjay – ich hab ihn.»

«Fuck», sagte ich, zog die Brille über den Kopf, griff hektisch nach meinem Schnorchel, nahm meine Kräfte zusammen und schwamm mit einigen Zügen zu Tiggy. Er hielt den Scheinwerfer genau zwischen die Felsen.

«Da runter. Du siehst ihn sofort.»

Ich ging unter Wasser. Das Morgenlicht ließ das Meer grünblau glänzen und erleichterte die Sicht. Tiggy hatte recht, ich musste nicht suchen: Das völlig verrostete Motorrad stand samt seinem Seitenwagen aufrecht im Wasser zwischen zwei kleinen Felsbrocken. Daneben lagen menschliche Knochen, fast weiß, die aussahen, als ob Fische sie regelmäßig sauber abnagen würden. Nur an einigen Stellen waren sie mit kleinen Algen bewachsen. Der Fels hinderte die in der Bucht ohnehin geringe Strömung daran, die Knochen fortzuspülen. Durch den Brustkorb tanzten kleine Fische. Ich schwamm näher ran. Der Schädel lag gleich neben dem Motorrad. Er schaute mich mit seinen hohlen Augen direkt an, und wie damals trug er eine prächtige goldene Krone, besetzt mit Amethysten und Saphiren. Die Steine funkelten in den ersten Sonnenstrahlen, die sich genau in diesem Moment ihren Weg durch das flache Wasser brachen. Die acht Bügel der Krone wurden oben von einer Kugel aus Lapislazuli zusammengehalten, auf dieser Kugel stand ein kleines Diamantkreuz mit vier Rubinen an den Stellen, wo Jesus ans Kreuz genagelt war. Der größte Rubin aber fehlte: der in der Mitte des Kreuzes.

Ich hatte gefunden, wonach ich gesucht hatte, nach all dieser Zeit. Wie das Kreuz auf der Krone hatte auch ich dreißig Jahre lang mit einem Loch an der Stelle meines Herzens gelebt. Aber jetzt hatte die Zeit des Grübelns ein Ende, jetzt hatte ich Gewissheit: Alles stimmte, alles war wahr, ein Stückchen meines Lebens hatte sich geklärt. Und so war das alles gekommen ...

I.

1.

Am Morgen des 30. Juni 1987, dem Tag unserer geplanten Abreise, klebte da dieser handgeschriebene Zettel außen an meiner Jugendzimmertür: «Knopf im Ohr, welch ein Tor!», selbstgereimt von meinem entsetzten Vater, der es nicht fassen konnte, dass sein Sohn nun plötzlich einen Ohrring trug. Tiggy und ich hatten uns nämlich, immerhin bereits neunzehn, noch am Nachmittag zuvor für die Reise Ohrlöcher stechen lassen. Natürlich aus Coolnessgründen und nach langen Diskussionen darüber, ob es jetzt ein Ring im linken oder im rechten Ohr sei, der den anderen signalisierte, dass man schwul sei. Tiggy kam irgendwann zu dem Schluss, dass das eigentlich egal sei – wenn wir den Geheimcode nicht kennen, dann würden andere ebenso wenig in der Lage sein, die Bedeutung des Ohrrings zu knacken. Mir aber war es nicht wurscht, also recherchierte ich. Schließlich entschieden wir uns für das linke Ohr als Heterosignal – auf dem Cover eines meiner Wham-Alben trug nämlich George Michael einen Ring genau dort, und George Michael war ja auf keinen Fall schwul; im Video von «Last Christmas» war er zum Beispiel in die Dunkelhaarige mit der kecken Frisur verliebt, die dann aber mit Andrew Ridgeley abgezogen war.

Wobei, ganz so lässig wie George Michael und Andrew Ridgeley waren wir natürlich nicht. Wir gingen das Ohrringthema systematisch an und schlugen die coolste Möglichkeit gleich aus: Wir hätten in das einschlägige Piercing- und Tattoostudio gehen können, das es auch damals schon gab und in dem Tiggy hin und wieder seine Fantasy-Sammlung um eine Figur erweiterte. Mich faszinierte das Studio mit der lebensgroßen Merlin-Schaufensterpuppe, die in ihrer Hand eine Kugel hielt, aus der ein rätselhafter Nebel quoll. «Trockeneis», bemerkte Tiggy abschätzig, um den Nebel zu entzaubern – als ob das irgendetwas erklärt hätte. Statt im Tattoostudio also hatten wir uns – brave, wohlerzogene Jungs – aus «hygienischen Gründen», wie Tiggy sagte, die Löcher in der Rathaus-Apotheke stechen lassen. Und selbst das galt in einer Stadt wie Münster in den Achtzigern als äußerst anrüchig oder zumindest als zweifelhaft. Gelbsucht! Tetanus! Was da alles passieren kann! Um die Befürchtungen meiner Eltern zu verdeutlichen, sollte ich vielleicht erwähnen, dass es mir als kleinem Jungen verboten war, zur Abwechslung mit dem Kopf am Fußende meines Kinderbetts zu schlafen, weil das als Vorstufe zu Anarchie und Punk-Revolution galt. Ohrstecker bei Jungs, egal, ob rechts oder links, waren dann wohl ein ernstzunehmendes Zeichen dafür, dass das Ende der Welt nahe war.

Den ganzen Nachmittag über wurde ich bekniet, belabert, beschimpft – aber ich wusste: Keine vierundzwanzig Stunden mehr, und ich war frei. Die letzte Attacke hatte mein Vater am Tag unserer geplanten Abreise in Gestalt ebenjenes Zettels an meiner Tür geritten. Aber ich würde nicht nachgeben! Nie im Leben!

Und nun standen wir also da, auf Gleis 4b am Bahnhof von Münster, kaum einen Pfennig in der Tasche. Als «Belohnung» fürs Abi hatten uns unsere Eltern widerwillig gerade mal die Interrailtickets bezahlt – aber erst, nachdem meine Mutter ihrer Angst vor Raubmord, Drogen, Vergewaltigung, Aids aus dem Bierglas, Fleckfieber und vor der Welt im Allgemeinen nachdrücklich und einprägsam Ausdruck verliehen hatte.

Für vierhundertzwanzig D-Mark vier Wochen lang quer durch Europa fahren! Wobei rechts, nach Osten hin, natürlich noch eine fette Mauer stand, die uns daran hinderte, trostlose Länder zu besuchen, wo graue Menschen mit Hornbrillen lebten, die sich ausschließlich von Kleiebrot ernährten und zur Musik der Puhdys abgemagerte Yaks durch die Steppe trieben. So jedenfalls stellten wir uns damals die Welt östlich von Helmstedt vor.

Also blieben die anderen drei Himmelsrichtungen. Sogar Marokko war im Preis mit drin, aber nach Marokko wollten wir nicht – erstens schien uns die Alkoholversorgung nicht hinreichend gewährleistet, und zweitens hätten wir uns die ganze Prozedur mit den Ohrringen sparen können. In Marokko wurden die Mädchen bekanntlich verhüllt und weggesperrt, es sei denn, man würde sie heiraten. Außerdem hatten Tiggys Eltern für ihn eine Europa-Auslandskrankenversicherung abgeschlossen, und die galt dort nicht. Die Costa Brava oder die Adria waren uns zu unoriginell, also hatte Tiggy Lagos, Algarve, Portugal, als unser Reiseziel angegeben. Tiggy dachte hier schon wie der raffinierte Geschäftsmann, der er mal werden sollte: Es war die weiteste Strecke fürs Geld, denn in Lagos endete die Bahnlinie. Portugal war 1987 noch hinreichend exotisch und versprach, ein billiges Urlaubsland zu sein – und wenn wir dort nach ein, zwei Tagen genug gesehen haben würden, sollte es – Tiggy hatte die Reise gut durchdacht – über Spanien, Frankreich und Italien weitergehen nach Griechenland, denn auch die Fährfahrt zwischen Brindisi und Patras war inklusive. Flatrate-Bahnfahren, zwanzig Jahre, bevor dieser Begriff überhaupt aufkam. Vier Wochen auf den Schienen war der Plan, *more bang for the buck.*

Tiggy hatte in seinem Zimmer eine Weltkarte hängen, auf der diejenigen Länder grün ausgemalt waren, die er schon bereist hatte, also Holland, Dänemark und Österreich. Wobei er bei Dänemark ganz Grönland mit grün gemacht hatte, obwohl er während eines Urlaubs mit seinen Eltern auf Fehmarn nur mal für einen Tag in Nykøbing gewesen war. Und jetzt ärgerte er sich, dass man auch Portugal kaum erkennen konnte. «Wir müssen nächstes Jahr in die Sowjetunion: Einmal Moskau – und die halbe Welt ist grün!»

Verdient hatten wir die Reise als Belohnung fürs Abi beide nicht, denn das war natürlich insgesamt beschissen gelaufen, was die ganze Zukunftsplanung aber auch irgendwie erleichterte: Hochfliegende Studiengänge wie Medizin, Kunstgeschichte oder Atomphysik konnte ich mir so direkt von der Backe kratzen. Hauptsache bestanden, zwar nur mit 3,5 – aber drauf gepfiffen.

«Abigator '87» hatte Tiggy auf die Heckscheibe seines uralten Polos geklebt, aber Tiggy war von seinen Eltern ja auch nicht die Hölle heißgemacht worden; er war in einer Familie von Arbeitern und Beamten der Erste mit Abi, da war seine 3,4 schon eine Auszeichnung, die es zu feiern galt. Aber bei mir, huiuiui, Vater Lehrer, Mutter Lehrerin – ich war der fleischgewordene Totalausfall. Dass ich in der aktuellen Hörzu eine Statistik entdeckt hatte, nach der

Schüler mit einem Dreierschnitt im späteren Berufsleben diejenigen mit dem größten Erfolg seien, interessierte sie nicht. Aber immerhin hatten meine Eltern ein paar Jahre Zeit gehabt, ihre Erwartungen herunterzuschrauben, von Zeugnis zu Zeugnis, sodass sie am Ende fast froh waren, dass ich überhaupt einigermaßen über die Runden gekommen war; das heißt, ohne Sitzenbleiben, was auf der elterlichen Skala der möglichen Vergehen nicht weit vor dem Drogenstrich und dem Urinieren aufs Kruzifix gestanden hätte. Immerhin darauf hatte ich geachtet, also aufs Versetztwerden jetzt – nicht wegen meiner Eltern, sondern weil ich keine Lust hatte, noch ein Jahr länger Klosterschüler zu sein, montägliche Gottesdienste zu schwänzen und vor der Tafel mit dem Periodensystem zu stehen wie vor einem finnischen Film mit bulgarischen Untertiteln.

Das Gefühl, nach der Rückgabe der Klausur auf die letzte Seite zu blättern und dort rot auf weiß zu sehen, was man schon die ganze Zeit befürchtet hatte: noch ausreichend. Mangelhaft. Ungenügend. Die Gardinenpredigt zu Hause. So Zögling-Törleß-mäßig, Fänger-im-Roggen-Style, Schüler-Gerber-like, der Unterm-Rad-Way. Damit sollte jetzt Schluss sein, ein für alle Mal: Auf mich wartete ein Leben voller Abenteuer, selbstbestimmt und mannhaft, eine rosige Zukunft, die genau heute, genau jetzt, um 11:04 Uhr auf Gleis 4b des Münsteraner Hauptbahnhofs ihren gloriosen Anfang nehmen sollte. So wie die Helden und Entdecker Portugals, die von fernen Ländern träumten und die gewohnte Welt hinter sich ließen, um auf der Suche nach einer neuen Welt Prüfungen zu bestehen, die die alte Welt und einen selbst reicher machten.

Die Buchung der Reise war meine Aufgabe gewesen – mit Details befasste Tiggy sich nicht. Und weil man innerhalb Deutschlands mit dem Interrailticket noch die Hälfte des Fahrpreises zahlen musste, galt es, so schnell wie möglich raus aus Deutschland zu kommen. Der Weg nach Portugal sollte uns über Amsterdam, Paris und Madrid führen – und die erste Station war Bad Bentheim.

Um 11:05 Uhr aber war mir klar: Die Demütigungen sollten nicht abreißen, nicht jetzt – und vermutlich auch den Rest meines Lebens nicht. Es würde nie aufhören, das Leben würde ein ewiger Kampf um Selbstbestimmung und Würde bleiben, in dem Scheitern und Versagen eher der Normalfall als die Ausnahme waren. Unser Zug nach Amsterdam fuhr heute nicht.

Wir wollten zunächst montags aufbrechen, und für den Montag hatte ich in der Woche zuvor unsere Route am Schalter zusammen mit einer hilfsbereiten Mitarbeiterin geplant. Dann aber lag am Samstag vor der Abreise Tiggys Auslandskrankenversicherungsschein nicht im Briefkasten, sodass wir noch die Montagspost abwarten mussten. Für mich kein Problem: Ein Zug, der montags fährt, würde wohl auch dienstags fahren – und trotz der wiederholten Nachfragen meines Vaters sah ich keinerlei Veranlassung, erneut zu recherchieren. Aber ich hatte mich getäuscht. Erste Zweifel keimten in dem Moment, an dem wir den Bahnsteig erreichten und offenbar die einzigen Gestalten waren, die in Richtung Bad Bentheim unterwegs waren: Tiggy und ich mit unseren überdimensionierten Rucksäcken, unsere vier Eltern und meine Schwester, alleine auf einem toten Bahnsteig. Keine Anzeige, nirgends.

Mein Vater setzte sich die Brille mit der Kordel und der über den Daumen gepeilten Dioptrienzahl auf, die er sich vor einigen Wochen im Drogeriemarkt gekauft hatte. Praktischerweise teilte er sich die Brille immer mit meiner Mutter. Dann studierte er den Abfahrtsplan.

«11:04 Uhr, Richtung Bentheim, zwei gekreuzte Hämmer, werktags außer Zwei. Eine eingekreiste Zwei heißt, Moment, ‹werktags außer dienstags›», verkündete mein Vater. «Heute ist Dienstag. Euer Zug fährt nicht. Die Reise fällt wohl ins Wasser.» Und damit schob er sich die Brille zurück auf die Stirn.

Trockene Häme: Das alte Bahnhofsgebäude aus dickem Stein hätte gerne einstürzen können. Die Schadenfreude meines Vaters. Die vorwurfsvollen Blicke meiner Mutter. Meine kichernde Schwester. Der ratlose Tiggy, dem das nie passiert wäre. Die Zweifel in den Augen seiner Eltern, mit was für einer Flitzpiepe ihr Sohn da in den Urlaub fährt. Natürlich wusste ich, dass die Katastrophe eingetreten war, aber wie in einer Übersprungshandlung schaute ich mit gespielter Hoffnung auf die Uhr, blickte das Gleis suchend entlang in die Richtung, aus der der Zug hätte kommen sollen, und überprüfte schließlich mit blindem Blick den orangefarbenen Fahrplan auf Gleis 4b, bis die längst feststehende Niederlage nicht mehr länger zu leugnen war: Ich hatte versagt. Wir standen noch ein paar Minuten verloren auf dem Bahnsteig herum, bis wir unsere Abreise auf den nächsten Tag verschoben und die ganze Prozession sich zurück zu ihren Autos bewegte.

Zu Hause pfefferte ich unser Zelt scheppernd vor die Kellertreppe. Überhaupt das Zelt! Es war ein Dreimannzelt mit daumendicken Stangen zum Zusammenstecken. Mein Vater besaß es seit seiner Jugend und hatte es vermutlich bereits von älteren Generationen geerbt. Es wog etwa zehn Kilogramm und hatte sämtliche Outdoor-Entwicklungen der achtziger Jahre, Jack Wolfskin und Globetrotter natürlich noch nicht mitgemacht. Seine Herkunft aus der Wandervogelbewegung des frühen 20. Jahrhunderts war unübersehbar: solide, aber zementschwer.

Brot, Wurst, Silberzwiebeln, Tagesschau. Doch anders als sonst verlief das Abendessen nicht schweigsam. Meine Mutter nutzte die Chance, um ihren ohnehin angezählten Sohn noch einmal in Sachen Ohrstecker zu bearbeiten. Medizinische, ästhetische, moralische, ja religiöse Gründe wurden angeführt – man konnte meinen, dass mit meinem kleinen Ohrstecker für 4,99 DM das Abendland unwiderruflich zugrunde ging.

Eine kurze Verschnaufpause verschaffte mir mein Vater, allerdings ungewollt. Er zündete sich ein Zigarillo an, was meine Mutter aus gesundheitlichen Gründen ebenfalls nicht gutzuheißen vermochte. Bizarrerweise zog sie dabei ihrerseits an einer Zigarette.

«Musst du schon wieder rauchen?», fragte sie meinen Vater erbost.

«Du rauchst doch selbst! Außerdem ist das mein erster Zigarillo diese Woche», log er.

«Das sind Lord extra, da ist fast gar kein Nikotin drin!», blaffte sie zurück. «Und ich paffe nur.»

«Ich paffe auch nur.»

«Aber bei Zigarillos wird das Nikotin über die Blutbahn aufgenommen. Das ist die Hauptursache für Lungenkrebs!»

«Sagt die Frau, die selbst eine Zigarette in der Hand hält ...»

«Ja, aber ich paffe nur! Und du nimm endlich den Ohrring raus – wir wären alle entspannter, wenn du besser auf deine Eltern hören würdest!»

«Ich paffe auch nur! Mit dem Ohrring hat die Mama aber recht.»

Den Stecker habe ich dann also doch noch rausgenommen und später in einer Seitentasche des Rucksacks an meinen Eltern vorbeigeschleust – ich war mürbe. Anstatt mir allerdings wenigstens die Würde zu lassen und ihren Triumph in stiller Genugtuung zu feiern, versuchte meine Mutter, mich zu trösten, mit den Worten: «Sieht doch auch viel besser aus so, sag doch selbst!» Darüber ärgere ich mich noch heute.

Natürlich musste ich hier raus, keine Frage, es war an der Zeit. Allzu eng wurde die Wohnung, allzu frostig der Ton zwischen meinen Eltern und mir, allzu belastet war jedes Möbelstück mit unguten Erinnerungen: die Stehlampe, seit Jahren von einem Sprung verunstaltet, weil ich sie umgeschmissen hatte, das aber bis heute leugnete. Die Hausbar in Globus-Form, die am Äquator zu öffnen war und aus der ich Apfelkorn, zuckerverklebten Blue Curaçao oder Portwein geklaut und mit zugehaltener Nase pur getrunken hatte, um vor dem freitäglichen Ausgehen mit den Jungs schon ein wenig vorzuglühen. Der Mülleimer, aus dem unser blöder Köter meine heimlich weggeworfenen Schulbrote ergattert hatte, die er dann unter dem Esstisch geifernd und mit gebleckten Zähnen verteidigte.

Ich stand auf, steckte mir ein Silberzwiebelchen in den

Mund und verschwand in mein Zimmer, in dem noch Relikte der Kindheit standen: «Das Rätsel von Burg Schreckenstein» im Bücherregal oder eine seit Jahren unberührte Kiste voller Legosteine, einige davon mit steinalter Yogurette verdreckt. Das Kinderbett, in dem ich die Windpocken hatte, mit schlechtem Gewissen, denn wenn ich krank war, ging es nicht mir am schlechtesten, sondern meiner Mutter.

Aber in meinem Zimmer standen auch schon Insignien des Erwachsenenlebens – oder das, was ich dafür hielt: meine Sammlung von Miniflaschen mit bunten Likören, von denen ich meiner Mutter versprochen hatte, sie nur zu Dekorationszwecken ins Regal zu stellen; doch mit Wasser und Lebensmittelfarbe ließen sich nahezu alle Liköre nach Genuss optisch täuschend echt imitieren. Oder das riesige City-Light-Poster mit dem Nivea-Mädchen, in das ich so verliebt gewesen war, dass ich mich überwunden und bei der Agentur geklingelt hatte, die für das Aufhängen der Plakate in der Innenstadt zuständig war. Nachdem ich zur zuständigen Sachbearbeiterin vorgelassen worden war, fragte ich verschüchtert, ob man so ein Plakat kaufen könne. Die kicherte, fand mein Ansinnen aber so «süß», dass sie mir das Plakat sogar schenkte. Und jetzt hing es halt über meinem Bett.

Ich hörte, wie mein Vater seine aktuelle Lieblingsplatte auflegte: «Wohlauf in Gottes schöne Welt» von der Albrecht-Familie, deren Oberhaupt Ernst damals amtierender Ministerpräsident von Niedersachsen war; gemeinsam mit seiner Frau und einer Gitarre im Arm lächelte er gütig vom Plattencover. Noch einmal weitere zwölf Stunden.

Um der Musik meines Vaters nicht ausgeliefert zu sein, legte ich die Vinyl-Single «China in Your Hand» von T'Pau auf den WEGA-Plattenspieler, den sich meine Eltern zu ihrer Heirat gekauft hatten und der seit der Anschaffung einer neuen Stereoanlage zur Petersilienhochzeit nun mir gehörte. Als Zubehör gab es eine Wechselachse, also einen Stift, den man in das Loch der Platte steckte und auf den man mehrere Platten legen konnte, die ebenjener Stift dann nach dem Abspielen der aktuellen Scheibe freigab, sodass sie auf den Plattenteller fielen und nacheinander abgespielt wurden, ohne dass man aufstehen und händisch eine neue auflegen musste.

Die Musik brachte mich zum Nachdenken. In das Aufbruchsfieber mischte sich die Angst vor dem Unbekannten. Morgen also. Unsere Karavelle war geladen, Tiggy und ich hatten Fässer voll mit Bohnen, Reis und Rum, wir hatten Pökelfleisch und Zwieback, wir hatten kleine Glöckchen und bunte Glasperlen für die Wilden; wir hatten uns Mut angetrunken und uns selbst in einer Hafenspelunke shanghait. Doch jetzt bekam ich Angst. Wer nicht einmal in der Lage war, einen Zugfahrplan zu lesen, wer schon an Gleis 4b der Heimatstadt scheiterte, wer es nicht einmal schaffte, ohne Hilfe eine Bahnfahrt in einen siebzig Kilometer entfernten Ort zu buchen, wer – seien wir ehrlich – statt Pökelfleisch und Glasperlen lediglich ein paar von Mama hartgekochte Eier im Rucksack und einige Travellerschecks im Brustbeutel dabeihatte: Wie weit sollte der kommen? Welche Kontinente sollte der erobern, welche Wilden bekehren und welche Entdeckungen machen? Was, wenn meine Träume zu gewagt waren, nur *china in my hand*, Porzellan in meiner Hand, das bei der kleinsten

Bewegung herunterfallen und zerbrechen konnte, so wie in diesem Song?

Aber das andere Gefühl war stärker: Es gab ja keine Alternative, keinen Weg zurück – ich würde sicher nicht die nächsten Jahre in diesem Zimmer wohnen und Zeuge werden, wie meine Eltern sich gegenseitig zerfleischen und mich damit ebenfalls in ein trübes Leben treiben. Was sollte da draußen schon Entsetzliches auf mich lauern? Anders als meine Mutter hatte ich keine Angst davor, dass auf unserer Reise etwas Schlimmes passieren würde. Was mir Angst einjagte, war bloß, nicht zu wissen, *was* passieren würde. Und diese Angst galt es jetzt zu überwinden. Es ging weniger darum, die Welt zu entdecken, als vielmehr mich selbst: Ich wollte mit jemandem lachen, knutschen und tanzen, zum Beispiel mit einem Mädchen, das war wie Whitney Houston, die – so versicherte sie mir zumindest in dem Song, den der Stiftpinöckel des Plattenspielers jetzt freigegeben hatte – ebenfalls auf der Suche war nach jemandem, mit dem sie tanzen und mit dem sie die Hitze fühlen konnte, mit einem, der sie liebte. Wieso schien die keine Probleme zu haben? Wieso verstand die sich so gut mit ihrer Mutter Cissy und ihrer Cousine Dionne Warwick? Wer so in der Familie aufgehoben war und ein so strahlendes, offenes Lachen hatte wie Whitney, dem konnte in Zukunft ja gar nichts passieren, dem stand die Welt offen, eine Welt voller Liebe, Erfolg und Glück. Die musste sich nicht heimlich am Blue Curaçao aus der Hausbar ihrer Eltern vergreifen. So eine Welt wie die von Whitney Houston wollte ich auch: gesunden, sauberen Spaß – ohne Drogen, übermäßigen Alkoholgenuss oder Gewalt.

Ich musste raus, ich hatte Sehnsucht, nach was auch immer. Schnell nahm ich die nächste Single vom Stift, bevor sie runterplumpste und Purple Schulz anfing zu jammern, denn so weinerlich wollte ich dann doch nicht sein. Nein, ich wollte Pionier meines eigenen Lebens werden, Entdecker meiner Welt in Raum und Zeit, auf der Suche nach den Gewürzinseln, auf der Suche nach Safran, Pfeffer, Nelken und Zimt.

Und so ließ ich am nächsten Morgen die letzten Rituale über mich ergehen: die Übergabe der hartgekochten Eier, des Viererpacks *Sunkist* und der zwei Flaschen *Gatorade*, die meine Mutter mir als Proviant zusteckte, genau wie die Antibiotika, die ich nehmen sollte, falls ich Fieber bekäme. Den Lederbeutel, dessen Schlaufe ich um den Gürtel zu ziehen und dann in die Hose zu stecken hatte, denn die (für uns nicht weniger uncoolen) Brustbeutel würden einem heutzutage von «Kriminellen auf der Vespa» einfach vom Hals gerissen. Die erneute Fahrt zum Bahnhof mit letzten Mahnungen, Warnungen. Den spöttischen Blick meines Vaters, der nichts anderes besagte als «in ein paar Tagen sind die eh wieder da» sowie als abschließende Amtshandlung am Bahnsteig, vor dem gerade der Zug zum Stehen kam, das kleine Kreuzzeichen, das meine Mutter mir mit Tränen in den Augen auf die Stirn zeichnete. Mit den Worten «Passt du mir auch gut auf dich auf, mein Junge?» versuchte sie, ihrem neunzehnjährigen Sohn noch einen Kuss auf den Mund abzuringen, den ich im letzten Moment durch Wegdrehen des Kopfes in einen Wangenkuss umwandeln konnte.

«Ja, Mama», sagte ich und blickte gequält zu Tiggy, dessen Eltern den Abschied wesentlich pragmatischer und undramatischer gestalteten. Der Schaffner pfiff, wir sprangen in den Zug, samt der viel zu schweren Rucksäcke und dem Dreimannzelt mit dem Gewicht eines Kastens Bier. Die Türen schlossen, der Zug setzte sich langsam in Bewegung, und pflichtbewusst winkten wir den Gestalten zu, die am Bahnsteig zurückblieben. Und jetzt war sie auch ganz physisch zu spüren, die wachsende Entfernung, die kleiner werdenden Eltern, denen wir schließlich den Rücken kehrten, auf dem Weg in eine unbekannte und aufregende Welt.

2.

Mehr als drei hartgekochte Eier kann man nicht essen – Tiggy hat es getestet, ich schaffte nur zwei, und uns war schlecht bis hinter Brüssel. Meine Mutter hatte mir einen ganzen Sechserkarton Eier mitgegeben, etwas Salz in Alufolie gewickelt und mit in den Karton gelegt. Beim Auspacken fielen mir noch ein Rosenkranz und eine Christophorus-Plakette auf den Schoß, die sie heimlich im Rucksack verstaut hatte. Tja, und jetzt waren wir unterwegs und nuckelten mit dem Strohhalm eine Pyramide *Sunkist*, das wir mit weichem «s» und langem «u» aussprachen, weil wir nie auf den Gedanken gekommen waren, dass es sich um ein englisches Wortspiel mit «sun kissed», also «von der Sonne geküsst», handeln könne. Dabei schauten wir aus dem Fenster und fragten uns, ob das jetzt schon dieses «Freedom» war, von dem «Wham» gesungen hatten.

Dass wir in Paris den Bahnhof wechseln mussten,

hatten wir auf dem Zettel. Französisch sprachen wir allerdings beide nicht so richtig. Wir hätten es zwar in der Schule auf freiwilliger Basis lernen können, freitags in der nullten Stunde, von 07:00 bis 07:45, aber *je ne regrette rien* – was ist denn das für eine Schnapsidee, um diese Uhrzeit eine Sprache zu unterrichten? Ich hatte es immerhin ein halbes Jahr lang probiert, und noch heute werde ich sofort steinmüde, wenn ich jemanden nur Französisch sprechen höre, nichts mit l'amour, Côte d'Azur und Moulin Rouge. Dafür habe ich allerdings gelernt, dass Monsieur Dubois eine Frau, zwei Kinder und einen Hund, aber keine Katze hat. Zu mehr hat es nicht gereicht. Wir mussten uns so durchschlagen, mit der Metro vom Gare du Nord zum Gare d'Austerlitz. Kinderspiel für jemanden, der es schon von Münster nach Bad Bentheim geschafft hatte, und dank der Pariser Metro war der Weg selbst für die Loser von Gleis 4b machbar.

Am Gare d'Austerlitz wartete unser Zug bereits, allerdings gab es eine Einlasskontrolle – und der Schaffner ließ uns nicht hinein. «Not good for this train», ließ er uns wissen und reichte uns die Interrailtickets zurück, «you need to pay a supplement». Er verwies uns an ein Reisebüro namens «Wasteels», wo man diesen Zuschlag angeblich entrichten könne. Uns blieben vierzehn Minuten für Hinweg, Ticketkauf und Rückweg.

Scheppernd rannten wir los, mit Zelt, Rucksack und einer vagen Beschreibung, wo man dieses sagenhafte Reisebüro in den Katakomben des Bahnhofs wohl finden könne. Zum Glück entdeckten wir den Laden schnell, allerdings waren vor uns zwei Kunden, sodass der Zug weg war, bevor wir überhaupt an die Reihe kamen. Wir wollten also einen Zuschlag kaufen für einen Zug, der längst auf dem Weg nach Madrid war. In Gedanken legte ich mir schon ein paar Brocken Französisch zurecht, um mich nach einem Reiseplan zurück nach Münster zu erkundigen. Eventuell hatte mein Vater ja doch recht: Wir würden in kürzester Zeit wieder zu Hause sein.

«Pas de problème», aber sagte der dürre Schalterbeamte, der so aussah wie der «Vollstrecker» in Jürgen von der Lippes Spielshow «Donnerlippchen». «There is another train in ten minutes! If you hurry, you can make it!» – und während er uns die Tickets ausstellte, gab er uns zu verstehen, dass dieser Zug ausschließlich heute führe, um portugiesische und spanische Gastarbeiter in die Sommerferien nach Hause zu bringen, und nicht nur das: Er führe direkt und ohne Umwege extra für uns bis nach Lissabon! Den Zuschlag von zweiundvierzig Francs gönnten wir uns als Luxus-Ausgabe und schickten einen stummen Gruß an Tiggys Vater: Der hatte ihm, anders als meine Mutter mir, keinen Heiligenschnickschnack, sondern «zur Sicherheit» einen aus dem Bretagne-Urlaub übriggebliebenen 50-Franc-Schein mitgegeben, der jetzt gute Dienste leistete. Wir rannten zum Gleis, bestanden die Kontrolle und enterten atemlos den Zug.

Der aber war knallevoll. In den Sechserabteilen saß man zu acht, in den Gepäckablagen über den Sitzen und im Gang lagen Leute wie in den Kojen eines U-Boots, auf den Gängen stapelten sich Koffer, Seesäcke, riesengroße Korbflaschen voller Wein und all jene, die sonst keinen Platz gefunden hatten, unter anderem auch wir. Aber das war alles nicht schlimm – denn wir waren ja quasi schon so gut wie in Lissabon, die zweiundzwanzig Stunden Fahrt würden wir locker aushalten! Wir hatten uns vor einem Abteil niedergelassen, dessen Vorhänge von innen zugezogen waren – und draußen am Fenster zog Frankreich an uns vorbei. In der Abenddämmerung leuchteten riesige Sonnenblumenfelder, die Luft roch nach Schweiß und Klo, aber auch schon ein bisschen nach dem Süden. Während wir so in die Nacht hineinfuhren, las ich an den Anzeigetafeln in den Bahnhöfen Namen von Städten, die ich im Geschichtsunterricht schon mal gehört hatte, allerdings wusste ich nicht mehr, in welchem Zusammenhang oder dass sie überhaupt in unserer Richtung lagen: Orléans, Tours, Poitiers, Bordeaux.

Nach drei Stunden musste Tiggy pinkeln. Die nächste Toilette war am Ende des Gangs, zu dem es kein Durchkommen gab. Mehrere Großfamilien, drei dicke Männer und diverse Gepäckstücke verstopften den Weg.

«Ich muss aber», klagte Tiggy.

«Dann musst du dich da jetzt durchschlagen, was willste sonst machen?»

«Keine Ahnung, kann man nicht aus dem Fenster pieseln?»

«Kannste ja mal versuchen. Komm, die machen dir schon Platz. Es eilt ja nicht. Aber in Lissabon musst du wieder an deinem Rucksack sein!»

«Es eilt wohl, ich muss jetzt sofort! Ich glaube, ich mach mir in die Hose ...»

«Ich warne dich – dann fahren wir sofort zurück, du olle Pottsau!»

«Ich hab's, gib mir deine Flasche!»

«Mein Gatorade? Das ist aber noch nicht leer!»

«Dann trink's aus!»

«Ja toll, davon muss nachher ich pieseln, und dann ist die Flasche schon voll!»

«Nee, ich kipp's aus dem Fenster, gib her jetzt!»

Widerwillig kramte ich in meinem Rucksack nach der Flasche, exte sie weg und gab sie Tiggy, der sich eine Jacke über den Schoß legte, darunter so unauffällig wie möglich seinen Schniepel hervorholte, in die Flasche pinkelte und dabei erleichtert seufzte.

Plötzlich öffnete sich eine Abteiltür, und ein Mädchen in etwa unserem Alter trat heraus. Auch sie wollte offenbar zum Klo – weil die Abteiltür aber seit Paris geschlossen war und sie höchstens einen akustischen Eindruck des überfüllten Zugs haben konnte, prallte sie erstaunt zurück, als sie den vollen Gang sah. Tiggy wurde rot, aber das Mädchen lachte.

«Oh, eigentlich wollte ich auch auf die Toilette», sagte sie auf Englisch, mit einem Akzent, der mich an unsere spanische Putzfrau zu Hause erinnerte, bloß dass das Mädchen hier tausendmal hübscher war als Frau Sanchez. «Nun, das wird schwer. Aber hier steigen in Tours gleich zwei aus, die Plätze könnt ihr haben!» Ein Pärchen setzte sich hinter dem Mädchen bereits die Rucksäcke auf. Bis Tours dauerte es zwar noch eine Weile, aber bis zum Ausgang würden sie mit ihrem Gepäck eine Weile brauchen. Wir konnten umziehen.

«Ich kipp das eben noch raus», murmelte Tiggy mir zu, «geh schon mal vor.» 1987 konnte man in den Zügen noch die Fenster runterschieben, und so schüttete Tiggy den Inhalt verschämt nach draußen.

Währenddessen schnappte ich erfreut unsere Rucksäcke, wuchtete sie ins Abteil und mich hinterher. Gepolsterte Sitzplätze! Füße ausstrecken! Keine Schaffner, die sich schwitzend an einem vorbeikämpften! Im Abteil saßen noch zwei weitere Mädchen. Sie hatten von Paris bis hierher geschlafen. Jetzt aber waren sie wach und hatten offenbar nichts dagegen, dass wir ihnen Gesellschaft leisteten. Nesca, Kima und Nagore waren Baskinnen aus San Sebastián, allerdings studierten sie schon in Brüssel Politik. Die drei waren auf dem Weg nach Hause und fuhren bis Hendaye an der französisch-spanischen Grenze. Wir saßen ihnen gegenüber, und ich lächelte Nagore an. Sie lächelte zurück. Nesca, das rothaarige Mädchen, das uns eingeladen hatte, trank aus einer Weinflasche und reichte sie in die Runde.

«Habt ihr was zu essen?», fragte sie. «Wir haben Hunger!» Ich hatte noch ein hartgekochtes Ei übrig und holte es aus meinem Rucksack. Alle drei Mädchen schauten mich erwartungsvoll an. Ich musste blitzschnell entscheiden, und da mir als Preis weder Weisheit noch die Weltherrschaft angeboten wurde, entschied ich mich für die Liebe und gab das Ei der Schönsten, der blonden Nagore. Das war jetzt zwar eine recht offensichtliche Sympathiebekundung, aber hey, was hätte ich machen sollen?

Nagore aß das Ei und zeigte sich sehr interessiert, als wir ihr erzählten, dass wir aus Deutschland kämen.

«Wenn ich an eurer Stelle wäre, würde ich in die DDR ziehen! Das ist doch toll – ein antifaschistischer deutscher Staat. Ihr sprecht die Sprache, warum wohnt ihr nicht da? Seid ihr Nazis?»

«Äh, nein, wir sind keine Nazis. Aber ... äh, die DDR, das ist doch ein ganz anderes Land, was sollen wir da?

Wir kennen dort niemanden, außerdem gibt es da doch nichts, außer Kommunismus und so!»

Nagore sah das anders. Sie fand Kommunismus gar nicht schlecht, denn sie hasste die Regierung in Madrid genauso wie den spanischen König. Sie hielt ein flammendes Plädoyer für ein unabhängiges, antifaschistisches Baskenland und erklärte sich bereit, dafür auch in den Untergrund zu gehen.

«Die Regierung in Madrid, *das* sind die Terroristen – wir wehren uns nur gegen den staatlichen Terrorismus!»

«Okay ...», atmete ich tief durch. Meine eindringlichste politische Erfahrung war bisher die Landung des achtzehnjährigen Privatpiloten Matthias Rust auf dem Roten Platz in Moskau einige Wochen zuvor, die er als Beitrag zur Verständigung zwischen den Völkern und dem Weltfrieden verstanden wissen wollte.

«Die Regierung schickt Todesschwadronen aus, um uns Basken zu töten. Sie führen einen schmutzigen Krieg!»

«Ach komm», sagte ich. «So was kann sich eine Regierung doch gar nicht erlauben!»

«Hast du eine Ahnung!» Nagore ging jetzt aus dem Sattel. «Die Regierung nennt die Todesschwadrone ‹Antiterroristische Befreiungsgruppen›, *Grupos Antiterroristas de Liberación*, sie werden von Madrid bezahlt!»

«Interessant», erwiderte ich ein wenig hilflos. Blieb das Toilettenproblem. Tiggy war ja versorgt, aber Kima, Nagore und ich mussten. Dringend. Und Kima schreckte vor nichts zurück.

«Kann ich mir deine Flasche leihen?», fragte sie Tiggy. Die anderen Mädchen kreischten laut und bearbeiteten sie auf Baskisch. Aber Kima ließ sich nicht beirren.

«Gut», sagte Tiggy. «Wir machen es so: Nagore und Jayjay machen eine Expedition zur Toilette. Nesca und ich setzen uns kurz raus auf den Gang. Und während der Zeit kann Kima hier versuchen, was sie versuchen muss.»

«Warum kommst du nicht mit auf die Expedition?», fragte Nagore.

«Weil ihr da nicht durchkommt!», sagte Kima. «Und selbst wenn ihr durchkommt – auf dieses Klo setze ich mich ganz bestimmt nicht!»

Nagore war wild entschlossen und ging wie über Leichen: Sie stieg über Rucksäcke und Koffer, stieß schlafende Menschen in die Seite, ich hinterher. Wir warteten eine halbe Ewigkeit in der Schlange vor dem Klo und unterdrückten Würgereize angesichts der Toilette. Aber schließlich hatten wir es geschafft, waren nach einer knappen Stunde wieder zurück, entnervt, erschöpft, von den Leuten im Gang gehasst, aber erfolgreich.

In unserem Abteil saßen Tiggy und Nesca und knutschten. Kima saß daneben und schaute konzentriert aus dem Fenster, als ob sie das alles nichts anginge. Nagore und ich setzten uns einander gegenüber und hörten wortlos dem Rattern der Bahn zu. Wieder lächelte ich sie an. Sie lächelte mich an. Ich kratzte mich am Kopf, sie fuhr sich durchs Haar. Ich schaute hin, sie schaute weg. Ich schaute weg, sie schaute hin. Und so ging das Stunde um Stunde. Kima war längst eingeschlafen, Tiggy und Nesca knutschten und fummelten unter einer Art Schlafsack, während der Zug durch die Nacht rauschte, Richtung der Heimat der drei Mädchen: die Biscaya, die ich bisher nur von einem James-Last-Song kannte.

Ja, ich hatte vorher schon Mädchen geküsst. Da war

Jenny aus Aidlingen bei Stuttgart gewesen, die ich im Sprachurlaub in Brighton kennengelernt hatte. Die hatte dann plötzlich zu viel Cider getrunken und vom Pier gekotzt, und danach wollte ich auch nicht mehr. Oder Lotta aus der Parallelklasse, die allerdings so pummelig war, dass es mir am nächsten Morgen vor den anderen Jungs voll peinlich war und ich sie nicht mal mehr grüßte. Oder Andrea, die ich vor Tiggy als «meine erste Freundin» bezeichnete, einfach um sagen zu können, dass ich auch schon mal eine Freundin hatte. Eigentlich hatten wir die ganze Zeit nur Arm in Arm auf ihrem Mädchensofa gelegen, Erdbeertee aus Leonardogläsern getrunken und «Jeanny» von Falco gehört.

Aber wie man das machte: den Moment herstellen, in dem aus einem Lächeln ein Kuss wurde, das wusste ich bis heute nicht so richtig. Eine besondere Herausforderung war es, wenn man einander in einem Zug gegenübersitzt und sich sicher ist, dass einen das Mädchen für einen politisch desinteressierten Loser hält, der sich von seiner Mama hartgekochte Eier hat mitgeben lassen.

Und plötzlich ging alles ganz schnell. Gegen zwei Uhr morgens verkündete eine französische Lautsprecherstimme Unverständliches. Die drei Mädchen sprangen auf, rekelten sich und fingen eilig an, ihre Sachen zu packen.

«Wir müssen in Hendaye raus, und ihr müsst den Zug wechseln», sagte Nagore. «Die französischen Züge können von hier aus nicht mehr weiterfahren. Die Gleise in Spanien sind breiter.»

«Aber ich dachte, der Zug fährt durch bis Lissabon?»

«Die Züge tragen dieselbe Zugnummer, aber ihr müsst umsteigen!»

Wir wurden langsamer. Auf dem Gang herrschte laute Betriebsamkeit, als wir ins nächtlich beleuchtete Hendaye einfuhren. Noch leicht benommen und mit kleinen Augen stiegen wir aus, die Menschenmassen strömten alle in dieselbe Richtung und wurden dabei von Bahnmitarbeitern angetrieben. «Schnell, schnell! Nach Madrid und Lissabon hier entlang, siebenhundert Meter bis zum Bahnhof Irún! Achtung, Passkontrolle!»

Die Mädchen reihten sich nicht ein in die Schlange vor der neonflackernden Grenzstation nach Spanien; Nagore kam zu mir, nahm meine Hand und sagte: «Falls wir uns nicht mehr sehen, leb wohl!»

«Warum, ihr müsst doch auch rüber nach Spanien, oder nicht?»

«Ja, aber wir nehmen einen anderen Grenzübergang. Mach dir keine Sorgen, wir kennen uns hier aus, wir sind hier zu Hause.»

«Sehen wir uns wieder?»

«Ich glaube nicht.» Sie strich mir übers Haar und wurde etwas rot. «Ich hätte dich gerne geküsst. Aber ich habe doch dieses Ei gegessen. Ich schmecke immer noch so ekelig nach Schwefel. Adieu!»

Und mit diesen Worten sprang sie weg, winkte mir noch einmal zu und verschwand. O Mann. Ich stand da wie jemand, dem der Bus vor der Nase weggefahren war. Aber ich hatte was gelernt: Ein hartgekochtes Ei kann einem die Tour vermasseln.

Es dauerte ewig, bis wir die Zollkontrolle passiert hatten – und als aus dem französischen Ort Hendaye endlich der spanische Ort Irún geworden war, wurden wir angetrieben von erbarmungslosen Bahnmitarbeitern, die sich um die Einhaltung ihres Fahrplans sorgten. Tiggy und ich hetzten die restlichen dreihundert Meter über eine Brücke bis hin zum Bahnhof von Irún. Es war kalt, es war mitten in der Nacht, und wir waren müde.

«Und jetzt?», fragte ich. «Wirst du sie wiedersehen?»

Tiggy zuckte mit den Schultern.

«Egal.»

«Wie egal, ihr habt doch geknutscht? Hast du ihren Nachnamen? Ihre Adresse? Die findest du doch nie wieder!»

«Ja, das war schon okay, aber die war nicht so dolle. Ihre Adresse brauche ich nicht.»

«Warum hast du dann mit ihr geknutscht?»

«Keine Ahnung, das bot sich halt so an!»

Ich verging vor Neid. Immerhin, so konnte ich mir sagen, hätte ich theoretisch beinahe auch geknutscht: Sie hätte ja gewollt, wenn das doofe Ei nicht gewesen wäre. Und das, so dachte ich mir, gilt ja eigentlich auch schon als Knutschen.

3.

Man wies uns ein bestimmtes Abteil zu, in dem bereits ein langweiliges Paar aus Spanien saß, das die Fahrt in den Morgen verschlief. Die Sonne ging in unserem Rücken auf, beleuchtete die karge Landschaft, die aussah wie auf den Etiketten der Korbflaschen meines Vaters, die ich ihm als Kind immer aus dem Weinkeller holen musste und die ich unterscheiden lernte in Flaschen aus «Navarra», «Rioja» und «La Mancha». Wir sahen Windmühlen, weite Felder mit knorrigen Weinstöcken, und am Horizont fehlten nur noch zwei Figuren aus einem meiner Kinderbücher, Don Quijote auf Rosinante mit Sancho Pansa auf der vergeblichen Suche nach Dulcinea, die ich auf einmal gar nicht mehr so reizlos fand, seit ich Nagore getroffen und verloren hatte.

Als es Zeit fürs Frühstück wurde, erreichten wir Madrid, der Zug leerte sich fast vollständig, und plötzlich blinzelten wir mit unseren noch leicht verschlafenen Augen in den Sommer, der durch das gläserne Jugendstildach in den Bahnhof Chamartín glitzerte. Hier hatten wir jetzt eine Stunde Aufenthalt zum Rekeln, Klamottenausschütteln, Sortieren. Allerdings trauten wir uns nicht, unser Gepäck unbewacht zurückzulassen, also verließen wir den Zug nacheinander. Tiggy irrte ein wenig im Bahnhof umher, besorgte uns aber immerhin zwei ungetoastete Toastsandwiches mit einer traurigen Scheibe roter, öliger Salami. Das war gar nicht so einfach, nur mit D-Mark und ein paar französischen Münzen in der Tasche, fünfzehn Jahre vor Einführung des Euro. Und weil die Wechselstube nur Scheine annahm, hatten wir auf einmal genug Pesetas, um uns auch noch einen *café con leche* und eine große Flasche Wasser zu gönnen. Das Frühstück verputzten wir vor unserem Waggon auf Gleis 17 und strahlten mit der Sonne um die Wette. Anschließend gingen wir abwechselnd auf die Bahnhofstoilette, Zähne putzen und etwas Wasser ins Gesicht werfen. Mittlerweile waren wir schon etwas heruntergekommen, eine richtige Dusche hätte uns gutgetan. Als der Zug dann wieder losfuhr in Richtung Lissabon, hatten wir nicht nur das Abteil für uns alleine, sondern plötzlich auch das Gefühl, nicht mehr von irgendwo weg-, sondern irgendwo hinzufahren. Und das fühlte sich sehr gut an.

Die Landschaft hinter Madrid wurde allerdings bald recht eintönig: Die Weinberge verschwanden, stattdessen fuhren wir stundenlang durch eine Ebene mit runzeligen Bäumen, von denen ich keine Ahnung hatte, um was für eine Sorte es sich handelte. Olive schien es nicht zu sein, denn wie ein Olivenbaum aussieht, wusste ich, seit mein Vater zu seinem 50. Geburtstag ein Olivenbäumchen geschenkt bekommen hatte, das schneller eingegangen war als eine Kokospalme in der Arktis. Unter diesen Bäumen hier wühlten Herden verwilderter Hausschweine oder gezähmter Wildschweine, ganz genau war das nicht zu sagen, und neben den Bäumen stapelten sich zuweilen riesengroße Haufen Rinde, von der wir nicht wussten, ob sie zu irgendetwas nütze sei. Ansonsten sah man nichts als Weite, die von Stunde zu Stunde heißer wurde, und hier und da ein kleines Steinhaus – als Tiggy sagte, «stell dir vor, du wächst als Kind hier auf. Da fährst du zwei Stunden Bus zum Tauschen mit dem nächsten Schlümpfesammler», mussten wir lachen, und Münster kam uns auf einmal gar nicht mehr so klein vor.

Dass wir die Grenze zu Portugal überquert hatten, bemerkten wir erst, als die Nummernschilder der Autos schwarz und die Bahnhöfe noch kleiner wurden als ohnehin schon, als die Schilder der Ortsnamen nicht mehr aus Metall waren, sondern bunt gekachelt. Und schließlich kamen auch zwei mürrische Grenzbeamte, die unsere Reisepässe mit einem Stempel aus einem altertümlichen, hölzernen Bauchladen versahen.

Am späten Nachmittag erreichten wir Lissabon, und

um uns herum tobte der Wahnsinn. Zwischen den Gleisen verkehrten motorisierte Gepäckwagen, die uns gnadenlos aus dem Weg hupten. Unzählige Pendler wussten genau, wo sie hinwollten, und entwickelten nur wenig Verständnis für die beiden im Weg stehenden Deutschen, die das von sich keinesfalls behaupten konnten. Wie Winnetou und Old Shatterhand sich im Kampf gegen die bösen Indianer hinter Sandsäcken verschanzten, schmissen wir in der großen Vorhalle unsere Rucksäcke aufeinander, zogen uns dahinter zurück und beratschlagten. Auf der Tafel waren keine Anschlusszüge an die Algarve zu finden, und wir hatten null Ahnung, wie und wohin es jetzt weitergehen sollte. Ein Uniformierter mit Walrossbart erbarmte sich unser.

«Hier könnt ihr nicht sitzen bleiben. Wo wollt ihr denn hin?», fragte er auf Englisch.

«Nach Süden, an die Algarve. Nach Lagos.»

«Dann müsst ihr runter zum Hafen, mit der Fähre über den Tejo. Die Züge in den Süden fahren nicht von hier, sondern von Barreiro! Sie planen eine Brücke, aber ...» Er winkte verächtlich ab.

«Und wie kommen wir da hin?»

«Ihr geht in diese Richtung, bis ihr auf den Parque Eduardo VII stoßt, den müsst ihr durchqueren. Dahinter ist der Praça Marquês de Pombal, an dem die Avenida da Liberdade beginnt, die ihr bis ans Ende entlanglauft. Am Rossio, noch so ein großer Platz, sucht ihr die Rua da Prata und folgt ihr bis zum Einkaufszentrum. Dahinter ist die Fährstation.»

«Hast du das, Tiggy?»

«Na ja, einigermaßen. Wir finden das schon. Danke!»

Wir schulterten unsere Rucksäcke, der Walrossbart tippte sich an die Schirmmütze und lächelte uns hinterher. Vermutlich traute er den beiden Jungs nicht für fünf Pfennig zu, dass sie den Weg fänden. Doch er sollte sich täuschen, schon zwei Stunden später standen wir an der Fährstation nach Barreiro, durchgeschwitzt, unser Gepäck im Allgemeinen und das Zelt im Besonderen verfluchend. Und dabei glaube ich bis heute, dass wir uns noch nicht einmal groß verirrt hatten, der Weg war einfach so weit – und dass Lissabon recht hügelig ist, mit Ober- und Unterstadt und so, ja, mein Gott, das weiß ich jetzt auch. Richtig Mist war, dass wir die letzte Fähre verpasst hatten. Am anderen Ufer des Tejo sahen wir Barreiro in der Abendsonne liegen, aber da würden wir heute nicht mehr hinkommen. Wir breiteten unsere Schlafsäcke in der Wartehalle der Fährstation aus, Tiggy tauschte bei einer Plexiglasbude an der Ecke die restlichen Pesetas in Escudos, mit denen ich uns dann aus dem Einkaufszentrum «El Corte Inglés» auf der anderen Seite der Uferschnellstraße die billigste Literflasche Weißwein besorgte. Wir machten uns bereit für eine weitere betten- und vermutlich schlaflose Nacht.

Und wir waren nicht allein: Im Wartesaal lagen bereits zwei Engländer im Partnerlook, die sich als Boo und Roger vorstellten, etwa fünf Jahre älter waren als wir und sich immer gegenseitig widersprachen.

«Tue ich gar nicht», sagte Boo.

«Tust du doch», patzte Roger zurück.

Nach uns trudelten noch eine laute Gang schwedischer Eishockeyspieler, eine Frankokanadierin namens Anne, eine etwa zehn Jahre ältere Engländerin namens Kirsty und ein Pärchen aus Texas ein. Die schwedischen

Eishockeyspieler hatten reichlich Bier dabei und waren gerne bereit, es mit uns zu teilen. Tiggy und ich lernten vieles auf einmal: dass Alkohol in Schweden teuer ist, weshalb Schweden im Ausland nicht selten jede Gelegenheit nutzen, sich einen anzutütern. Dass es in Texas im Winter nicht etwa mild, sondern im Gegenteil bitterkalt ist. Dass man sich, wie Kirsty, seinen Urlaub auch als Straßenmusikerin verdienen konnte. Dass es mitten in Nordamerika eine ganze Provinz namens «Quebec» gibt, deren Bewohner nicht etwa englische, sondern französische Muttersprachler sind, und dass ein Großteil dieser Bevölkerung sich eher Frankreich als Kanada zugehörig fühlt. Anne war also Separatistin – schon die zweite auf unserer erst achtundzwanzig Stunden langen Reise. Die anderen wiederum lernten, dass sich deutsche Jugendliche eher einen Finger abbissen als ein deutsches Volkslied zu singen, selbst wenn sie mit Sprechchören dazu genötigt wurden.

Und wir alle lernten, dass Touristen in Portugal um Mitternacht mit Hilfe eines Wasserschlauchs aus öffentlichen Gebäuden vertrieben werden. Wortlos machten sich die Männer von der Stadtreinigung an die Arbeit, als ob wir gar nicht da wären: Ohne Rücksicht auf Schlafsäcke oder Isomatten wurde die Fährstation Quadratmeter für Quadratmeter ausgespritzt, sodass unsere lustige Truppe kreischend auseinanderstob und sich kurz darauf wenige Meter vor der Fährstation in der Mitte eines riesigen begrünten Kreisverkehrs wiedertraf, der fast einem kleinen Park glich. Vor ein paar Blumenrabatten, die das portugiesische Wappen bildeten, ließen wir uns nieder. Außer uns hielten sich noch einige andere auf der Verkehrsinsel auf:

Etwas weiter entfernt saß eine Gruppe Hippies im Kreis, mit gebatikten Tüchern und Weinflaschen. Die Männer trugen lange Bärte, die Frauen liefen barfuß durch den Dreck, eine löschte ihre Zigarette mit den bloßen Füßen – ein Anblick, den ich mir lieber erspart hätte. Alle schienen bereits weit über vierzig, es roch nach kaltem Lagerfeuer und alter Wäsche. Das erweckte nicht den Eindruck von «Mr. Tambourine Man», von Blumenkindern auf dem Weg nach San Francisco, sondern eher vom Ambulanzzelt in Woodstock, wo diejenigen abgeliefert wurden, die zu bekifft für Jimi Hendrix und zu besoffen für Joe Cocker waren.

Hippies fanden Tiggy und ich irgendwie cool, allerdings waren diese hier die ersten, die wir je zu Gesicht bekamen – und zu denen wollten wir nicht gehören. Anders als die verwelkten Blumenkinder da drüben hatten wir auch lediglich anderthalb Tage kein frisches Wasser mehr gesehen.

Außer den Hippies und uns lungerten noch ein paar dunkle Gestalten zweifelhafter Herkunft auf der Verkehrsinsel herum, die unsere Gruppe immer mal wieder umkreisten, bis auf ein paar Meter an uns herankamen und dann wieder im Dunkel des Gebüschs verschwanden. Penner? Drogenhändler? Ich wusste es nicht.

Kirsty holte ihre Gitarre heraus und fing an, «The Sound of Silence» von Simon and Garfunkel zu spielen, was mitten im vielleicht größten Kreisverkehr Lissabons durchaus ein ironisches Statement war. Sie spielte und sang ziemlich gut, und wir anderen hörten ihr gerne zu. Anschließend sang sie ein paar ihrer eigenen Lieder, wie sie sagte. «I don't want to change the world, I'm not looking for a New England» hieß es in einem davon, und Boo und Roger wurden ganz aufgeregt, denn sie hatten den Song schon öfter gehört und glaubten, Kirsty zu kennen.

«Das war sogar ein Top-Ten-Hit bei uns in England!», behauptete Boo.

«War es gar nicht!», bestritt Roger.

«Und wenn ich es doch sage», entgegnete Boo.

«Ach, nur Platz sieben, und das ist ja auch schon drei Jahre her», klärte Kirsty auf, «aber ich hab auch was Neues. Ich weiß, es ist Sommer. Aber ich singe euch jetzt ein Weihnachtslied. Es ist eigentlich ein Duett, aber Shane, der Typ, der es geschrieben hat und mit dem ich es gemeinsam singe, ist nun mal nicht hier. Wir veröffentlichen es kommenden Herbst, und ihr seid die Ersten, die es hören. Es heißt ‹Fairytale of New York›.»

Und sie fing an, ein wunderbares Lied zu singen, eine Art irische Ballade über ein Liebespaar, das sich anscheinend zu Weihnachten kennenlernt und ein Jahr später – wieder Weihnachten – streitet und trennt, weil es zu viel getrunken hat. Allerdings muss ich gestehen, dass wir den Text auch nur zur Hälfte verstanden. «The boys of the NYPD choir were singing ‹Galway Bay›, and the bells were ringing out for Christmas Day» ging der Refrain – und wir waren uns sicher: Das würde ein Hit werden.

So vergingen die Stunden. Zu unserem Leidwesen wehte in unregelmäßigen Abständen eine Brise mit einem widerwärtigen Gestank zu uns rüber. Zuerst dachten wir, dass irgendwo eine offene Mülltonne herumstehen würde. Dann, dass ein angefahrener Hund sich vielleicht noch bis auf den Kreisverkehr hatte schleppen können, dort gestorben war und nun verweste. Plötzlich aber hörten wir von der anderen Seite der Verkehrsinsel ein Geschrei und Geschnatter, laute Stimmen, die auf Portugiesisch irgendwas diskutierten. Einige Minuten später kamen mehrere Polizeifahrzeuge mit Blaulicht angerauscht, fast ein Dutzend Beamte sprangen aus den Wagen und sicherten die Verkehrsinsel ab. Einer von ihnen bedeutete uns, uns nicht vom Fleck zu rühren. Überall herrschte große Aufregung – wie sich herausstellte, hatte man im Gebüsch offenbar einen Toten gefunden.

Nachdem eine weitere halbe Stunde vergangen war, traf die Spurensicherung ein, genau wie man es sich vorstellt, wenn die Drei Fragezeichen in Rocky Beach eine Leiche entdeckt haben und dann die Profis übernehmen: Männer in weißen Plastikanzügen, mit Mundschutz und Handschuhen. Während die Spezialisten das Gebüsch durchkämmten, setzte sich ein Beamter in schwarzer Uniform mit roten Schulterklappen zu uns und fragte, ob wir irgendetwas aussagen konnten. Konnten wir nicht, hatte er auch nicht erwartet, also ließ er uns schnell wieder in Ruhe. Offenbar lag die Leiche da schon ziemlich lange im Gebüsch, klar, warum hätte es auch sonst so gestunken. Als dann ein Leichenwagen vorfuhr, zwei Männer einen Metallsarg aus dem Kofferraum holten, ihn leichthändig zum Fundort trugen, nur wenige Minuten später schwer beladen zurückkamen und mitsamt Sarg und Auto wieder verschwanden, war der Spuk vorbei; der Geruch nach Verwesung war sofort verflogen. Jetzt wussten wir also auch, wie der Tod roch.

«Meine erste Leiche!» Tiggy hakte dieses Lebensereignis begeistert auf seiner imaginären To-do-Liste ab. Wir rätselten die ganze Nacht über, was da wohl passiert sein mag – ob der Tote Opfer einer Gewalttat geworden war, hier, auf unserem kleinen Zeltplatz, oder ob er woanders umgebracht wurde und man die Leiche hier nur entsorgt hatte; vielleicht war es aber auch ein Obdachloser gewesen, dessen Tod unbemerkt geblieben war, weil ihn niemand vermisste. Als wir den Geruch der Leiche aus der Nase hatten, stank alles nach erkaltetem Lagerfeuer, und wir gruselten uns durch die Nacht.

4.

Um 06:10 Uhr legte die erste Fähre ab, und mit dem Dunst des Flusses verschwand auch unsere Mulmigkeit. Unsere taunasse und nachtsteife Reisegruppe betrat das knarzige Schiff, das die Luft mit Benzingeruch verpestete. Über dem Tejo lagen Nebelstreifen, aber die Sonne brach sich schon Bahn, noch etwas blass zwar, aber es bestand kein Zweifel daran, dass sie diesen Kampf schnell gewinnen würde. Ein buckliger Matrose empfing uns missmutig und deutete mit einer selbstgedrehten Zigarette im Mundwinkel nach oben. Interrailtouristen, das wusste er, kauften weder ein Ticket, noch gaben sie Trinkgeld. Wir stiegen eine wacklige Treppe hinauf zu dem klammen Oberdeck, das uns ganz allein gehören würde. Außer uns waren lediglich ein paar versprengte Pendler an Bord, auf dem Weg zur Frühschicht, Gott weiß, wohin. Das Schiff löste sich gemächlich von der Kaimauer, gewann an Fahrt und ließ Lissabon überraschend schnell hinter sich. Nach der Nacht mit der Leiche ergriff uns plötzlich die Erkenntnis, dass wir uns nicht mehr auf unsere gewohnte Welt verlassen konnten. Hier würde uns keiner mehr mit dem Wagen abholen, wenn man den letzten Bus nach Hause verpasst hätte. Vielleicht hatte die Mutter des Toten ihm vor kurzer Zeit auch noch hartgekochte Eier eingepackt. Andererseits: Ich fühlte mich seit dieser Nacht stärker und freier, wir konnten vieles von Daheim vergessen, denn die Vorzeichen, nach denen unser Leben bisher funktioniert hatte, waren ungültig geworden. Und das war auf einmal gar nicht mehr so beängstigend.

«Wenn ich Deutsche sehe, erkenne ich die immer sofort!», sagte Boo unvermittelt.

«So ein Quatsch!», bestritt Roger, und Tiggy fragte Boo, an welchen Kriterien er das festmache.

«Ich weiß nicht, eure Schuhe, euer Zelt, eure Frisuren, alles an euch ist so ... so ernsthaft.»

«Wir fühlen uns aber gar nicht deutsch, im Gegenteil, eigentlich finden wir es total blöd, deutsch zu sein!»

«Warum?», fragte Anne. «Guckt mal, ich habe eine Kanada-Flagge auf dem Rucksack, Kirsty singt von England, und unsere Schweden tragen sogar alles in Blau und Gelb, wie in einem feuchten Traum von Ikea. Ihr Deutschen habt das nie, euch erkennt man an den Funktionsjacken und an den Socken in den Sandalen – wieso?»

Schon wieder mussten wir uns für unsere Nationalität rechtfertigen, wobei hinter der Frage wahrscheinlich viel mehr Neugier als Kritik steckte. Tiggy und ich murmelten was von Hitler, von der deutschen Vergangenheit und davon, dass man auch in der DDR leben könne. Damit griffen wir etwas hilflos die Argumentation der drei baskischen Mädchen auf, in der Hoffnung, damit international punkten zu können. Das aber wurde von den anderen mit lautem Gelächter quittiert. Wir wussten es ja auch nicht genau, dennoch war es für uns unvorstellbar, eine deutsche Fahne auf den Rucksack zu heften. Wir hatten den Eindruck, dass wir das unbeliebteste und uncoolste Volk der westlichen Welt sind, und wir schämten uns unserer Herkunft. Wir schämten uns unserer viel zu voll gepackten Rucksäcke, unserer braven Fleecejacken, unserer Sicherheitslederbeutel für die Travellerschecks in der viel zu warmen Jeans. Tiggy und ich bewunderten das leichte Iglu-Zelt von Boo und Roger, das karierte Holzfällerhemd von Anne und das minimalistische Gepäck von Kirsty. Es musste was geschehen.

Wir blickten uns an und verstanden uns wortlos. Ich atmete einmal tief durch, packte unser Zelt, stand auf und warf es über Bord. Tiggy sah dem Monstrum einen kurzen Moment erschrocken hinterher. Wo sollten wir jetzt schlafen? Was würde mein Vater sagen? Gibt es Ärger mit dem Fährmann? Aber dann zuckte er mit den Schultern und schien zu sagen, recht so. Er öffnete seinen Rucksack und fing an zu wühlen. Ich tat es ihm gleich. Nach und nach flog der ganze Ballast ins Wasser: die Antibiotika, die Badesandalen gegen Seeigel, die Regenjacke, der Rosenkranz, die Christophorus-Plakette und sogar Tiggys Krankenversicherungsschein für das europäische Ausland. Die Wahrzeichen der Sicherheit – wir wollten sie nicht mehr.

All diese Dinge trieben jetzt den Tejo flussabwärts in Richtung Atlantik. Wenn auf den Azoren jemand Badesandalen und Antibiotika brauchte – er konnte das Zeug gerne haben. Und wenn ich heute daran denke, wie Tiggy unter dem Gejohle der anderen seine Jeans auszog und sie gegen eine bunte Bermuda-Badehose austauschte, muss ich immer noch lächeln. Anne machte sich anschließend einen Spaß daraus, uns angemessen auszustaffieren. Sie schenkte mir ein großes Kopftuch, das ich als Gürtel durch die Schlaufen meiner Jeans zog. Tiggy bekam einen bronzenen Armreif. Wir schmissen die stinkenden Turnschuhe über Bord, die wir seit unserer Abfahrt nicht ausgezogen hatten. Tiggy ersetzte sie durch die vor der Abfahrt gekauften Chucks und ich durch bei Nanu-Nana entdeckte Espadrilles. Zu guter Letzt holte ich den fast vergessenen Ohrstecker aus der Seitentasche und steckte ihn mir wieder ins Ohrläppchen. Wir konnten jetzt als Mitglieder einer zweifelhaften Boygroup durchgehen, ausgestattet von dem untalentierten Halbbruder Gianni Versaces, doch wir trugen Insignien der Selbstbestimmtheit, und das war wichtiger als Stilsicherheit oder guter Geschmack. Außerdem schrieben wir das Jahr 1987, wir waren neunzehn, und in dem Alter kann man gar nicht lächerlich oder würdelos aussehen.

Wie für uns bestellt, war bei der Ankunft der Fähre der Nebel völlig verzogen, die Sonne versprach uns einen warmen Tag, einen heißen Sommer und ein Leben, das gerade aufblühte wie die violetten Bougainvilleen an der Mauer des Bahnhofshäuschens von Barreiro. Auf den riesigen Kakteenstauden vor dem Gebäude saßen Eidechsen, die sich im Frühjahr noch von Käfern und Fliegen ernähren mussten; jetzt schmatzten sie an den leuchtend roten Kaktusfeigen, schillerten blaugrün im Morgenlicht und ließen sich dabei von der kleinen Reisegruppe nicht stören, die lärmend das Gleis stürmte, das sie noch weiter in Richtung Süden führen sollte.

5.

Einmal im Zug, wurde die Welt schlagartig langsam. Wir saßen in einer Art altertümlicher S-Bahn, mit Großraumwagen und Sechser-Sitzgruppen, die lediglich durch ein paar brusthohe Resopalbretter voneinander abgetrennt waren. Die Bahn bummelte durch die ansteigende rotbraune Hitze, vorbei an Feldern mit großen Pfützen, von denen Tiggy behauptete, es handele sich um Salinen. Aber würde man Salz aus Pfützen gewinnen können, in die Gänse und Störche kacken? Und die nach fauligen Algen stanken? Tiggy blieb dabei. Ein paar zerfressene Ruderboote lagen morsch und müde in der salzigen Brühe, was ich als Beweis dafür nahm, dass es sich nicht um Salzgewinnung, sondern um vergammelte Fischteiche handelte. Dass die Boote einst goldgelb, blau und rot gestrichen waren, ließ sich nur noch erahnen.

Außer uns saßen ausschließlich alte Portugiesen auf den Holzbänken im Waggon, die Frauen in Schwarz, die Männer trugen trotz der Hitze korrekte Anzüge, einer von ihnen hatte einen Käfig mit zwei Hühnern dabei. Wir rochen nach Sonnencreme und Schweiß, beschatteten unsere Augen mit den Händen und beneideten Boo und Roger, die sich bei McDonald's zusammen mit einem Supersparmenü je eine Sonnenbrille mit neongelben Plastikbügeln besorgt hatten, von denen Boo behauptete, sie seien echte Ray-Bans, was Roger vehement bestritt.

In einem Ort namens Tunes trennte sich die Bahnlinie in eine Richtung Osten und in eine Richtung Westen, und damit trennte sich auch unsere kleine Reisegruppe, unter großem Ach und Weh. Die anderen wollten entweder auf einen Campingplatz in der Nähe von Albufeira oder nach Faro, beides im Osten. Sie mussten hier umsteigen, während Tiggy und ich sitzen bleiben konnten. Wir waren die letzten Touristen und wurden entsprechend neugierig von den Einheimischen beäugt, während der Zug an jedem verlassenen Bahnhofshäuschen hielt. Schließlich stand eine der schwarz gekleideten Frauen auf, ein verwachsenes Kräuterweiblein, kaum 1,50 Meter groß, humpelte zu uns herüber, setzte sich und sprach uns auf Portugiesisch an.

«Wie bitte?», fragte Tiggy. «Wir können Sie leider nicht verstehen!» Weder Englisch noch Deutsch waren ihr vertraute Sprachen. Sie lachte zahnlos und versuchte es unverdrossen weiter auf Portugiesisch. Wir lächelten höflich, zuckten hilflos mit den Schultern und wollten das Mütterchen möglichst schnell wieder loswerden. Sie zeigte mit dem Finger auf uns: «Lagos?» – immerhin eine Frage, die wir bejahen konnten. Daraufhin legte sie ihre Handflächen aneinander, kippte den Kopf etwas nach rechts, führte die beiden Hände an die Wange, schloss die Augen und tat schlafend. «Quartos?»

«Ich glaube, sie will wissen, wo wir schlafen», sagte Tiggy und wandte sich an die Frau in Schwarz: «Wissen. Wir. Noch. Nicht!», antwortete er ihr laut und deutlich, als rühre ihr Unverständnis von Schwerhörigkeit her und nicht von ihrer Unkenntnis des Deutschen.

Sie zeigte erst auf uns, dann auf sich, brabbelte etwas auf Portugiesisch, holte schließlich einen Stift und einen Zettel raus und notierte etwas. «500 Esc» stand da. «500 Esc», sie deutete auf Tiggy. «500 Esc», sie deutete auf mich.

«Sie will uns ein Zimmer anbieten. Ey, das sind fünf Mark pro Nase und Nacht – das ist billiger als auf dem Zeltplatz! Wollen wir das machen?», fragte ich Tiggy.

«Bleibt uns ja nix anderes übrig, das Zelt gibt's ja nicht mehr», antwortete er. «Und wenn's Mist ist, ziehen wir halt morgen wieder um. Hauptsache, wir haben erst mal was!»

Also schlugen wir zu. Die Alte bedeutete uns, hier sitzen zu bleiben, sie würde uns abholen, wenn wir in Lagos einführen. Dann humpelte sie davon. So hatten wir also bereits im Zug ein Hauptproblem gelöst: die Frage nach einer angemessenen Unterkunft. So dachten wir zumindest – und das gab uns die Gelassenheit, unserer Ankunft freudig entgegenzusehen.

Der Zug schlich durch einen Wald mit weit auseinanderstehenden Nadelbäumen. Es roch nach dem Tannenspray, das mein Vater mal auf dem Rückweg aus einem Urlaub in Österreich gekauft hatte, weil mir auf der Hinfahrt eine Tüte Milch hinten im Auto ausgelaufen war, bloß ohne die leichte Duftnote saurer Milch. Es wurde immer luftiger und heller, auf einmal öffnete sich auf der linken Seite eine weite Bucht, und dann sahen wir es endlich: das Meer. Aus dem sandigen Waldboden wurde ein Strand. Riesige Wellen brachen auf mehreren hundert Metern Länge, und der Wind wehte die Gischt bis an unsere Fensterscheibe. Ein kilometerlanger, menschenleerer Strand zog unmittelbar an uns vorbei, links von uns war nur noch traumhafter, weißer Sand. Die Portugiesen hatten den plötzlichen Ausblick ignoriert und saßen in ihren schwarzen Kleidern und Anzügen genauso stoisch da wie zuvor. Tiggy und ich aber rissen das Fenster herunter, ließen uns den Duft von Pinien und Salzwasser ins Gesicht wehen und johlten dem Wind und den Wellen entgegen. Wir hatten es geschafft.

Zehn Minuten zuckelte der Zug den wilden Strand entlang, vom einen Ende der Bucht bis zum anderen. Dort überquerten wir eine kleine, schmiedeeiserne Brücke und hielten schließlich an einer Station im Niemandsland. Das mit bunten Kacheln geschmückte Bahnhofsgebäude war das einzige Haus weit und breit, drum herum nur Disteln und heiße Steppe. Zwei Bumper am Ende des Gleises. Die Schienen hörten hier auf. Wir waren angekommen. Am Ende der Welt.

6.

Ging die Alte langsam! Ich meine, wir hatten schwere Rucksäcke und waren im Gegensatz zu dem Hutzelweiblein die Hitze nicht gewöhnt, doch in dem Tempo kamen wir kaum voran. Selbst so, Fuß vor Fuß, hätten wir die Alte überholen können, aber hey, sie kannte den Weg, und wir nicht. Und wir mussten ja auch etwas Rücksicht nehmen, denn sie wackelte wie Quasimodos Mutter in diesem Film von Walt Disney.

Der Weg führte uns über unbebautes Gelände – ein struppiges Brachland, an dessen Ende sich allerdings schon der Ort abzeichnete. Was wir zu diesem Zeitpunkt noch nicht sehen konnten, war der Kanal, der das Brachland vom Ort trennte. Wir erreichten ihn nach etwa zwanzig Minuten in der sengenden Mittagshitze, keine Brücke, am anderen Ufer eine lebhafte Promenade und vermutlich das Stadtzentrum. Die Alte deutete in die Ferne, «ponte, viaduto», sagte sie – und jetzt erkannten wir, welchen Weg wir noch vor uns hatten. Statt der paar Meter auf die andere Uferseite mussten wir erst kanalaufwärts zu der Brücke, die von hier aus mit bloßem Auge kaum auszumachen war, und dann am anderen Ufer wieder kanalabwärts, um auf der gleichen Höhe anzukommen, auf der wir jetzt gerade standen. Also los. Wir der Alten hinterher oder vorneweg, je nachdem, und weil sie ihr Schneckentempo durchzog, erreichten wir erst nach einer halben Stunde die Brücke und latschten eine weitere halbe Stunde am anderen Ufer wieder zurück. Staub und Schweiß bildeten einen salzigen Schmierfilm auf der Haut, Tiggys nagelneue Chucks bekamen einen authentischen Vintage-Look, und die Rucksäcke begannen, auf den Schultern zu brennen.

An der Stelle angekommen, wo wir am anderen Ufer auf das Flüsschen gestoßen waren, fragten wir die Alte mit Händen und Füßen, wie weit es denn noch sei. Sie winkte ab und deutete leichthin in eine Richtung, so als ob es sich nur noch um wenige Schritte handeln könne. Und doof: Erst jetzt wurde die Alte immer schneller, wobei es natürlich auch gut sein kann, dass nicht die Alte schneller, sondern wir nur immer langsamer wurden. Wir durchquerten eine vermutlich recht hübsche Altstadt, für die wir keine Augen hatten, erreichten einen kleinen Platz und bogen an einem Haus mit grünen Kacheln in eine Seitenstraße ein, die einen steilen Hügel hinaufführte. Tiggy signalisierte der Alten, dass wir eine Pause brauchten. Wir setzten unsere Rucksäcke ab, lehnten uns an ein Denkmal mit einem Steinkreuz und verschnauften. Das schwarze Frauchen stand ungerührt daneben und wartete.

«Bin ich froh, dass wir das Zelt weggeschmissen haben!», keuchte Tiggy.

«Wenn wir das Zelt noch hätten, müssten wir der Alten jetzt ja gar nicht hinterher!», entgegnete ich.

«Wer weiß, wo hier der Zeltplatz ist ...»

«Wahrscheinlich direkt neben dem Bahnhof, haha!»

«Schau mal, da vorne ist eine Bank. Sollten wir nicht einen Travellerscheck einlösen, damit wir heute Abend Geld haben? Die hat später doch sicher zu.»

Tiggy hatte recht. Ich fischte einen Travellerscheck aus meiner Hosentasche und besorgte uns Escudos. Natürlich gab es bereits einige EC-Automaten, aber weder Tiggy noch ich hatten mit neunzehn ein eigenes Girokonto. Anschließend packten wir wieder unsere Rucksäcke, hielten uns die Riemen von den wunden Schultern weg und nickten der Alten zu. Natürlich, es ging den Berg hoch.

Nach zwanzig steilen Minuten durch verwirrende Gassen erreichten wir den höchsten Punkt der Stadt, von dem aus in der Ferne das Meer zu erkennen war. Wir gingen an einer weiß getünchten Mauer entlang, bis zum Eingang eines Friedhofs. Die alte Frau öffnete die Pforte und betrat das Gebäude, wir hinter ihr her in dem Glauben, dass sie eine Abkürzung nehmen und den Friedhof durch einen zweiten Ausgang wieder verlassen würde. Stattdessen nahm sie ein paar Seitenwege, vorbei an Gräbern mit verblassten Plastikblumen und Schwarzweißfotos in Medaillons auf rostigen Metallkreuzen.

Am anderen Ende des Friedhofs wurden die Gräber

größer und prächtiger, es gab sogar regelrechte Mausoleen: kleine Häuschen aus schneeweißem Stein, mit Verzierungen, die aussahen wie gedrechselt, aber in Wirklichkeit aus Marmor waren. Es handelte sich um Nachahmungen von Kathedralen in Miniaturformat, mit hohen Giebeldächern, spitzbogigen Eingängen und Kreuz auf dem Dach.

Noch eine Gabelung, dann blieb die Frau stehen. Es dauerte einen Moment, bis wir realisierten, dass die Mausoleen in diesem Seitenweg bewohnt waren: von Rucksacktouristen wie uns. Wir blickten die Frau erstaunt an. Mit Händen und Füßen gab sie uns zu verstehen, dass dieser Friedhof nicht mehr bewirtschaftet wurde und dass die aktuell Verstorbenen woanders, sie deutete über den Hügel, auf einem neuen Friedhof begraben würden.

Am Ende des Wegs entdeckten wir einen Container mit einer Dusche, Toiletten und einem Waschbecken, so wie auf einem ganz normalen Campingplatz. Zwischen den Mausoleen waren Wäscheleinen gespannt, vor einem Häuschen stand ein kleiner Grill, auf dem Sardinen brutzelten, es gab elektrisches Licht, und entlang des Wegs lag sogar eine Kabelrolle mit einer Leitung und diversen Steckdosen. Die alte Frau zeigte auf eines der Grabmale, öffnete das Vorhängeschloss an der Tür und nötigte uns, einzutreten.

In dem dunklen Häuschen, das durchaus die Ausmaße eines kleinen Hotelzimmers hatte, standen zwei Betten, auf denen gefaltete Bettwäsche lag, und ein Regal, fertig. Die Wände waren grau zementverputzt, abgesehen von dem leichten Geruch jahrzehntealten Weihrauchs erinnerte nichts mehr an eine einst auf Ewigkeit angelegte Ruhestätte. Nichts Sakrales war mehr zu sehen, keine Kerzen und erst recht kein Sarg. Hier sollten wir also einziehen. Tiggy und ich waren zunächst sprachlos, verließen das Häuschen und schauten uns um. Als die Bewohner des Nachbarmausoleums unsere langen Gesichter bemerkten, riefen sie uns zu: «Herzlich willkommen! Ihr könnt ruhig hierbleiben, ist besser als jeder Campingplatz. Man gewöhnt sich schnell dran!» Wir lächelten sparsam und steckten unsere Köpfe zusammen.

«Was meinst du?», fragte Tiggy.

«Ich fahre doch keine zweitausendsechshundert Kilometer, um in einem Grab zu schlafen! Ich bleib hier nicht ...»

«Meine Begeisterung hält sich auch in Grenzen, aber ich gehe jetzt nicht mehr mit dem Rucksack diesen Berg runter – wenn wir Pech haben, müssen wir den nämlich auch wieder hoch!»

«Es muss hier doch irgendwo eine kleine Pension oder ein Hostel geben, das besser ist als das Mausoleum von ..., warte», ich schaute nach, was draußen auf dem Messingschild stand, «das Mausoleum von João Almeida, Advogado!»

«Gut. Du gehst vor!»

Toll. Ich konnte aber nicht. Mir schmerzten die Schultern, ich würde diesen Rucksack heute nicht mehr tragen können, und Tiggy, der Hund, wusste das.

«Komm, eine Nacht», sagte er. «Und wenn es richtig beschissen ist, suchen wir uns morgen ohne Gepäck was Neues, okay?»

Ich gab nach. Leider war das vernünftig, und allzu sehr lachte mich die Pritsche an. Tiggy organisierte die Bezahlung – aber die Alte wollte das Geld erst haben, wenn wir weiterziehen würden. Wenn es ein Problem geben sollte – sie deutete auf ein Haus jenseits der Friedhofsmauer –, sei sie dort zu finden. Mit diesen Worten drückte sie uns zwei Schlüssel für das Vorhängeschloss in die Hand und wackelte davon.

7.

Woah, Duschen! Was Axe Amber alles bewirken kann! Wir waren seit fünfundfünfzig Stunden unterwegs, und jetzt seifte ich mir den Schweiß, den Staub und die ganze Reise vom Körper und von der Seele. Ich zog mir frische Klamotten an, legte mich auf meine Pritsche und wartete auf Tiggy, der nach mir unter die Dusche sprang. Ich schlief fast ein, zumal sich Tiggy mindestens ebenso viel Zeit ließ wie ich. Als er fertig war, haute auch er sich auf sein Bett und grunzte wohlig. Wir stierten an die Wand und konnten kaum fassen, dass wir unser Ziel erreicht hatten. Beinahe wären wir so liegen geblieben und hätten die Erkundung der Stadt auf den nächsten Tag verschoben. Aber Neugier, Hunger und Durst schlugen Erschöpfung und Müdigkeit. Also richteten wir uns doch noch schnell in unserem Grabmal ein, Feldbett beziehen und so, und brachen dann auf zu unserer ersten Expedition.

Gut, den Berg würden wir jetzt wohl jeden Tag ein paarmal runter- und wieder rauflaufen müssen, wenn wir nicht umzögen. Gerade fühlte es sich nahezu angenehm an, ohne Gepäck und frisch geduscht. Unten stießen wir auf Fußgängerzonengewusel, in dem uns Pinguin-Kellner in ihre Restaurants mit Stofftischdecken zu kobern versuchten. Nach einem Blick auf die Speisekarte suchten wir verschüchtert das Weite. Nicht nur, dass wir keine Ahnung hatten, was da auf der Karte stand, das immerhin war herauszufinden: In neonbeleuchteten Vitrinen waren verschiedene Fische, Krebse und anderes Meereszeugs ausgestellt. Nur mit dem Finger draufzuzeigen, wäre allerdings ein großes Risiko gewesen, denn schon die Preise auf der Speisekarte waren für unser lächerliches Budget allesamt viel zu hoch. Um wie viel teurer mochten erst die Fische sein, bei denen nur ein Kilopreis danebenstand? Die wurden anscheinend – «je nach Marktpreis», klugscheißerte Tiggy – einzeln ausgewogen. Da konnte man uns ja nach Lust und Laune betuppen! Auch in den Seitenstraßen gab es einige Restaurants, hier allerdings nur noch mit Papiertischdecken, aber selbst die konnten wir uns nicht leisten. Das war nicht weiter schlimm, denn damals machten wir uns beide eh noch nicht so viel aus Fisch. Auf der Suche nach einem Supermarkt oder einer noch geöffneten Bäckerei irrten wir erfolglos umher, bis wir uns verzweifelt und erschöpft in einen Hauseingang setzten, um einen neuen Plan zu fassen.

«Hey, Jungs, ihr seht aus, als könntet ihr einen Drink gebrauchen!»

Ein Mann trat lässig auf uns zu. Er war etwa Ende dreißig, sehr groß und trug ein überdimensioniertes weißes Leinenhemd mit Ärmeln bis über das Handgelenk. Er sprach Englisch mit einem leicht schottisch angehauchten Akzent, aber das erkannten wir damals natürlich noch nicht. Der Mann zog aus seiner Hemdtasche eine Schachtel Zigaretten hervor, schnippte mit einem einzigen Daumenschlag exakt drei Fluppen heraus, nahm selbst eine und bot uns die anderen zwei an. Tiggy und ich, beide Nichtraucher, griffen zu – und so selbstverständlich, wie der Mann uns sein Zippo hinhielt, so umständlich steckten wir uns damit die Zigaretten an. Ich blies von vorne noch mal auf die Glut, weil ich das irgendwo mal so gesehen hatte. Das Zippo verschwand, und plötzlich hielt der Mann einen Stapel Flyer in der Hand, signierte zwei davon und steckte sie uns zu. «Der erste Drink kostet nur die Hälfte, wenn ihr diese Flyer vorzeigt. Hier die Straße hoch, nach hundert Metern auf der rechten Seite. Die Bar heißt *Pica Pau*. Sagt, Jasper schickt euch!»

«Später vielleicht, danke. Wir müssen erst mal was essen.»

«Was zu essen gibt es bei uns auch! Wo kommt ihr her? Deutschland?»

«Ja, aus Deutschland. Wir brauchen aber das billigste Essen der Stadt!»

«Jungs, ich verrate euch ein Geheimnis: Ihr habt genug Geld – vielleicht habt ihr euch nur ein knappes Budget zugeteilt und Prioritäten gesetzt, wofür ihr es einsetzen wollt. Egal, wie wenig ihr habt – ich habe Backpacker gesehen, die mit wesentlich weniger ausgekommen sind!»

«Mag sein, aber wahrscheinlich reicht unser Budget nicht, um in deiner Bar zu essen ...»

«Wir haben eine erstklassige Küche, und billig. Doch wenn ihr mir versprecht, dass ihr nachher wenigstens auf einen Drink vorbeischaut, gebe ich euch einen Tipp, wo ihr supergünstig essen könnt. Aber ich checke persönlich, ob ihr danach auch kommt – ich stehe heute Abend selbst hinter der Theke! Wenn nicht», lachte er – «ich finde euch überall!»

«Versprochen. Wir kommen nach dem Essen vorbei. Aber nur, wenn der Tipp gut ist!»

«Ihr geht hier entlang und an der nächsten Ecke links. Gegenüber vom Immobilienbüro *Griffiths and Griffiths* ist eine Pizzeria. Mario macht die beste Pizza der Stadt. Es ist allerdings auch die einzige Pizza der Stadt. Wir sehen uns später, guten Appetit!»

Jasper schlenderte weiter, seine Flyer in der Hand, die er allen anbot, die aussahen wie durstige Touristen, und verschwand langsam im Gewühl.

«Also, dann schauen wir mal, was der Tipp wert ist. Pizza klingt gut!»

Jaspers Tipp war spitze: Eine Pizza Margherita war für umgerechnet 2,80 DM zu haben, ein großes Bier kostete 1,10 DM. Für nicht einmal vier D-Mark wurden wir satt und waren auch schon ein wenig angeschickert.

Wenn wir jetzt noch auf ein paar Bier ins Pica Pau gingen, wäre es klüger, irgendwo billig vorzuglühen. Wir gingen zum Hauptplatz, auf dem eine riesige, etwas rätselhafte Marmorstatue stand, die ein Kind mit einem vor sich liegenden Helm darstellte. Hier fanden wir einen Laden, der eine Mischung aus Kiosk und Café war, mit einem Besitzer, der uns entfernt an Klaus Meine erinnerte, den Sänger der Scorpions. Wir kauften uns jeder eine Literflasche Sagres-Bier, setzten uns an das Denkmal, tranken aus der Flasche und beobachteten die Welt. Dabei hielten wir Jaspers Gutschein-Flyer in der Hand wie das Ticket zu einem teuren Konzert oder die Bordkarte für einen Flug, auf den man sein Leben lang gespart hatte.

Um uns herum saßen die einheimischen Senioren auf Bänken, ein paar Fischer flickten ihre Netze, und portugiesische Touristenfamilien aus Lissabon oder so hatten sich und ihre Kinder feingemacht, um in einem der Restaurants mit den Stofftischdecken komische Krebse essen zu gehen. Neben dem Platz floss der Kanal, an dem wir heute schon entlanggestolpert waren, in Richtung des kleinen Hafens ein paar hundert Meter weiter. Dort, an der Uferpromenade, so hatte uns unsere Landlady am Nachmittag mit Händen und Füßen erklärt, seien auch die schönsten Strände.

Einige Backpacker zogen gerade schwitzend an uns vorbei, Neuankömmlinge im Schlepptau einer dieser schwarzen Frauen. Wir prosteten den Interrailern mit unseren Literflaschen wissend zu, so wie Veteranen beim Empfang der neuen Rekruten. Zwei der Jungs lachten, kamen zu uns, und wir boten ihnen einen Schluck Bier an. Sie griffen dankbar zu.

«Ah, das will ich heute auch noch», sagte einer von ihnen auf Englisch. «Nur noch vorher diesen Mist loswerden!»

Damit meinte er seinen Rucksack – und schon war er wieder fort, der schwarzen Frau hinterher, die nicht einmal auf ihn gewartet hatte. Als wir ausgetrunken hatten, machten wir uns auf den Weg zu dieser Bar, in der Jasper arbeitete. Sie lag am oberen Ende einer langen, lebhaften Straße, mitten in der Fußgängerzone. Davor standen ein paar Leute, einige saßen auf dem Bürgersteig. Die Fassade war weiß getüncht, ein beleuchtetes Schild hing am Eingang über einer Art Saloon-Tür. Von innen hörte man Gläser klirren, Gelächter und Musik.

Was wir damals noch nicht wussten: Hinter dieser Tür würde unser neues Zuhause sein. Wir würden jeden Morgen ins Pica Pau gehen, um bei heißem Kaffee unseren Kater auszukurieren und uns für den Strand zu stärken. Wir würden nach jedem Tag am Meer Jasper besuchen, um den ersten Durst zu löschen, erst mit Wasser und Limonade, dann mit Bier. Wir würden abends hier sein, um zu feiern, und nachts, um zu weinen. Wir würden zu Jasper fliehen, wenn die Medusa uns verletzt hatte und wenn wir Drachen getötet hatten. Wir würden uns hier so wohl fühlen wie nirgendwo zuvor, und uns würde hier so schlecht sein wie nirgendwo zuvor. Wir würden uns hier Mut antrinken für Dinge, die uns noch Angst machten. Wir kamen hierher auf der Suche nach einem Dach über dem Kopf, um die Einsamkeit zu töten, auf der Suche nach Freundschaft und natürlich auf der Suche nach Liebe. Wir würden schlagartig nüchtern werden, als sie uns dann tatsächlich hier traf wie der Blitz. Wir würden hier auf Menschen stoßen, von denen wir lange nicht wussten, ob sie Freunde sind oder Feinde, und wir würden hier lernen, dass man das nicht immer so genau auseinanderhalten kann. Wir würden hierher fliehen, um Pläne zu schmieden, um uns zurückzuziehen, als wir dachten, dass man uns verfolgen würde, und auch, als man uns wirklich verfolgte. Und irgendwann würden wir der Bar den Rücken kehren, als ihre Zeit zu Ende ging, als sie uns gelehrt hatte, was sie uns zu lehren hatte.

Tiggy und ich öffneten unbedarft die Saloontür, und ein kleines Glöckchen erklang, das uns in die Zukunft katapultieren sollte.

II.

1.

Vielleicht hat jeder Mann einen Ort, an dem er seinen Schmerz wegsperrt und aufbewahrt: den Fernseher, vor dem man stundenlang abhängt und sich Dokumentationen über den Hochseefang von Kamtschatka-Krabben anschaut. Die Hausbar, in deren Flaschen Tränen abgefüllt sind – und wenn man sie trinkt, muss man sie nicht mehr weinen. Oder die Kiste mit Erinnerungen an früher – Dinge, die man damals für bedeutsam hielt und von denen nur einige die Zeit überdauern.

An jenem Abend, fast dreißig Jahre nach unserer ersten Reise an die Algarve, lag ich auf dem Bett eines trostlosen Hotelzimmers in Frankfurt, hatte immerhin einen Fernseher und die Minibar – und von beidem machte ich ausgiebig Gebrauch. Ich nahm die klapprigen Fenster kaum wahr, auch nicht den Blick auf den Hinterhof mit einem Lüftungsschacht aus der Küche, dessen Geruch frittierten Camembert auf der Speisekarte verriet. Zimmer 214 selbst hatte einen Teppichboden voller Flecken, von denen man nur hoffen konnte, dass es sich um die vertrockneten Reste einst verschütteter Getränke handelte. Vermutlich weil das Hotel «Ascot» hieß, hatte man eine Holzkommode mit Motiven von Pferdeköpfen an die Wand gestellt, eine sagen wir mal «interessante» Intarsienarbeit. Im Fernseher schaufelten die Hochseefischer johlend eine Riesenkrabbe nach der anderen aus einem Käfig und warfen sie in Plastikwannen. Den Wodka in der Minibar hatten die gerissenen Schweinegäste vor mir getrunken, die Flasche behutsam mit Wasser aufgefüllt und wieder zugedreht – der nicht knackende Sicherheitsring hatte sie bereits beim Öffnen verraten. Aber mir blieben ja noch die übrigen Zwergflaschen mit Gin. Und mit Whisky. Und das Bier.

Wenn man das dann nach und nach alles leer getrunken hat und im Fernsehen nur noch Werbung für Sex-Hotlines kommt oder schwäbelnde Wahrsager einem versprechen, mit nur einem Anruf wahlweise die Katze von ihren Depressionen zu heilen oder den mittlerweile erwachsenen Sohn von seinem «eingefleischten Junggesellendasein» zu erlösen; wenn man keinen Job mehr hat, für den es sich am nächsten Morgen überhaupt aufzustehen lohnt; ja, dann kann man sich schon mal fragen, wie es so weit kommen konnte. Also lag ich auf Zimmer 214, trank Gin aus Miniflaschen und grübelte über meine momentan beschissene Situation.

Ich bin Redakteur beim Fernsehen. Das heißt, ich war Redakteur beim Fernsehen, denn man hatte mich heute gefeuert – und das kam so: Castingshows für Gesangstalente gibt es ja wie Sand am Meer, «Deutschland sucht den Superstar», «The Voice of Germany», früher gab's sogar noch «X Factor» und «Popstars» – offenbar finden immer wieder genügend Menschen Spaß daran, anderen beim Singen zuzuschauen. Weniger leicht zu finden sind mittlerweile die Kandidaten selbst, die vor einer Jury oder vor Coaches singen mögen. Die Aussicht auf Ruhm und nachhaltigen Erfolg ist gering, das Risiko einer Blamage aber hoch. Deutschland ist durchgecastet, so heißt es. Nun war man bisher in der Auswahl der Kandidaten zwar nicht gerade zimperlich, aber eine gewisse Art von Rest-Ethos gab es noch, indem man die problematischsten Bewerber vor sich selbst schützte und ihnen eine höfliche Absage schickte. Bisher.

Aber jetzt hatte die Entwicklungsabteilung der Produktionsfirma, für die ich arbeitete, eine Idee, wie man sich neue, bisher unbespielte Kandidaten-Zielgruppen erschließen könne – «Casting Star»: Nämlich genau die «Sänger», denen ihre fünfzehn *minutes of fame* wichtiger waren als ihre persönliche Integrität, denen ein Shitstorm lieber war als gar keine Aufmerksamkeit. Aber auch Kandidaten, die eventuell gar nicht wussten, worauf sie sich einließen, die nicht daran dachten, was am Tag nach der Ausstrahlung auf sie niederprasseln könnte.

Es sollte noch bunter, lauter, krawalliger werden. Eine Freakshow von Sängern, die von sich selbst allerdings glaubten, sie seien große Entertainer – oder zumindest hatte ihnen das irgendeine Tante Lilo bei deren 60. Geburtstag mal bescheinigt. Natürlich wurde den Kandidaten diese Illusion nicht genommen – im Gegenteil hatte man ihnen versichert, es handele sich um eine äußerst ernsthafte Suche nach unentdecktem Talent.

Heute war in Frankfurt das erste Vorsingen angesetzt – und es hatte sich eigentlich ganz gut angelassen: Etwa einhundertzwanzig Kandidaten waren gekommen und hatten sich in einem neoromanischen Festsaal versammelt, um auf ihren Aufruf zu warten. Im oberen Stockwerk umsäumte ein Rundgang mit Balustrade die Halle, auf der riesige Schweinwerfer und die eine oder andere Kamera standen, um das Getümmel von oben zu filmen. Unten sangen sich die Kandidaten warm, hielten Händchen mit ihren Begleitpersonen und verputzten mitgebrachte Sandwiches. Ein Pressefotograf dokumentierte das Geschehen – vielleicht tat ja hier ein zukünftiger Megastar seine ersten künstlerischen Schritte.

Die Castingabteilung hatte in der Tat einige Paradiesvögel an den Start gebracht: eine Samba-Tänzerin in vollem Ornat. Eine gleichzeitige Boy- und Girlgroup, bestehend aus drei Transen. Diverse Mädchen, deren einzige Kamera-Erfahrung ganz offensichtlich das eigene Handy und die einzige Mikrophon-Erfahrung die eigene Haarbürste war. Jeden Einzelnen dieser Kandidaten hatten die betreuenden Redakteurskollegen natürlich nicht nur in dem Glauben gelassen, mit Ausnahmetalent gesegnet zu sein. Nein, man hatte sie darin bestärkt, vor der Jury dem Affen noch mal richtig Zucker zu geben. Weil sie Talent hätten. Weil sie so besonders seien. Weil ihnen nur so eine Karriere im Entertainment-Business winken könne.

Mein Job war ein anderer: Ich hatte zu jedem Kandidaten ein einseitiges Dossier angefertigt, Foto, Name, Alter, Herkunft, besondere Eigenschaften. Diese Dossiers waren selbstverständlich vertraulich und nur für die Jury gedacht. Besonders happy war ich mit dieser Aufgabe nicht; im Gegensatz zu den Castingredakteuren musste ich mir zwar nicht wider besseres Wissen das Vertrauen der Kandidaten erschleichen, aber nichtsdestotrotz war ich plötzlich Teil eines Systems, dessen Redlichkeit in diesem besonderen Fall ich durchaus in Frage stellte.

Eigentlich hatte ich Castingshows satt. Ich mochte einfach keine Menschen mehr singen hören; egal, ob mit oder ohne Talent: Zu oft war die Beweisführung gelungen, dass aus dem Sieg bei einer dieser Shows nichts weiter folgte. Vor seinem Sieg sang das Talent vor fünfzig Leuten im Irish Pub; nach seinem Sieg würde es eben vor achtzig Leuten im Irish Pub singen. So what. Ich hatte mal wieder Lust auf was anderes: Mehr Late Night, irgendwas zwischen Comedy, Satire und Entertainment. Ich hatte mich auch bei der sehr erfolgreichen Sendung «Too Late TV» beworben, war aber mangels Expertise in diesem Bereich abgelehnt worden. Nun, vorläufig war das hier auch okay.

Redaktionsleiter Sascha Weber aber war mit meinen Einschätzungen in den Dossiers nicht zufrieden. Er blickte mich mit einer hochgezogenen Augenbraue an, seufzte, zog sich sein anthrazitfarbenes Brioni-Jackett aus, hing es über seinen Stuhl und machte sich eigenhändig an die Arbeit. Weil die Zeit bis zum Start des Castings drängte, fügte er handschriftlich noch ein paar Kommentare und persönliche Einschätzungen zu den Kandidaten hinzu, um die Jury gleich auf die seiner Meinung nach richtige Schiene zu setzen: «Fette Kuh, findet sich aber selbst ganz toll», ergänzte Sascha bei einer Kandidatin. «Fragt sie nach ihrem Idol: Findet sich besser als Beyoncé und wirkt dadurch sofort bitchy» bei einer anderen. «So doof wie zehn Meter Feldweg», «schminkt sich selbst: Gesicht wie ein Verkehrsunfall», «geiler Fickschlitten», «ist schwul, darf aber keiner wissen», «singt wie eine Kröte, die gerade vom LKW überfahren wird» und so weiter. Diese – inoffizielle – Version erklärte er zur geheimen Verschlusssache und bat mich, sie dreimal zu kopieren, ein Exemplar für ihn, die anderen für die Juroren. Mit einem abfälligen «haste was gelernt, hm?» und «nicht unterm Kopierer vergessen!» drückte Sascha mir die Dossiers in die Hand, warf sich wieder sein Jackett über und widmete sich der blonden Redaktionsassistentin.

In einer halben Stunde sollte es losgehen, also sprintete ich zuerst zum Kopierer und dann mit dem Stapel Dossiers ins obere Stockwerk, wo die Juroren in ihren Garderoben saßen – die sollten sich ja schon mal einlesen können, während sie geschminkt wurden.

Von der Balustrade bot sich mir ein Ausblick auf das bunte Treiben da unten, von hier hatte man eine hervorragende Übersicht. Ich entdeckte ein Mädchen, das vorhatte, als Shakira-Double aufzutreten. An die erinnerte ich mich noch aus ihrem Bewerbungsvideo, weil sie so lustig sächselte und sich als «Schogiro» vorgestellt hatte. Wie hieß die noch gleich? Bei so vielen Kandidaten verlor man ja schon mal den Überblick. Aber ich hatte ja die Dossiers dabei – da konnte ich doch schnell noch nachschlagen! Und ich weiß nicht, wie, aber als ich so über die Balustrade gelehnt im Dossierstapel blätterte und schließlich das der sächsischen Schogiro herausziehen wollte, verrutschten mir irgendwie die Papiere, es waren ja immerhin viermal einhundertzwanzig Seiten. Der Stapel entglitt mir und fiel runter, die Blätter wirbelten auseinander und segelten abwärts in Richtung der Kandidaten. «Peggy», dachte ich noch, «Peggy hieß sie.» Aber das war auf einmal nicht mehr wichtig.

Jetzt passierte einiges gleichzeitig. Ich rannte sofort die Treppen hinunter, um die Katastrophe aufzuhalten. Als ich im Saal ankam, balgten sich schon Betreuer und Kandidaten um die Papiere. Die Betreuer waren aber in der Minderzahl. Ich raffte an mich, was ich finden konnte, doch das war nicht mehr viel. Der Pressefotograf knipste mich, wie ich mit gehetztem Blick ein Dossier vom Getränkebuffet klaubte. Die Transenboy- oder -girlgroup giftete bereits ihren Betreuer an, weil sie offenbar Despektierliches über sich gelesen hatte. Das Sambamädchen weinte, weil seine Pfauenfedern am Rücken in einer Rauferei um sein Dossier abgebrochen waren. Die Mutter von Peggy-Schogiro packte wütend deren Sachen zusammen, drohte mit einem Nachspiel und verschwand, ihren heulenden zukünftigen Superstar im Schlepptau. Damit war sie nicht die Einzige – und ich konnte es ihnen nicht verübeln. Empört verließen die sorgfältig und unter großem finanziellem Aufwand zusammengecasteten Kandidaten die Location, und wo vorher lauter Trubel herrschte, fiel plötzlich Stille ein. Der fast leere Saal erweckte den Eindruck einer Walstatt aus dem Dreißigjährigen Krieg, über die ich hilflos umherirrte wie eine mehrfach geschändete Marketenderin auf der Suche nach Wertsachen von Gefallenen.

Fünf Kameras, unzählige Scheinwerfer, Ton, die Miete für den Saal, das Gehalt von etwa sechzig Mitarbeitern, die Tagesgage für drei prominente Juroren, zu erwartende Schadenersatzansprüche wegen entstandener Reisekosten – von der kommenden miesen Presse und den nicht unwahrscheinlichen Klagen wegen Beleidigung ganz zu schweigen: Die Liste der Vorhaltungen, die mir Sascha und der Produktionsleiter machten, war lang. Zu allem Überfluss – so schimpfte der Produktionsleiter – könne er mich nicht einmal in Regress nehmen, weil ich nicht in verantwortlicher Position gehandelt habe.

«Das wird sich noch herausstellen», widersprach Sascha. «Die grob fahrlässige Weitergabe von vertraulichen

Informationen ist ein Vertragsbruch, der durchaus justiziabel ist.»

«Aber die Unverschämtheiten hast doch du da reingeschrieben!», wehrte ich mich müde.

«Vertrauliche Informationen!», korrigierte Sascha mich.

Der Produktionsleiter, Sachwalter des korrekten Umgangs mit Menschen und Dingen, merkte auf. «Unverschämtheiten? Sind die Talente etwa nicht mit dem gebotenen Respekt behandelt worden?»

«Nein!», bestätigte ich.

«Doch», giftete Sascha zurück. «Außerdem: Darum geht's doch gar nicht. Es geht darum, dass diese Dokumente nie in die Hände von Kandidaten geraten dürfen, egal, was drinsteht!»

Der Produktionsleiter wurde still. «Nun, wir prüfen die Sache. Aber um es mal in der Sprache des Castings zu sagen: Jayjay – deine Reise ist an dieser Stelle beendet! Einige dich bitte mit Sascha über die Formalitäten.»

Sascha rieb sich die Hände. Das Einzige, was er vor der Prüfung durch den Konzernjustiziar tun konnte, war allerdings, mich für die letzten acht Wochen meines Vertrags freizustellen und sich darüber zu freuen, mich erst wieder vor Gericht wiedersehen zu müssen. Und so hätte der Tag beinahe katastrophal und existenzbedrohend auf Zimmer 214 geendet, mit Gin und Fernsehen, wenn nicht doch noch etwas Überraschendes passiert wäre.

2.

Ich hatte keinen Job mehr, dafür zwei Monate quasi bezahlten Urlaub. Meine Frau Julia war mit der Vorbereitung einer großen Kunstmesse in Basel beschäftigt und hatte in den nächsten Wochen ohnehin nicht mit mir gerechnet. Vom Job-Desaster mal abgesehen, traf sich das eigentlich nicht schlecht: Mein Leben lag plötzlich vor mir wie ein weißes Blatt Papier – ich konnte auf einmal tun und lassen, was ich wollte. Eine einzigartige Gelegenheit, im Alter von siebenundvierzig Jahren einmal innezuhalten und zu überlegen: Wo komme ich her? Wo stehe ich? Und wo will ich eigentlich hin?

Ich dachte daran, die gewonnene Freizeit irgendwie sinnvoll zu verbringen und meinen alten Vater zu besuchen, der seit dem Tod meiner Mutter allein lebte. Vor ein paar Wochen hatte er mich angerufen und erzählt, er würde bald in eine kleinere Wohnung umziehen – ich solle vorbeikommen und mir aussuchen, was ich gerne behalten wolle, bevor der Sperrmüll-Service alles mitnehme. Bisher hatte ich dafür nie Zeit gehabt, jetzt aber konnte ich die Gunst der Stunde nutzen. Kaum hatte ich diesen Entschluss gefasst, klingelte mein Handy.

Tiggy klang gar nicht gut.

«Jayjay, ich muss für ein paar Tage bei dir unterkriechen. Morgen muss ich hier raus! Passt das?»

«Das trifft sich ganz schlecht, mein Lieber. Ich bin gerade in Frankfurt, und morgen fahre ich nach Münster, meinen Vater besuchen. Der will umziehen, und ich soll abholen, was nicht auf den Sperrmüll soll. Was ist denn passiert?»

«O Mann, ich stecke ganz tief in der Scheiße. Morgen platzt die Bombe! Und sobald Helena nach Hause kommt, habe ich ein ziemlich unangenehmes Gespräch zu führen.»

«Bei mir ist sie heute schon geplatzt – also die Bombe, nicht Helena. Was ist denn los bei dir?»

«Kauf dir morgen früh die Bild-Zeitung, dann weißt du Bescheid! Und was ist bei dir passiert?»

Ich erzählte ihm von meinem Casting-Unglück. Er lachte. «Also, ich würde mit dir tauschen – lass uns morgen noch mal telefonieren. Vielleicht ist mir bis dahin was anderes eingefallen. Ich muss jetzt Schluss machen, Helena kommt gerade rein. Jetzt kreist der Diskus. Ciao!»

Tiggy sprach in Rätseln. Er und ich waren zwar immer noch befreundet. Wir sahen uns aber nur vielleicht einmal im Monat und waren im weitesten Sinne Kollegen, weil wir beide beim Fernsehen arbeiteten.

Verkatert fuhr ich am nächsten Morgen zum Bahnhof, wurde aber schnell hellwach, als ich die Titelseite der Bild-Zeitung sah: Dort war Eva Janzen abgebildet. Das ist an sich noch nichts Ungewöhnliches, Eva war eine der beliebtesten Moderatorinnen im deutschen Fernsehen, blond, hübsch, Holländerin mit niedlichem Akzent. Jeden Sommer tauchten in den Magazinen Bikinifotos von ihr auf, weil sie ihren Stamm-Paparazzi immer rechtzeitig steckte, wo sie den Sommer zu verbringen gedachte. Eva hatte sich vor einiger Zeit medienwirksam von ihrem Mann getrennt und war jetzt knutschend auf einer Party erwischt worden, was sie mal wieder auf die Seite eins gebracht hatte, mit der Bildunterschrift: «Wer ist der geheimnisvolle Mann an ihrer Seite?»

Leider konnte die Frage im Artikel durchaus befriedigend geklärt werden, außerdem war Tiggy auf dem Foto ja auch recht gut zu erkennen. Kleiner dicker Mann küsst große blonde Frau. Es sah schon witzig aus. Ich rief ihn sofort an. Er hatte seiner Frau noch gestern Abend alles gestanden und musste – wie erwartet – heute seine Koffer packen.

«Dass die Bild-Zeitung ja öfters einen ganz schönen Quatsch schreibt, hat sie als Entschuldigung vermutlich nicht akzeptiert, richtig?»

«Negativ!», bestätigte Tiggy.

Jetzt erfuhr ich die ganze Geschichte: Eva und er hatten sich vor ein paar Monaten kennengelernt. Sie sollte eine große Unterhaltungsshow im deutschen Privatfernsehen moderieren und besaß in Holland gleichzeitig eine Produktionsfirma. Diese Firma hielt die Rechte an der Show – und da diese Rechte in etwa ebenso teuer waren wie die gesamte Firma, hatte der deutsche Sender damals die Idee, gleich den ganzen Laden in Holland zu kaufen. Und da kam die Kanzlei ins Spiel, bei der Tiggy arbeitete: Übernahmen aller Art waren das Kerngeschäft von *Sweetwater and Merriman*, einer Anwalts-Sozietät, die aber auch fachkundige Nichtjuristen wie ihn beschäftigte. Fernseh-Produktionsfirmen waren Tiggys Spezialgebiet, denn er hatte jahrelang als Herstellungsleiter beim Fernsehen gearbeitet; und jetzt war er also Fachmann für feindliche und freundliche Übernahmen. Dieses war eine überaus freundliche Übernahme, die Firma ließ sich erobern, und das Gleiche galt wohl auch für ihre Besitzerin. In den Verhandlungen hatte Eva gleichzeitig Härte und Kompromissbereitschaft gezeigt, eine merkwürdige Mischung aus

Stärke und Schwäche, die Männer ja oft für unvereinbar halten und Frauen anscheinend leichter fällt. Das hatte ihm imponiert.

Sie waren in Amsterdam zweimal gemeinsam essen und hatten miteinander geschlafen, was die abschließenden Verhandlungen für beide Seiten erheblich erleichterte. Vor ein paar Tagen hatten sie nach der ersten Aufzeichnung ihrer Show auf der Aftershowparty geknutscht, leider nur scheinbar unauffällig. Tiggy und Eva waren extra getrennt voneinander auf den Parkplatz gegangen.

«Kann ja kein Mensch ahnen!»

«Was kann kein Mensch ahnen?»

«Dass der Pressefotograf zur gleichen Zeit Feierabend machen und schon heimfahren wollte, als sich der Abend für ihn dann plötzlich doch noch gelohnt hat!»

«Und das ist gestern aufgeflogen?»

«Ja, gestern Vormittag rief die Zeitung an und wollte mich zu einer Stellungnahme bewegen – drucken würden sie es ohnehin, doch sie seien so freundlich, mir die Gelegenheit zu geben, ‹meine Sicht der Dinge› zu schildern. Die Schweine. Da musste ich es erst bei S&M beichten, und dann natürlich auch Helena. Mit Verhandlungspartnern vor Vertragsunterzeichnung zu knutschen, das kam bei beiden nicht gut an. Aber eine Stellungnahme habe ich nicht abgegeben.»

Sein Chef hatte ihm sofort geraten, erst mal für ein paar Tage auszuspannen und unterzutauchen, Helena übrigens auch, allerdings mit einem etwas anderen Unterton – und so war Tiggy auf einen Schlag seine Frau und seine Wohnung los.

3.

Ich weiß nicht, ob es richtig oder falsch ist, in der Vergangenheit zu wühlen. Sortieren sich die Dinge dadurch anders, richtiger? Kann man mit der Gegenwart besser umgehen, wenn man sich mit dem Damals auseinandersetzt? Oder hadert man nur mit verpassten Gelegenheiten, bricht längst vernarbt geglaubte Wunden wieder auf und suhlt sich in einer wohligen Hilflosigkeit, indem man jedes Versagen von heute auf Unabänderlichkeiten der Vergangenheit schiebt? Der Besuch bei meinem Vater war eine kleine Reise in die Vergangenheit, bei der mich ein zufälliger Fund im Keller schließlich auf die Idee brachte, noch einmal nach Portugal zu fahren.

Mein Vater war seit dem Tod meiner Mutter wieder aktiver geworden. Er engagierte sich in der Flüchtlingshilfe, verbrachte den halben Winter in Italien und machte eine Bildungsreise nach der nächsten. «Guck dich ruhig um», sagte er, hatte bei meiner Begrüßung schon die Jacke an und verschwand zum Internetkurs für Senioren, den er wöchentlich in der Volkshochschule besuchte. Das Rentnerleben war anscheinend anstrengend.

Ich ging von Zimmer zu Zimmer, und in jeder Schublade fand ich Dinge, mit denen ich etwas verband: vage Emotionen und erratische Assoziationen; ich machte aber auch überraschende Wiederentdeckungen, die mit konkreten Erinnerungen verknüpft waren. Im Keller verbrachte ich Stunden. Unterm Treppenabsatz standen immer noch eine Kiste Apfelsaft und eine Kiste Mineralwasser, seit Jahrzehnten vom gleichen Getränkeservice geliefert. Für das Hochholen der Flaschen war als Kind ich zuständig gewesen, weil meine Schwester Angst vor den im Keller lebenden Spinnen hatte. Und in der Tat fand sich damals unter der Treppe hier und da ein imposantes Exemplar. Ich habe mal irgendwo gelesen, dass man sich beglückwünschen könne, wenn man Spinnen im Keller habe. Denn Spinnen ließen sich angeblich nur dort nieder, wo es trocken sei, und ein trockener Keller sei ja schon die halbe Miete. Das ist falsch. Denn exakt dort, wo ich manchmal Spinnen fand, bildete sich bei Regen eine Pfütze im Keller, mitten im Haus, wo Regenwasser nichts zu suchen hatte. Die Handpumpe, mit der mein Vater regelmäßig das stehende Wasser beseitigte, stand immer noch neben den beiden Getränkekisten. Die Feuchtigkeit schien die Spinnen also nicht wesentlich zu stören.

Dann der sogenannte «Weinkeller», ein kleiner Abstellraum, in dem neben einer längst vergessenen Umzugskiste auch ein leerer Kasten Bier stand. In der Umzugskiste fand ich eine Wärmflasche und die altertümliche UV-Höhensonne, vor die wir immer gesetzt wurden, wenn wir erkältet waren. Damals war das der letzte Schrei, heute höre ich den Hautärzteverband aufstöhnen. Der Bierkasten war von einer Marke, die ich seit meiner Kindheit nicht gesehen hatte. Weil die Flaschen Bügelverschlüsse hatten, wussten meine Eltern wohl nicht, wohin damit, um das Pfand einzulösen.

Mein Vater trank eh lieber Weiß- und Rotwein. Er teilte sich früher immer mit meiner Mutter eine Flasche, allerdings nie ohne die Diskussion darüber, dass mein Vater zu schnell und zu viel tränke. In guten Phasen der Ehe meiner Eltern trank er dann ein paar Tage ausschließlich «Birell», eine Art alkoholfreies Hopfengetränk, denn

Clausthaler und andere alkoholfreie Biere gab es damals natürlich noch nicht. In den schlechten Phasen schenkte er sich aus Trotz noch ein echtes Bier ein, einfachheitshalber direkt in das Weißweinglas.

Neben den Weinflaschen aus Spanien, die ich immer noch auf den ersten Blick in Rioja, La Mancha und Navarra unterscheiden konnte, standen die Elternsprechtagsflaschen. Meine Eltern waren ja beide Lehrer – und es gibt offenbar Nationen, in denen es zum guten Ton gehört, dem Lehrer zum Elternsprechtag ein kleines Geschenk mitzubringen. Das war lange bevor so etwas wie ein Anti-Korruptionsgesetz ernst genommen werden musste. Meine Eltern tranken den Fusel nicht, mochten ihn aber auch nicht einfach wegwerfen. Zu dieser Sammlung von Flaschen aus aller Herren Länder gehörte zum Beispiel eine Südtiroler Schnapsflasche aus angemaltem Ton, in Form eines Skiläufers mit Gips und gebrochenen Skiern. Der kleine Sepplhut aus Filz mit einem Korken darunter diente als Deckel. Daneben stand ein Schiff aus winzigen Muscheln und Schnecken, so aufwendig wie geschmacklos. Im Schiffsrumpf schlummerte eine Spirituose unbekannter Herkunft. Jugoslawischer Kruškovac lagerte neben mehreren Flaschen türkischen Rakis und einer Flasche Obstbrand, in der eine echte, ausgewachsene Williams-Christ-Birne die Ewigkeit verschlief; jahrzehntelang hatte ich mich gefragt, wie sie wohl in die Flasche gekommen sei. Erst vor ein paar Jahren habe ich eine Reportage im Fernsehen gesehen und erfahren, dass man die Flaschen tatsächlich noch am Baum über die winzigen Früchte stülpt und die Birne in der Flasche wachsen und reifen lässt.

In einem Schrank standen zwei anscheinend unberührte, identische Werkzeugkästen, vielleicht fehlgegangene Weihnachtsgeschenke von meiner Mutter an meinen Vater, wer weiß. Auf dem Brett darunter mehrere große Blechdosen ohne Papieretikett, dafür mit dem Aufdruck «Dosenfleisch aus deutscher Herstellung». Daneben einige Kartons mit Spätzle und ein paar Tüten Fertigsoßenpulver, die so alt waren, dass die Firmen Knorr und Maggi daran vielleicht Interesse haben könnten, um sie in ihrem historischen Fabrikmuseum auszustellen. Im unteren Regal Gewürze. Viele Gewürze. Ich weiß noch, wie wir als Kinder mal mit unseren Eltern eine Gewürzfabrik besucht hatten und mein Vater anschließend im Werkverkauf so viele Gewürze mitgenommen hatte, dass wir über einen Vorrat an Muskatnuss, Nelken und Gelbwurz verfügten, der offenbar die Jahrzehnte überdauert hatte.

Das war die Atomkriegsnahrung. In den Siebzigern waren wir noch davon überzeugt gewesen, dass der Sowjetrusse jeden Moment darauf lauerte, bei uns einzufallen und uns alle abzumurksen. Aber meine Mutter hatte vorgesorgt: Wir würden uns einfach im Keller verstecken und uns vom gebunkerten Dosenfleisch ernähren, bis der Russe halt wieder weg sei. Und wenn er uns wider Erwarten doch im Keller entdecken sollte, könnten wir ihn ja mit dem Gelbwurzpulver bewerfen.

Und dann fand ich sie: die Kiste mit Erinnerungen aus meiner Kindheit und Jugend, die einem kurz den Menschen zurückbringt, der man einst war, oder zumindest die Illusion davon: idealistischer und naiver zwar, aber auch leichter, ohne den Ballast, der sich so im Laufe des Lebens ansammelt, und voller Selbstgewissheit, dass der

Weg einen nach vorne führen werde, wo die Abenteuer warten, die Freiheit und das Glück.

Interessant, was für Dinge ich früher für bedeutend hielt: die noch mit der Schreibmaschine getippte und im Copyshop vervielfältigte Abizeitung, einen rosa Musterungsbescheid vom Kreiswehrersatzamt oder einen abgelaufenen Reisepass mit einem Passbild vom jungen Jayjay, dessen Hemd, Brille und Frisur offensichtlich irgendwann mal als zumindest tragbar galten. Die Startnummer eines Volkslaufs, an dem ich mal teilgenommen habe. Kinokarten für Filme, an die ich mich heute nicht mehr erinnere. Fahrausweise für Skilifte, von denen ich behaupten würde, dass ich sie noch nie benutzt habe. Notizbücher mit handgeschriebenen Namen und Adressen, die ich nicht mehr einordnen kann. Wer ist Isabel Estévez aus San Diego? Und warum besitze ich eine Visitenkarte der «Jesus is Lord»-Fellowship aus Vancouver?

Da sind auch noch diverse Fotos von Julias und meinem ersten gemeinsamen Urlaub in Norwegen (Regen, Zelt, Liebe). Dann dieses verblasste Interrailticket, immer noch in der Plastikhülle von damals. Und eine Menge alkoholisierter Fotos von Tiggys und meiner Reise nach Portugal: eines von Tiggy, ein rosig schimmerndes Bier in der Hand, Groselha natürlich. Ein anderes von Tiggy und mir in einer Sandburg liegend, auf der mit Muscheln belegt «Lagos 1987» steht. Ein weiteres mit Boo und Roger, der eine in die Kamera strahlend, der andere die Hand vors Gesicht haltend. Ein viertes von Alex, mit Luisa und Roger im Arm. Alex kaum zu erkennen, weil er ein rosa Hasenkostüm trägt, mit riesigen Plastik-Hasenzähnen.

Etwas weiter unten in der Kiste fand ich eine kleine

China-Kladde, die man damals bei «Nanu-Nana» kaufen konnte und in der ich jetzt anfing zu blättern. Es war eine Art Tagebuch, das ich begonnen hatte, als ich zur Bundeswehr musste, unmittelbar nach der Portugalreise. Damals gab es noch die Wehrpflicht – und wer nicht verweigerte, der musste fünfzehn Monate zum Bund. Was ich damals geschrieben hatte, waren die naiven Herzensergießungen eines Neunzehnjährigen, mit dem ich nicht mehr sehr viel gemeinsam hatte. Ich sprach seine Sprache nicht, schämte mich für seine simplen Gedanken und einfältigen Ausführungen, teilte nicht mehr seine Träume, die für meinen heutigen Geschmack allesamt zu kurz griffen – vor allem der Teil mit fast dreisten und überheblichen Forderungen an das Alter Ego in der Zukunft, die an den Leser, also an mich, gestellt wurden, falls ich später diese Zeilen mal in die Hand bekäme. Mit welchem Recht urteilte der Neunzehnjährige über den Erwachsenen in der Zukunft? Woher wollte er wissen, was mich quält, woran ich leide und was mich unglücklich macht? Warum sollte ich auf den Vorschlag meines jugendlichen Ichs hören, alles hinschmeißen und mit Tiggy nach Portugal fahren?

Andererseits: Erwischt! Hatte ich das Recht, das jugendliche Geplauder von oben herab abzutun? Das war ja immerhin mal ich, der das geschrieben hatte. Und war dieses Ich so viel jämmerlicher als mein heutiges? Grund genug, um dem jungen Jayjay und dem, was ihn beschäftigte, ein paar Minuten meine Aufmerksamkeit zu widmen.

Den verblassten Zeitungsartikel vom Frühjahr 1989 kannte ich gut, so oft hatte ich ihn in den Jahren darauf gelesen. Er befasste sich mit der ETA-Terroristin Nagore Etxebarria, die in Madrid zu einer Haftstrafe von dreiundzwanzig Jahren verurteilt wurde, weil sie einen Supermarkt in Bilbao in die Luft gesprengt hatte. Zwanzig Tote, Dutzende Verletzte. Dazu ein Foto von der Festnahme: Nagore mit dem gleichen entschlossenen Gesichtsausdruck, den sie hatte, als sie damals mit mir über Koffer und schlafende Menschen stieg, um aufs Klo zu kommen – der Vergleich hinkt etwas, ich weiß. Mittlerweile dürfte sie schon seit einigen Jahren wieder frei sein; eine Frau Mitte vierzig, die mehr als ihr halbes Leben im Gefängnis verbracht hatte. Wie entschlossen mag ihr Gesichtsausdruck heute sein?

Oder einen zweiten Zeitungsartikel vom Dezember 2000, ein Nachruf auf die britische Sängerin Kirsty MacColl, die kurz vor Weihnachten beim Baden in Mexiko von einem Motorboot überfahren worden und dabei ums Leben gekommen war. Der Nachruf erinnert an ihre großen Hits «A New England» und «Fairytale of New York»; sie hatte die irische Liebesgeschichte 1987 zusammen mit «The Pogues» aufgenommen und war damit in Großbritannien bis auf Platz zwei der Charts aufgestiegen. Ich hatte irgendwann ein Foto an den Artikel geheftet, auf dem Kirsty in der Fußgängerzone von Lagos Gitarre spielt. Davor unscharf Tiggy, der mit seiner Baseballkappe Kleingeld von den Passanten eintreibt.

Das Leben ist ja eine ganze Anhäufung von willkürlichen Entscheidungen, Unfällen, Glücksfällen, Zufällen, denen man im Nachhinein eine Art von Kontinuität zuschreibt, eine Zwangsläufigkeit oder einen zugrundeliegenden Plan. Doch in Wirklichkeit ist es nur ein beliebiger Haufen gesammelter Zeitungsartikel, eine Aneinanderreihung von Ereignissen, die es zu überleben gilt. Und das gelingt nicht jedem. Von einigen, die mir mal was bedeutet hatten, gab es Spuren, aber eben nicht von allen. Auf der Rückseite eines durchgerissenen Bankformulars fand ich die Adresse von Luisa: Luisa Perreira, Rua 25 de Abril N°74, Lagos. Ich erinnerte mich noch genau an den Moment, als sie das notiert hatte: in der Bank, am Tag vor dem Besuch bei ihrem Großvater, zu dem ich sie von zu Hause abholen sollte. Noch bevor wir die Praia Estrela entdeckten.

Und dort, an der Praia Estrela, war bis heute eine wichtige Sache nicht geklärt, die wir hätten klären müssen. Es könnte sein, dass dort immer noch jemand war, dem wir einen letzten Dienst schuldeten. Und dass wir einen Gegenstand zurückbringen mussten, von dem nur wir wussten, wo er sich befinden könnte. Das wäre die eine Aufgabe. Und die andere: Ich musste herausfinden, ob ich zu Recht seit dreißig Jahren an Luisa dachte, mit einem Gefühl der Sentimentalität, der Wehmut, der Sehnsucht. Sie hätte es wohl «Saudade» genannt, wenn nicht auch Wut mit dabei gewesen wäre. Ich beschloss, mich auf die Spuren meines jüngeren Ichs zu begeben.

Ich beschloss, nach Portugal zu fahren.

4.

«Wie kommst du denn da drauf?», fragte Tiggy am Telefon etwas überrascht.

«Ich habe gerade in meinen alten Tagebüchern gelesen, und jetzt wüsste ich gerne, wie viel vom jungen Jayjay noch übrig geblieben ist. Und deswegen will ich nach Lagos. Morgen.» Ich räusperte mich. «Kommst du mit? Du weißt doch gerade auch nicht, wohin!»

Am anderen Ende herrschte eine Weile Stille. «Ist es wirklich die Suche nach dem jungen Jayjay? Oder nicht eigentlich die Suche nach was ganz anderem? Gut – vielleicht kann man das gar nicht voneinander trennen. Glaubst du, da noch irgendwas zu finden? Die Polizei hat doch auch nichts rausgekriegt. Und eine Vermisstenanzeige hat es nie gegeben.»

«Ich weiß nicht, irgendwie waren wir damals zu naiv. Und die Polizei hat eigentlich gar nicht so richtig gesucht. Die hatte gar kein größeres Interesse an dem Fall.»

«Ich halte es immer noch für möglich, dass der einfach weg ist. Heimlich aufgetaucht und verschwunden. Das war so ein komischer Vogel, ich traue dem alles zu. Sonst hätte den doch jemand gesucht! Familie, Freunde! Wir haben ja nie wieder etwas von der Polizei gehört ...»

«Kann sein. Aber ich glaube das nicht. Du weißt doch, was passiert ist. Der ist da noch. Ich will das wissen. Und ich muss klären, was da mit Luisa war. Ich bin auch jetzt noch, nach fast dreißig Jahren, ein wenig eifersüchtig.»

«Wie willst du das denn heute noch klären? Meinst du, die lebt da noch?»

«Ne, sie wollte da ja immer unbedingt weg, keine Ahnung. Aber irgendwas werden wir schon rauskriegen. Kommst du mit oder nicht? Ich fahre auf jeden Fall.»

«Bock hätte ich ja schon. Und bei Helena brauche ich mich in den nächsten Wochen nicht blicken zu lassen ... Kriegen wir denn so schnell einen Flug?»

«Ich kümmer mich und ruf dich zurück – Mensch, fast dreißig Jahre!»

Ein bisschen herumrecherchiert, und die Sache war geritzt: Ich würde morgen früh um 11:05 Uhr fliegen, und Tiggy käme mit einer späteren Maschine hinterher. Um neunzehn Uhr würden wir uns treffen, vor dem Denkmal des Dom Sebastião auf dem Praça Gil Eanes in Lagos. Das Abenteuer konnte beginnen.

5.

Was damals fünfundfünfzig Stunden mit dem Zug gedauert hatte, war heute in vier Stunden mit dem Flugzeug erledigt. Aber ein Gefühl für die Entfernung bekam man im Flieger natürlich nicht. Der Himmel über Kastilien und der Extremadura war wolkenlos. Hier waren wir seinerzeit mit dem Zug durchgefahren, vorbei an Korkeichen und halb wilden Hausschweinen, die unter den Bäumen Eicheln fraßen. Aus dem Flugzeug war sie gut zu erkennen, die vollkommene Eintönigkeit, die uns damals so fremd war, aber doch mit der Verheißung einherging, dass die Welt nicht überall nur aus Eichen und Schweinen bestehen konnte, die Verheißung von Gold, fremden Ländern und schönen Frauen, von Safran, Nelken, Pfeffer und Zimt.

Heute wusste ich, dass aus dieser Gegend fast alle Conquistadoren kamen, die ruhmreichen Eroberer Mittel- und Südamerikas. Allerdings waren sie bis dahin eher Verzweifelte und Gescheiterte: Nachdem sie in der spanischen Armee gedient und die Mauren von der Iberischen Halbinsel vertrieben hatten, wurden sie aus dem Militär in die Arbeitslosigkeit entlassen. Das Schweinehüten in der kargen Landschaft der Extremadura war nichts mehr für sie, sie wurden ausgelacht in ihren bunten Uniformen mit den güldenen Schulterklappen, während sie mit dem Dolch Schinken aßen und sich mit der Feder ihres Huts in den Ohren kratzten. Ihr einziger Ausweg war oft die Flucht in die Neue Welt. Ihr Nachruhm basiert zu einem Großteil auf Gewalt, Unterdrückung und Mord an den Ureinwohnern Mittel- und Südamerikas.

Tiggy und ich wollten uns die Welt damals möglichst ohne Gewalt erobern und blickten mit unwissendem Auge auf die Korkeichen und die Schweine, dazwischen mal ein paar Esel, ein Lavendelfeld oder ein Steinhaus mit einer Zypresse davor, in cézannehaftem Grünbraun, wobei uns der Name Cézanne vor fast dreißig Jahren auch noch nichts sagte. Je älter man wird, desto reicher wird die Welt, an Wissen und Erfahrung, aber sie wird auch um einiges ärmer, an Neugier und Enthusiasmus.

Heute gab es in Faro einen neuen, modernen Flughafen. Am Ausgang schlug einem die Hitze entgegen, und es war hellgrell für die an verregnete deutsche Sommer gewohnten Augen. Wie damals fehlte mir eine Sonnenbrille – die hatte ich bei meinem überstürzten Aufbruch natürlich vergessen. Ich musste etwas suchen, bis ich das Schild mit meinem Namen sah, das von einem Fahrer gehalten wurde, der virtuos einen Zahnstocher vom linken in den rechten Mundwinkel wandern ließ. Den Fahrer hatte ich mir am Abend zuvor noch im Netz gebucht. Das schwarz-grüne Auto mit der Aufschrift «Hermes Taxi» hatte er neben einer Ansammlung von grauen Mülltonnen geparkt. Fast ein Dutzend Hunde drückte sich mit eingezogenem Schwanz um sie herum und balgte sich um ein paar Hühnerknochen. Der Chauffeur trat einen Hund beiseite, der jaulend davonlief, spuckte den Zahnstocher hinterher und bot mir an, die etwa neunzig Kilometer lange Strecke entweder über die alte Nationalstraße zu fahren oder alternativ über die neue, von der EU gebaute Autobahn, die *Via do Infante de Sagres*, mit der man sagenhafte zwanzig Minuten einsparte. Ich wählte die Nationalstraße, die nahezu deckungsgleich mit dem letzten Teil der Bahnstrecke war, die wir 1987 zurückgelegt hatten.

Der Fahrer legte das Schild, mit dem er mich aufgegabelt hatte, unter die Windschutzscheibe und fuhr los. Die Scheibe reflektierte meinen Namen spiegelverkehrt, so wie ich mich gerade selbst reflektierte, den Jayjay von heute und vor neunundzwanzig Jahren. Kurz nach dem Flughafen begannen bereits die Salinen, von denen ich damals rundweg bestritten hatte, dass man durch sie Salz gewinnen könne. Man konnte, natürlich. In den Salzpfützen spazierten Säbelschnäbler und Kraniche, und neben den verrotteten, vom Salz zerfressenen Steinhäusern standen jetzt elegante Bungalow-Neubauten, einige jedoch mit selbstgemalten «Aluga se»- oder «Vende se»-Pappschildern am Zaun; an den älteren Häusern hingen ausgeblichene Portugalfahnen. Nicht jeder EU-Blütentraum war hier gereift. Riesige Discounter waren aus dem Boden gestampft worden, Carglass-Filialen, Snackbars und Töpfereien, die Fliesen und Auflaufformen an Touristen verkauften. An der Ausfahrt einer dieser Töpfereien lagen drei übergroße tönerne Amphoren, von denen eine zerbrochen war. Davor hatte eine Oma einen Stand mit Orangen aufgebaut – vor lauter Staub und Autoabgasen konnte man gar nicht sagen, was grauer war: die Oma oder ihre Orangen.

Je näher wir Lagos kamen, desto häufiger durchfuhren wir nagelneue Kreisverkehre, deren Abzweigungen links und rechts ins Hinterland und an die Küste führen sollten, aber bald im Nirgendwo endeten. Der letzte Ort vor Lagos war Odiáxere, wo wir recht lange an einer roten Ampel standen. Beim Warten blickte ich in die fast blinde Schaufensterscheibe einer Art Drogerie, in der nichts als eine einzige Niveaflasche ausgestellt war. Die alte und die neue Welt wollten noch nicht so recht zueinanderfinden.

Bald erkannte ich einiges wieder. Wir überholten eine langsame Bimmelbahn, die in mir Erinnerungen weckte – und da, wo früher ein Pinienwald war, der nach Saunaaufguss und Duftbaum gerochen hatte, erstreckte sich jetzt ein riesiges Neubaugebiet, mit austauschbaren Straßen und austauschbaren Häusern, von denen ich wusste, dass hinter ihnen immer noch Meia Praia lag, ein kilometerlanger, weißer, wilder Sandstrand.

6.

«Bem-vindo, senhor Jenkner! Die Pessoa-Suite – faz favor!» Beflissen bat man mich an der Rezeption, die notwendigen Papiere auszufüllen, und übergab mich der Obhut eines greisen Gepäckträgers. Der hätte ohne weiteres auch als Professor für Fundamentalphilosophie und Metaphysik an einer portugiesischen Universität durchgehen können, wenn er nicht mit der Jugendlichkeit einer schräg aufgesetzten Bellboy-Kappe kokettiert hätte, die für sein fortgeschrittenes Alter ein wenig unangemessen schien. Da es mir peinlich gewesen wäre, ihn meine leichte Sporttasche tragen zu lassen, nahm ich sie selbst – und er schob den leeren Gepäckwagen vor mir her, vorbei an dem plätschernden Springbrunnen im klimatisierten Foyer, zum Aufzug, der seinen Standort auf altmodische Weise mit einem Messing-Zeiger über dem Eingang offenbarte, entlang des Flurs in der sechsten Etage bis hin zur Pessoa-Suite. Mein Zimmer war hell, klimatisiert und duftete stark nach dem eindrucksvollen Blumenstrauß, mit dem der Hoteldirektor mich begrüßen ließ und sich in einem Empfangsschreiben bei Bedarf zur weiteren Verfügung empfahl. Das Zimmer bot einen verschwenderischen Ausblick, wenn man die schweren Atlas-Gardinen beiseitezog und den großzügig bemessenen Balkon betrat, der mit maurischen Kacheln gefliest war. Jenseits des Kanals, wo einst der Weg zum Bahnhof durch eine karge Steppenlandschaft führte, durch die wir dem Mütterchen hinterhergestapft waren und in der ich mich dann endgültig von Luisa verabschiedet hatte, da blickte ich jetzt erstaunt auf ein prächtiges Hafenbecken. In der boutiquenbestückten Marina ankerten elegante Boote, die den alten Kanal nun als Einfahrt in den Yachthafen nutzten. Weit dahinter, inmitten eines weiteren Neubaugebiets, sah man den stillgelegten Bahnhof, und noch dahinter die Gischt der donnernden Wellen von Meia Praia. Mit einem großzügigen Trinkgeld bedacht, zog sich der Senioren-Page rückwärts zurück und schloss lautlos die Tür.

Ich nahm einen Schluck vom bereitgestellten Hibiskustee, sprang unter die Dusche und zog mir ein frisches T-Shirt an. Bis zu Tiggys Ankunft hatte ich noch etwa zwei Stunden Zeit, also schnappte ich mir die Schlüsselkarte und grüßte am Eingang des Foyers den salutierenden Boy. Draußen war es brüllend heiß, aber man konnte sich ja schon mal ein wenig umtun. Die entscheidenden Plätze wollte ich erst mit Tiggy gemeinsam aufsuchen, also bummelte ich ein wenig ziellos durch die Straßen. Vieles war wie damals, die Neubauten aus den späten Siebzigern aber waren in die Jahre gekommen, Roststreifen liefen über den einst blütenweiß verputzten Beton. Auch ein paar museale Häuser der Jahrhundertwende standen noch, mittlerweile unbewohnt, mit lebensgefährlichen Balkonaustritten und vereinzelten bunten Azulejos an den Fassaden, die allerdings jederzeit auf die darunter flanierenden Passanten zu fallen drohten. Ich setzte mich in einem Straßencafé auf einen Plastikstuhl, dessen Sitz das Muster alter Korbflechterei imitierte, und bestellte einen Galão, jenen herrlichen Milchkaffee, der sich hinter keinem Cappuccino verstecken muss. Gegenüber schob eine Verkäuferin klappernd die Postkarten- und Spielwarenständer über das Kopfsteinpflaster zurück in den Laden, wobei ein kleines Shaun das Schaf unbemerkt auf den Boden fiel.

Hatte das Leben mit uns Ähnliches gemacht wie mit diesem Ort? Wie sieht es aus, wenn man in sich hineinblickt, als wäre man dreißig Jahre lang nicht bei sich selbst gewesen? Würde man die heruntergekommenen Viertel im Innern wiedererkennen? Und die vielleicht noch immer wunderschönen Ecken? Alte und neue Ruinen, aber auch durchaus erkennbaren Fortschritt? Die kleinen Renovierungen und größenwahnsinnigen Projekte, die lächerlichen Neubauten und die zahlreichen ewigen Baustellen, die langsam verrotten, weil die Arbeit an ihnen längst eingestellt wurde?

Was war mit mir passiert, seit der Sache mit Luisa? Ich habe ihr ja noch jahrelang hinterhergetrauert, aber warum eigentlich? Vermutlich hatte sie damals auch was mit Alex gehabt, so genau hatte ich das nie herausfinden können. Also, was war es, das mich Luisa so vermissen ließ? Klar, sie war das erste Mädchen, mit dem ich geschlafen hatte, aber das war es nicht. Sie war vor allem die Erste, die mich als erwachsenen Menschen wahrgenommen hatte und nicht als Kind; als jemanden, dessen Meinung was galt, der Entscheidungen traf. Ich hatte mich angenommen und akzeptiert gefühlt.

Es wurde Abend, wenngleich die Hitze kaum nachgelassen hatte. Ich hinterließ ein paar Münzen auf dem kleinen Plastiktellerchen, machte mich auf den Weg bergauf und kam unwillkürlich auf die kleine Straße, die zum Friedhof führte. Vor dreißig Jahren war mir der Weg steiler vorgekommen, länger, insgesamt bedeutender; und als ich da angekommen war, wo früher unser heimeliges Mausoleum war – fand ich mich auf einem großen Parkplatz wieder. Die Autos standen dicht an dicht, so wie früher die Grabsteine. Der ganze Friedhof, plattgemacht zugunsten einer Parkmöglichkeit, die die Innenstadt vom Autoverkehr entlasten sollte.

Eine Politesse war gerade dabei, Kennzeichen von Autos ohne Parkticket aufzuschreiben – und so wie man in der Kirche eine Kerze anzündet, um der Toten zu gedenken, so löste ich schnell ein Ticket und klemmte es als Opfergabe unter die Scheibenwischer eines beliebigen, aber ticketlosen Wagens, der ungefähr an der Stelle parkte, wo früher das Mausoleum von João Almeida, Advogado, gestanden haben muss. Und wenn ich damit auch keine Seele gerettet hatte – ein bisschen fühlte es sich so an. Dienst am Nächsten!

7.

Tiggy wartete bereits am Denkmal des Dom Sebastião. Ich sah ihn schon von ferne dort sitzen, eine größere Plastiktüte und zwei Literflaschen Bier neben sich. Natürlich traf ich ihn öfters, aber das hier war schon etwas Besonderes. Zwischen dem letzten Mal, da ich ihn an diesem Ort erlebt hatte, und heute lagen dreißig Jahre – aber auch etwa dreißig Kilogramm.

«Na, Dicker? Was haste da?»

«Bier, für dich. Da drüben gekauft!» Er deutete auf einen Kiosk an der Ecke. «Und glaubste nicht, Klaus ist auch noch da!»

Klaus! Den hatte ich völlig vergessen. Seit dem ersten Abend hatten wir uns an genau diesem Kiosk täglich jeder eine Literflasche Sagres-Bier gekauft. Und Tiggy hatte den Mann im Kiosk kurzerhand auf den Namen Klaus getauft.

«Wieso erkennst du den noch?», fragte ich Tiggy.

«Weil ich ihn halt erkenne. Ist jetzt ein Opa, aber der war ja auch schon früher nicht mehr der Jüngste.»

«Wahnsinn – auf Klaus!»

«Auf Klaus!»

Und dann saßen wir da, tranken und schwiegen, was so lange schön war, bis die Musik einsetzte. Wo früher Kirsty ihre mitreißenden Songs sang, selbst begleitet auf der Gitarre, war jetzt eine dürre Frau mit hohlem Blick aufgetaucht. Sie trug einen Batikrock und ein löchriges T-Shirt, spielte auf einer Geige und bewegte sich dazu in konvulsivischen Zuckungen. Zuweilen ließ sie versehentlich den Bogen fallen, was sie aber erst nach einigen Sekunden des imaginären Weiterspielens bemerkte, dann den Bogen aufhob und tat, als wäre nichts geschehen. Nach der Performance beschimpfte sie das Publikum. Tiggy und ich versuchten, ihr Spiel musikalisch zu identifizieren, und einigten uns auf ein Medley aus Titanic-Motiv, einem Schostakowitsch-Walzer und dem Ententanz. Ein beängstigender Hippie, auf einer merkwürdigen Droge hängengeblieben.

Backpacker zogen an uns vorbei, in Richtung der Hostels. Schwarze Frauen, die die Gruppen bereits in den Zügen abfingen, gab es keine mehr, der Tourismus war längst professionalisiert. Wir prosteten den Backpackern stumm zu, ernteten aber keinerlei Reaktion. Wir gehörten nicht mehr dazu.

«Wollen wir los?», fragte ich.

«Warte», lächelte Tiggy, «ich hab noch was!» Und damit griff er nach der Plastiktüte und zog etwas heraus.

«Hier!» In der Hand hielt er zwei T-Shirts, nein, leider waren es eher Muscle-Shirts, ein pinkes und ein schwarzes, mit dem Aufdruck «Pica Pau Bar, Lagos, Portugal». Rechts und links davon zwei Palmen, die sich freundlich der Schrift zuneigten.

«Wahnsinn. Die hast du die ganze Zeit aufbewahrt? Aber das ziehe ich jetzt nicht an!», sagte ich.

«Doch, doch», erwiderte Tiggy. «Die ziehen wir beide jetzt an! Genau für diesen Moment habe ich sie die ganzen

Jahre im Kleiderschrank gehabt! Weißt du doch, ich bin ein alter Sammler!»

Die Shirts rochen nach Mottenkugeln, wobei ich in meinem ganzen Leben noch keine Mottenkugel gesehen hatte, aber trotzdem genau wusste, wie sie rochen. Wir zogen uns am Denkmal um. Tiggys Größe war nie meine Größe gewesen, aber Tiggys Größe von damals war auch nicht mehr Tiggys Größe von heute – also sah man zwei Männer reiferen Alters in unfreiwillig bauchfreien T-Shirts zweifelhaften Designs am Denkmal des Dom Sebastião ihr Bier austrinken. Dann bekamen wir Hunger. In unserem gewagten Aufzug, in dem wir uns dank des Alkohols immer weniger unwohl fühlten, besuchten wir eines der Restaurants in der Fußgängerzone und aßen eine Meeresfrüchteplatte mit Languste, Taschenkrebs und Krabben, dazu gab's eine Flasche Weißwein aus Portugals Norden, von deren Gegenwert wir damals eine Woche hätten leben können. Zum Nachtisch gönnten wir uns *pastéis de nata*, die köstlichen Blätterteigschiffchen mit karamellisiertem Pudding, und anschließend eine Käseplatte. Der Kellner ließ es sich nicht nehmen, sie uns umfänglich zu erklären:

«Sie finden hier fünf Käse aus der Region. Allerdings handelt es sich fünfmal um ein und denselben Käse in verschiedenen Reifegraden. Hier als Frischkäse, mit dem fangen Sie bitte an. Dann kommt der Weichkäse, und danach nehmen Sie bitte einen Schluck Wein. Das hier ist dann der Hartkäse in den Stufen jung, mittel und alt. Der Junge ist frech und leicht säuerlich frisch. Der Mittlere ausgewogen und mild. Und der Alte würzig und scharf, aber Sie werden sich an den jungen Käse geschmacklich noch erinnern können. Bei jedem Bissen werden Sie merken, dass es sich um eine einzige Käsesorte handelt, und trotzdem werden Sie es nicht glauben können – so verschieden schmecken sie. Guten Appetit!» Und mit einem angedeuteten Bückling verschwand er wieder im Lokal.

Tiggy und ich, das stellte sich schnell heraus, haderten mit denselben Dingen im Leben: Denn anders als damals auf der Fahrt nach Portugal, als wir ab einem bestimmten Zeitpunkt nicht mehr von irgendwo weg-, sondern irgendwo hinfuhren, fuhren wir gerade so insgesamt im Leben nirgendwo hin – wir kamen höchstens irgendwo her. Bestimmte Entscheidungen in unserem Leben waren gefallen: Beruf, Eigentumswohnung, Frau. Mit siebenundvierzig war das, was hinter uns lag, vermutlich spannender als das, was vor uns lag. Alles, was aufregend und nicht zu planen war, klang nunmehr wenig verlockend und hatte meist mit Krankheit, Verderben und Tod zu tun. Unser Leben hatte uns zermürbt und erodiert wie das Meer die Sandsteinfelsen hier an der Küste, müde und erschöpft suchten wir nach einer neuen Perspektive. Diese gemeinsame Reise konnte sie uns vielleicht geben: Wir waren auf der Suche nach einem Toten, um uns selbst wieder zum Leben zu erwecken.

«Früher habe ich für meine Sammlungen gelebt», sagte Tiggy. «Ich habe als Kind so leidenschaftlich nach dem Schwarzschlumpf gesucht – das Suchen war fast besser als das Finden. Heute sammle ich nicht mehr. Früher habe ich mir zur Fußball-WM mit heißem Herzen jede einzelne Panini-Tüte vom Taschengeld abgespart. Wenn ich heute ein Panini-Album haben will, kaufe ich mir einfach eine Kiste mit hundert Tüten. Das macht immer noch Spaß, aber es ist nicht mehr das Gleiche. Verstehst du das?»

«Und ob», antwortete ich. «Ich bräuchte so ein Hobby, wie du es damals hattest, eine Leidenschaft, irgendwas, was mich reizt – aber ich kann ja schlecht Schlümpfe sammeln!»

«Warum eigentlich nicht?», fragte Tiggy.

«Ach, ich glaube nicht, dass mich das zufriedenstellen würde. Ich weiß nicht einmal, ob es überhaupt etwas gibt, das mich zufriedenstellen könnte. Wobei, momentan geht's mir gut. Wir haben hier ja auch was ganz Konkretes vor.»

Als die Abendbeleuchtung ansprang und die Stadt in ein goldenes Licht tauchte, waren wir so weit. Nur zwei Seitengässchen weiter, am oberen Ende einer belebten Straße, sahen wir das Schild schon aus der Ferne. Ein paar junge Leute standen vor der Bar und rauchten. Vor der Schwingtür war ein gläserner Windfang gebaut worden; der machte die Schwingtür obsolet, aber vielleicht wollte man sie aus folkloristischen Gründen behalten. Weil wir uns noch nicht so recht trauten einzutreten, gingen wir zunächst unauffällig an der Tür vorbei. Nach zwanzig Metern drehten wir unauffällig um. Wir zuppelten uns notdürftig die Shirts über die Bäuche und atmeten kurz durch.

Zaghaft öffneten Tiggy und ich erst den Windfang und dann die Saloontür. Es erklang ein kleines Glöckchen, das für den gemeinen Beobachter nur ein Zeichen war, dass jemand die Bar betrat oder verließ. Aber wir wussten: Dieses Glöckchen war eine Zeitmaschine. Und wenn es stimmt, dass die Zeit ein Fluss ist, so waren wir wohl gerade ins kalte Wasser gesprungen und mit einem Schlag dreißig Jahre stromaufwärts geschwommen. Dennoch bestätigten wir uns mit einem kurzen Blick gegenseitig, dass wir beide überrascht waren, *wie* effektiv das Glöckchen uns in die Vergangenheit katapultierte.

III.

1.

Als wir am 3. Juli 1987 das Pica Pau zum ersten Mal betraten, spielten sie gerade «Live it Up» von der Band «Mental as Anything» – ein One-Hit-Wonder, von dem man nachher nie wieder etwas hören würde. Der Song passte überhaupt nicht zum Ambiente – wir standen in einer spanisch anmutenden Bodega mit riesigen Fässern an den Wänden und einer hohen, weiß getünchten Decke, von der ganze Schinken hingen (Plastikschinken, wie wir erst später herausfanden). Zwischen den Schinken kämpfte sich ein großer Ventilator träge durch die stickige Luft. Die Wände waren blau gekachelt, an den Tischen aßen die Gäste gegrillten Schwertfisch von Zinntellern, man schenkte Wein in Tonkrügen aus, und auch an der Theke saßen Menschen: Einheimische mit Portwein und Oliven, Touristen mit Cocktails und Bier.

«Meine deutschen Freunde!» – Jasper wischte sich die Hände am Geschirrtuch trocken, das er sich mit einem Zipfel in die Hose gesteckt hatte, und schlenderte hinter der Theke hervor, um uns die Hand zu geben.

«Schön, dass ihr da seid!» Er deutete in die Runde. «Das ist meine Bar! ‹Pica Pau› heißt auf Portugiesisch ‹Buntspecht›. Kennt ihr ‹Woody Woodpecker›? In der portugiesischen Küche heißen aber auch kleine marinierte Fleischhäppchen ‹Pica Pau›, findet ihr auf der Karte. Na ja, und die Getränke seht ihr ja.»

Er wies hinter sich auf ein Regal voller beleuchteter Flaschen, das sich über die ganze Wand erstreckte. Das Pica Pau war also beides – ein Restaurant, das portugiesische Fleischhäppchen servierte, aber auch eine Bar für Schluckspechte.

«Und das ist ‹Fuck-off-Peter›», fuhr Jasper fort. «Er gehört zum lebenden Inventar.» Dabei deutete er auf einen fast zahnlosen Engländer, der vor einem Pint Bier saß.

«Peter, sag unseren deutschen Freunden hallo!»

Peter hob nur kurz den Blick. «Germans? Oh, fuck off!», lachte er – und wir brauchten nicht mehr zu fragen, woher Peter seinen Spitznamen hatte.

«Wie war die Pizza? Ich nehme an, ihr habt keinen Hunger mehr, oder? Wenn euch mal wieder der Magen knurrt, empfehle ich euch unser ‹Beef Moçambique›! Wir haben einen neuen Koch aus Mosambik – Bobby ist eine echte Sensation. Das Fleisch ist so scharf und schwarz wie Bobbys afrikanische Seele. Danach seid ihr satt, das schwöre ich euch. The horror, the horror!», lachte er, und ich wusste sogar, worauf er anspielte, denn «Heart of Darkness» hatten wir mal im Englischunterricht durchgenommen.

«Aber schaut her, ich habe schon einen Landsmann für euch organisiert!» Damit komplimentierte er uns zu einem Platz an der Theke, an deren Ecke bereits jemand saß.

«Das ist ‹German Helmet›!» Jasper schlug seine Hacken aneinander und machte uns miteinander bekannt: «Und das sind ... wie heißt ihr eigentlich?» Wir stellten uns Helmut selbst vor und konnten kaum mehr umhin, uns dazuzusetzen. Helmut war uralt – also mindestens schon

Mitte zwanzig. Im Irrglauben, dass Deutsche sich im Urlaub über andere Deutsche freuen, hatte Jasper uns in eine etwas missliche Lage gebracht – zumal auch Helmut wenig Begeisterung zeigte.

«Der Platz ist eigentlich besetzt ...», murmelte er und legte seine flache Hand auf den Stuhl neben sich, als spiele er «Mein rechter, rechter Platz ist frei». Aber Jasper bestand darauf, dass wir uns genau dort hinsetzten.

«Luisa kommt erst später, keine Sorge, mein Freund!» Helmut war offenbar nicht mit der abwesenden Frau verabredet, sondern wartete bloß auf sie. Deshalb konnte er den ihr zugedachten Platz nur halbherzig verteidigen und räumte ihn zögerlich.

«Okay, Jungs. Ich gebe zur Begrüßung einen aus. Ich erfinde jetzt einen Drink für euch, den ‹German Helmet›.»

«Moment, den bezahle ich aber nicht!», entfuhr es Helmut, der nervös an seinem Brustbeutel nestelte, aber wir beruhigten ihn: «Entspann dich, er hat doch gesagt, er gibt einen aus!»

Und während Jasper sich vielen bunten Flaschen widmete, erfuhren wir, dass Helmut aus Duisburg kam, wo Tennissocken und Sandalen zu kurzen Hosen anscheinend *bella figura* machten, dass er kaum Englisch sprach und bereits mehrfach vergeblich «Köpi» oder ein Bier der «Dortmunder Action Brewery» bestellt hatte. Alles, was er bekam, war ein gezapftes Sagres, das er als «Sardinenpisse» bezeichnete. Wir waren da nicht so, uns schmeckte es – zumindest besser als der «German Helmet», dem Jasper mit Hilfe eines grünen Likörs eine Art militärisches Oliv verliehen hatte. Er schmeckte nach Melone und Wodka.

«Wodka, weil die Russen euch damals den Arsch versohlt haben», lachte Jasper, «und Wassermelone, weil sie so aussieht wie ein deutscher Stahlhelm!» Tiggy und ich lächelten sparsam. Aber man konnte es ihm nicht übel nehmen – wir verrechneten es unter ‹angelsächsischer Humor›. Helmut allerdings war ernsthaft erbost über die vermeintliche historische Respektlosigkeit, und nur mit Mühe konnten wir ihn davon abhalten, sich bei Jasper zu beschweren.

Helmut nervte. Er bediente sich einer Sprache, die nicht unsere war – irgendwie so altmodisch, mit Wörtern und Redewendungen, die vor fünfzig Jahren vielleicht mal locker-flockig waren, heute aber nur noch gestelzt und albern klangen. So sprach er zum Beispiel davon, dass er einmal «über den großen Teich» fliegen wolle, um dort «mit dem Drahtesel» als Fahrradkurier im «Big Apple» oder in «Frisco» zu arbeiten.

Jasper war unermüdlich mit seinen Drinks beschäftigt. Außerdem hielt er die Theke sauber, drehte Flaschen mit dem Etikett nach vorne, versteckte Kabel hinter der Box und reinigte den Zapfhahn. Wenn jemand beim Kassieren Trinkgeld gab, läutete er eine überm Tresen hängende Schiffsglocke, drehte sich einmal um die eigene Achse und klatschte in die Hände.

«Ich habe diese Bar erst seit zwei Monaten», erzählte er uns und zündete sich mit seinem Zippo eine Zigarette an, während er mit der anderen Hand weiter die Theke putzte.

«Sie ist alles, was ich habe. Meine Eltern sind bei einem Verkehrsunfall ums Leben gekommen, und ich habe jeden Pfennig meines Erbes in diese Bar gesteckt. Mein Vater wollte immer raus aus Schottland und im Süden leben. Er hat es nie geschafft. Jetzt erfülle ich ihm stellvertretend diesen Traum. Bis etwa 22:30 Uhr ist es ein ganz normales Restaurant – und dann räumen wir um und lassen die Puppen tanzen. Seid ihr dabei? Jayjay? Tiggy? Helmet? Dann kommt auch Luisa!»

Helmut tat, als würde ihn das nicht interessieren, und nuckelte weiter an seinem Drink, während wir uns von Jasper cocktailtechnisch beraten ließen. Weil er merkte, dass wir insgeheim ein wenig neidisch auf den dämlichen Helmut waren, dass es einen eigens für ihn kreierten Drink gab, machte er uns die Freude: «Okay, ich mixe einen für euch – weil ihr Durst habt!» Und nach wenigen Minuten servierte er uns zwei Drinks in einer undefinierbaren Schlammfarbe.

«Sorry, der ist mir missraten. Ich nenne ihn ‹Kotztüte› – aber ihr könnt ihn auch zurückgeben, wenn er euch nicht schmeckt!»

Wir dachten gar nicht daran, auch wenn die Mischung aus Waldmeister und Sherry eher etwas für den speziellen Geschmack war. Wir nippten an unseren Gläsern, Jasper läutete ab und zu seine Schiffsglocke. Uns gefiel es hier – und selbst Helmut schadete der Veranstaltung bisher nicht wesentlich. Er fing allerdings an, auf seinem Hintern hin und her zu rutschen und unruhig auf die Uhr zu blicken. Die Kellnerinnen begannen, die leer gewordenen Tische ein wenig beiseitezuschieben. Nach und nach wechselte das Publikum. Die Restaurantgäste verschwanden, und mitten im Raum bildeten sich Grüppchen, die sich bei einem Bier miteinander unterhielten. Um Punkt 22:30 Uhr legte Jasper eine neue Platte auf, und Charles Trenet sang «Boum».

«Jayjay», Tiggy umarmte mich, schon leicht angeschwipst. «Unser erster Urlaub ohne Eltern! Ich wollte dir sagen, dass ich es ganz toll finde, mit dir hier zu sein!»

«Ich auch, Tiggy! Wenn du nach Hause kommst, kannst du Portugal auf deiner Weltkarte grün ausmalen!» Wir stießen an und nickten uns zu. Das musste ja auch mal gesagt werden.

Erstaunlich, wie sich der Wechsel der Musik auf die Atmosphäre einer Bar auswirken kann, dachte ich noch, als jemand mit dem nackten Fuß karatemäßig die Schwingtür auftrat und lautstark auf Portugiesisch zurück nach draußen schimpfte. Das Mädchen, ich schätzte es auf siebzehn oder achtzehn, trug einen Dackel auf dem Arm, der kläffte und munter mit dem Schwanz wedelte. Es stieß ein paar portugiesische Flüche aus, ließ den Hund runter und stampfte mit den Füßen, Tränen in den Augen vor Wut. «Jasper!», rief sie. «Sie haben ihn schon wieder betrunken gemacht!»

2.

«Oh, fuck off!», rief Peter von der Seite, und Jasper holte eine Decke, legte sie in eine Ecke und stellte einen Napf mit Wasser dazu. Der Hund legte sich hin und war zufrieden. «Armer Tio», sagte das Mädchen, streichelte dem Hund über den Kopf, bis er eingeschlafen war, und bedeutete Tiggy (der sich anschickte, den Platz neben Helmut zu räumen), er möge bloß sitzen bleiben. Sie nickte Helmut freundlich zu und setzte sich neben mich.

Luisas Haar war genauso schwarz wie ihre funkelnden

Augen, die keinen Zweifel duldeten und zunächst ein wenig abweisend wirkten, wie eine Mauer. Aber gleichzeitig verriet ihr Blick auch Neugier. Ihre Augen waren also eher wie eine Mauer aus Zuckerglas; nur scheinbar hart und schneidend, in Wirklichkeit durchlässig und zerbrechlich wie das Material der Flaschen, die das Krokodil seinem Nilpferd in den Terence-Hill/Bud-Spencer-Filmen über den Schädel zieht.

Die Luft um sie herum flirrte vor Energie, sie gestikulierte wild mit den Händen, warf ihre Haare nach hinten und pustete sich ständig die Locken aus dem Gesicht. Luisa trug ein bunt gemustertes Kleid, war barfuß und wirkte wie ein Zigeunermädchen aus einem fahrenden Zirkus.

«Verdammte Iren!», schimpfte sie mich in einem hervorragenden Englisch an. «Jeden Abend gießen sie in ‹Rosco's Bar› Guinness in Tios Napf! Und er schlabbert es auf und ist jeden Abend betrunken! Hi – ich bin Luisa! Und das ist Tio. ‹Tio› heißt ‹Onkel› oder ‹Kerl›, je nachdem!»

«Hi ... ich bin Jayjay. Ist Tio dein Hund?»

«Nein, Hunde gehören einem hier nicht. Die Hunde gehören allen und niemandem – und jeder kümmert sich um sie. Aber Alkohol vertragen sie nicht, der ist für Menschen. Und selbst für die ist er nicht gut. Jasper, machst du mir ein Groselha?»

«Was ist Groselha?»

«Jasper!» Sie schnippte mit dem Finger. «Machst du mir bitte zwei Groselha? Groselha ist Johannisbeersirup. Bier pur ist mir zu bitter. Den gießt man dazu, dann schmeckt's!»

«Bist du Portugiesin?»

«Ja, hier geboren, hier aufgewachsen – aber ganz sicher werde ich nicht hier sterben!»

«Wo willst du denn sterben?»

«In London, Toronto oder New York. Hier ist es doch entsetzlich!»

«Aber jedes Jahr kommen Tausende Menschen, um ausgerechnet deinen Heimatort zu sehen. So entsetzlich kann es hier nicht sein!»

«Von Mai bis September vielleicht, da ist Lagos toll. Ich bin auch sehr dankbar, dass ich so viele Menschen aus der ganzen Welt kennenlernen darf. Aber komm mal im November oder im Februar – wenn der Wind im Hafen die Möwen hin und her schüttelt und der Regen das Kopfsteinpflaster aushöhlt. Nein danke – ich will hier weg, so schnell wie möglich!»

«Und in London würde dich der Regen nicht stören? Wie alt bist du denn?»

«Siebzehn, aber das ist egal. Von meinen Eltern aus dürfte ich. Ich will aber nicht, solange mein Großvater noch lebt.»

«Was ist mit deinem Großvater?»

«Wie, was ist mit meinem Großvater? Er ist mein Großvater – reicht das nicht? Prost! Wie ist das Groselha-Bier?»

«Spitze!» In der Tat schmeckte der Johannisbeersirup frisch in dem kühlen Bier und färbte den Drink tiefrot. Luisa gefiel mir.

«Wohnt ihr auf dem Campingplatz?», fragte sie mich.

«Nein, wir wohnen, ähh, auf dem Friedhof.»

«Ah, in den alten Mausoleen von Maria Silva! Im ‹Hotel Cemitério›! Das ist lustig, aber die wird's leider nicht mehr lange geben, Maria hat deswegen schon Ärger bekommen. Eigentlich schade, denn benutzt wird der Friedhof schon lange nicht mehr.»

«Ist es denn gut da? Ich meine, kann man da wohnen?»

«Ja, da ist's doch toll! Es ist mitten in der Stadt, gut, den Hügel müsst ihr jetzt immer rauf – aber eigentlich ist es doch besser als der Campingplatz: Jeder hat sein eigenes, kleines Ferienhäuschen, und es kostet die Hälfte. Und spuken tut's da nur noch selten!» Luisa lachte und strahlte mich an. «Oder hast du Angst vor Gespenstern? Ich kann dir welche zeigen, wenn du magst! Lagos ist voll von Gespenstern!» Und dabei hob sie kichernd ihre Hände wie Krallen und drohte mir damit.

«Ich bin auch eines! Und ich trinke Bluuut! Los – ‹Brüderschaft›!» Sie hob das rote Groselha-Bier und sagte das letzte Wort auf Deutsch, etwas unbeholfen, aber verständlich. «Das habe ich letztes Jahr von einem Deutschen gelernt!»

Plötzlich stellte sich Helmut zu uns, der uns wohl beobachtet hatte. «Hallo, Luisa!»

«Hi, wie geht's?»

«Ganz good!», antwortete er und fuhr auf Denglisch fort. «Jasper has a drink nach mir benannt, ‹German Helmut›. There stays no eye dry. You want?» Luisa blickte mich fragend an, und ich übersetzte, so gut mir das eben möglich war. Sie zuckte gleichgültig mit den Schultern und sagte «Okay».

Helmut nickte zufrieden, bestellte den Drink, prostete Luisa zu und glotzte sie an, ohne etwas zu sagen. Einige unangenehme Minuten vergingen, bis Luisa Helmut den Rücken kehrte, sich zur Theke zurückdrehte, das Groselha-Bier aus meiner Hand nahm und mir stattdessen den «German Helmet» gab. «Schmeckt eklig», sagte sie. «Was will der von mir? Ich habe den gestern kennengelernt und ein Bier mit ihm getrunken. Seitdem starrt er mich an, sagt aber nichts, oder nur was auf Deutsch. Das ist doch gruselig!»

«Soll ich ihm sagen, dass er dich in Ruhe lassen soll?»

«Nein, er tut ja nichts. Außerdem gibt er mir Drinks aus.»

«Aber das ist ja auch nicht richtig – sich Drinks von einem ausgeben lassen, den man doof findet!»

«Kann ich doch nix dafür – und du trinkst doch gerade auch seinen Drink, obwohl du ihn doof findest!»

Dagegen ließ sich jetzt schlecht etwas sagen – und da ich musste, ging ich kurz auf die Toilette. Die Bar hatte sich mittlerweile gefüllt. Auf dem Herrenklo traf ich Tiggy, den ich in der letzten Stunde etwas aus den Augen verloren hatte und der sich jetzt schon betrunken mit der Stirn gegen die Wand lehnte, während er in das Becken pinkelte.

«Ich hab 'ne Überraschung für dich! Warte hier – wenn du rauskommst, zeige ich sie dir!»

Er ging, ich pieselte ebenfalls, wusch mir die Hände und verließ das Klo. Draußen empfing mich Tiggy und machte mit zwei Jungs eine im letzten Sommer bei der Fußball-WM in Mexiko aufgekommene Modebewegung, «La Ola». Boo und Roger! Beide im Partnerlook, der eine in Rosa, der andere in Türkis. Roger hatte es in Albufeira nicht gefallen, Boo schon. Aber weil Roger nicht aufgehört hatte zu meckern, waren sie weitergefahren und mit dem letzten Zug in Lagos angekommen.

«Wir haben ein ganz tolles Hotel!», schwärmte Boo. «Das aber viel zu teuer ist ...», moserte Roger.

«Wir schlafen auf einem Friedhof. Da ist sicher noch ein Mausoleum frei!» Beide lachten, aber wir meinten es ernst. «Echt! Wir können gerne mal nachfragen.»

«Ja, warum nicht? Was wollt ihr trinken?»

Auf das Wiedersehen gab es Bier für alle. Jaspers Glocke läutete Sturm, und zu jeder seiner Pirouetten wurde applaudiert. Aus dem Augenwinkel heraus beobachtete ich Helmut, der etwas abseits alleine an der Theke saß, und Luisa, die sich angeregt mit einem Typen unterhielt, der Tio auf dem Arm hatte und ihn streichelte. Von der Sprechgeschwindigkeit her sprachen sie Portugiesisch, aber das konnte ich aus der Entfernung schwer beurteilen. Luisa fuhr sich durchs Haar und schien sich glänzend zu amüsieren. Sollte ich mich jetzt dazustellen, oder wäre ich dann das, was vor wenigen Minuten noch Helmut gewesen war? Der Nullchecker, der doof glotzend danebensteht? Der Typ sah ziemlich gut aus, blonde Haare, braun gebrannt, grüne Augen, groß und muskulös. Er trug eine weiße Hose, ein mintgrünes Hemd und hatte einen weißen Strickpulli um den Hals hängen. Vom Stil her ähnelte er ein wenig dem Sänger von Spandau Ballet – und der stand auf der Liste der coolen Leute zweifellos ganz oben.

Ich entschied mich für die Helmut-Variante und nickte Boo und Roger zu, die sich betrunken, aber fröhlich gegenseitig hin und her schubsten wie Stan Laurel und Oliver Hardy.

«Hi, ich bin Jayjay!», stellte ich mich dem Unbekannten auf Englisch vor.

«Angenehm. Sehr erfreut», erwiderte der Typ beinahe akzentfrei auf Deutsch. «Mein Name ist Alex!»

Dann wandte er sich wieder Luisa zu und führte sein Gespräch mit ihr auf Portugiesisch fort, sodass ich – wie befürchtet – danebenstand wie Karl Doof. Zum Glück aber wechselte Luisa bald ins Englische.

«Ihr könnt euch auf Deutsch unterhalten, wir können uns auf Portugiesisch unterhalten – aber lasst uns bei Englisch bleiben, das verstehen wir alle, okay?»

«Großartig», sagte ich, und Alex salutierte stumm. «Wo kommst du her?», fragte ich ihn. «Und wo hast du so gut Deutsch und Portugiesisch gelernt?»

Er musterte mich eindringlich. «Ich komme aus Toronto. Und ich habe eine gute Schule besucht.»

«Welche Sprachen sprichst du noch?»

«Spanisch, Afrikaans, Französisch und ein wenig Tagalog.»

Ich nickte und tat so, als ob ich wüsste, was Tagalog für eine Sprache sei. Alex lächelte, reichte mir den Hund rüber und pfiff Jasper zu sich, der sofort zur Stelle war.

«Machst du der jungen Lady bitte einen Banana Daiquiri? Ich nehme einen Negroni mit wenig Gin – und was willst du?», fragte er mich.

«Äh …», stammelte ich, «ich nehme noch ein Groselha-Bier, danke!»

Alex lachte und klopfte mir auf die Schulter. «Und für unseren jungen Freund hier noch ein buntes Bier mit Johannisbeer-Zuckerwasser! Mach dir selbst auch einen Drink. Was du magst. Geht auf meinen Deckel!» Jasper läutete die Glocke, drehte sich um die eigene Achse und machte sich an die Arbeit.

Alex erzählte Luisa von Toronto – und sie hing an seinen Lippen. Er erzählte von eingeschneiten Wintern in seinem Ferienhaus in Collingwood («up North»), von gigantischen unterirdischen Einkaufszentren, von den Baseballern der Toronto Blue Jays («some of them are my friends») und von seinen Anteilen an einer dort ansässigen Brauerei («only small shares»). Diese Welt war mir so fremd wie Luisa, und ich wusste nicht, wo ich mich thematisch hätte einklinken sollen. Außerdem hatte er nur Augen für sie. Ich stand stumm daneben, einen betrunkenen Dackel auf dem Arm, tat, als würde mich das alles wahnsinnig interessieren, und wünschte mir nichts sehnlicher, als ebenfalls spannende Geschichten erzählen zu können. Aber wovon hätte ich berichten sollen? Von Ausflügen mit den Eltern zum Baggersee, wo es Pommes mit Mayo gab? Von der Münsteraner Einkaufsstraße? Von Preußen Münster, das in der Oberliga Westfalen rumdümpelte, zwischen der Spielvereinigung Erkenschwick und Westfalia Herne? Von der Brauerei Pinkus Müller? Damit würde ich mich wieder in die Schlange der Helmuts dieser Welt einreihen. Ich zog mich unauffällig zurück (und wurde daran auch nicht gehindert), kauerte mich mit Tio in eine Ecke, auf Kniehöhe der übrigen Gäste, während über mir die Party tobte. Griesgrämig exte ich das von Alex ausgegebene Bier und war plötzlich ziemlich betrunken.

«Hey», Jasper hockte sich neben mich und warf sich sein Handtuch über die Schulter. «Partypause?»

«Mhm», antwortete ich.

«Luisa?», fragte er.

«Mhm.»

Er setzte sich zu mir auf den Boden. «Jayjay. Du bist ein netter Typ. Lass dich nicht von jedem dahergelaufenen Angeber ins Bockshorn jagen. Alles, was du an dem Vogel aus Kanada siehst, sieht Luisa auch. Steht sie drauf, ist sie eh nicht die Richtige. Steht sie nicht drauf, bist du wieder im Spiel. Verstehst du? Du kannst gar nicht verlieren im Leben. Und jetzt: Bier!» Dann sprang er auf und verschwand in der Menge.

Jasper hatte recht. Ich versorgte Tio auf seiner Decke und stand auf. Um mich herum lief eine Party, die ich wahrnahm wie in Zeitlupe. Nina Simone sang «I Put a Spell on You», und plötzlich tropfte mir Wasser auf den Kopf. Ich blickte hoch: Der Schweiß der Menge hatte sich an der Decke zu Tropfen kondensiert. Auf den Tischen, die zu Beginn der Nacht an die Wand gerückt worden waren, tanzten jetzt Gäste. Genau genommen: Luisa und Alex. Alex berührte Luisa nicht, aber im Rhythmus der Musik strich er mit seinen Händen an ihrer Silhouette entlang, während sie sich ihre schwarzen Locken hochhielt. Ich stand davor und gaffte. Und auf einmal tauchte Helmut neben mir auf und gaffte auch. «Die legen ja eine kesse Sohle aufs Parkett. Die hüpfen heute sicher noch zusammen in die Federn», merkte er an. Die Fronten waren anscheinend geklärt. Ich gehörte zum Team Helmut.

Doch plötzlich sah Luisa mich, lächelte und lockte mich zu sich. Ich stand vor dem Tisch, sie reichte mir die Hand und zog mich hoch. Jetzt weiß ich nicht mehr: War es der Schweiß, der von der Decke tropfte? Hätte ich das Bier mit dem Johannisbeersirup besser vorher abstellen sollen? War es eine achtlos weggeworfene Zitronenschale aus einem Drink? Oder waren es einfach die vielen

Biere und Cocktails, die ich im Laufe des Abends zu mir genommen hatte? Jedenfalls: Als ich mich zu ihr hochschwingen wollte, es eigentlich schon fast geschafft hatte, glitt ich aus und segelte rückwärts in die Menge. Dabei nahm ich leider nicht nur Luisa mit, die mich fest an der Hand hielt, sondern auch noch einen Tisch voller Gläser. Das Johannisbeer-Bier spritzte durch die Luft. Im Fliegen trat ich noch den Plattenspieler um, sodass die Musik verstummte und ich auf dem Rücken lag wie Gregor Samsa, der aus unruhigen Träumen erwacht war. Luisa hatte sich schnell wieder berappelt und war aufgesprungen, doch ich hatte noch reichlich Zeit, Peters lautes «Oh, fuck off» und den tosenden Applaus zu genießen, mit dem das Publikum meinen unfreiwilligen Stunt bedachte.

Es wurde Zeit – ich musste hier weg. Im Hintergrund kicherte Helmut: «Das war ja ein Angriff auf die Lachmuskeln!» Ich war betrunken, hatte mich blamiert und heute nichts mehr zu gewinnen. Zum Glück hatte Jasper den Plattenspieler zurechtgerückt, und die Musik setzte schnell wieder ein. Unter schadenfrohen Blicken humpelte ich an die Theke, bezahlte die für den Grad meiner Trunkenheit zu niedrige Rechnung und schlich mich Richtung Ausgang. Tio hatte in mir offenbar einen Leidensgefährten erkannt und dackelte mir hinterher. Draußen trat die frische Luft noch einmal richtig zu: Tio und ich setzten uns auf den Bordstein und fühlten, dass die Erde eine sich um sich selbst drehende Kugel war. Luisas portugiesischer Landsmann Ferdinand Magellan hatte für diesen praktischen Beweis eine Erdumrundung benötigt, mir reichten einige Biere mit Johannisbeersirup und ein paar verkorkste Drinks. Als ich bemerkte, dass

Luisa mir gefolgt war, von hinten ihre Hand auf meinen Kopf legte und mich umarmte, drehte sich die Welt noch schneller.

«Du musst aufstehen, man darf hier nicht auf dem Bordstein sitzen. Los, sonst prügelt dich die Spezialeinheit fort!» Und mit glasigem Blick entdeckte ich tatsächlich zwei Polizisten in schwarzen Uniformen mit roten Schulterklappen, die langsam auf uns zuschlenderten, ihre Schlagstöcke am Gürtel der Uniform baumelnd.

«Das ist die Touristenpolizei, eine Sondereinheit der Nationalgarde aus Lissabon. Die passen auf, dass hier alles hübsch diszipliniert bleibt. Keine Drogen, keine Alkoholexzesse, keine Schlägereien!»

Sie wechselte ein paar Worte mit den Polizisten auf Portugiesisch. Die ließen sich offenbar beruhigen und gingen weiter.

«Mein armer, hübscher Junge», sagte Luisa und kniete sich, barfuß, wie sie war, vor mich. «Haben sie dich betrunken gemacht? Ich muss besser auf dich aufpassen.» Dabei strich sie mir die Haare zur Seite, nahm mein Gesicht in beide Hände und blickte mich so zärtlich an wie vor ein paar Stunden Tio, den betrunkenen Hund.

3.

Nein, ich weiß leider nicht mehr, warum ich neben Tio aufwachte oder wie ich es überhaupt in mein Mausoleumsbett geschafft hatte. Ich weiß nur, dass ich von Tios wedelnder Rute in meinem Gesicht geweckt wurde, und das stank, nun ja, wie ein Hund von hinten. Und dieser

Geruch überdeckte leider den Duft, der wiederum Tio aus seinen Träumen gerissen hatte: der Duft von gebratenem Speck. Boo schaute durchs offene Fenster herein, winkte mit einer Scheibe Bacon und rief: «Sie sind wach!»

«Lass sie doch schlafen», hörte ich Roger zurückrufen – aber jetzt war es mit Schlafen ohnehin vorbei. Tiggy lag in seinem Bett, check, aber er pennte noch felsenfest. Ich hatte keine Ahnung, ob wir gemeinsam nach Hause gekommen waren.

Ich scheuchte Tio von der Matratze, quälte mich aus dem Bett und öffnete die Tür. Draußen war es brüllend heiß, es war wohl schon Mittag. Boo und Roger waren früh aufgestanden, hatten bereits aus ihrem teuren Hotel ausgecheckt und tatsächlich alleine den Weg zu uns auf den Friedhof gefunden. Auf der Strecke hatten sie Holzkohle und einen Grill gekauft – und für unsere ganze kleine Reihenhaussiedlung Eier mit Speck gebraten. Juchhu!

Ich setzte mich zu ihnen auf eine leere Kiste Bier, die frühere Gäste zurückgelassen hatten, und bekam einen Pappteller mit drei Spiegeleiern und Plastikbesteck in die Hand gedrückt, dazu gab es einen Becher Orangensaft. Die Sonne krachte, und Roger bat mich, ein wenig zu rücken, damit er auch im Schatten sitzen könne, aber Boo wies ihn zurecht: «Lass Jayjay in Ruhe, der hat eine harte Nacht hinter sich!» Und er setzte mir von hinten seine McDonald's-Sonnenbrille auf.

«Als Dank für den Tipp mit dem Friedhof! Die Mausoleen sind wohl der einzige Ort in der Stadt, an dem man es nachts aushalten kann, ohne gleich ein Vermögen für ein Zimmer mit Klimaanlage ausgeben zu müssen!»

«Was ist denn hier los?» Auch Tiggy kam jetzt aus unserer Gruft gekrochen und wurde ebenfalls mit Eiern begrüßt. «Biste verletzt?», fragte er mich.

«Nein, nur ein blauer Fleck am Ellbogen. Aber was ist denn eigentlich danach passiert?»

«Ich glaube, nicht mehr viel. Ich hab mit einer Kapverdin geknutscht, die mir dann draußen auf einer Motorhaube einen runtergeholt hat. Aber dann kam die Touristenpolizei, und ich bin nach Hause. Als ich kam, hast du schon mit Tio im Arm geschlafen.»

«Kapverden!», rief ich. «Das lohnt sich nicht, die zu besuchen. Die Kapverden wird man auf deiner Landkarte kaum erkennen können, wenn die grün sind. Und Luisa?», fragte ich.

«Die ist nicht wieder reingekommen, nachdem ihr beide raus seid», sagte Roger.

«Quatsch», entgegnete Boo. «Die hat doch mit diesem gut aussehenden Südafrikaner auf dem Tisch getanzt!»

«Das war vorher», korrigierte ihn Roger. «Deshalb hat Jayjay sich doch auf die Fresse gelegt, weil er dem eine reinhauen wollte!»

«Ich wollte keinem eine reinhauen – Luisa hat mich zum Tanzen auf den Tisch ziehen wollen, und dabei bin ich ausgerutscht! Außerdem kam der Typ aus Kanada.»

«Mir hat er erzählt, er sei Südafrikaner und Erbe eines riesigen Weinguts!»

«Reden wir von demselben Typen? Mintfarbenes Hemd, im herkömmlichen Sinn gut aussehend?»

«Genau der. Der Typ, mit dem Luisa auf dem Tisch getanzt hat. Südafrika!»

«Kanada», sagte ich. «Ferienhaus an den Großen Seen. Teilhaber einer Brauerei!»

«Oder ein Hochstapler!» Roger zuckte mit den Schultern. «Aber ich soll dich daran erinnern, dass ihr heute verabredet seid, also nicht der südafrikanische Kanadier und du, sondern Luisa und du. Fünfzehn Uhr an der Praia da Batata – am Kartoffelstrand. Wo der ist, warum der so heißt – keine Ahnung.»

«Echt? Aber ihr kommt mit, oder?»

«Du willst uns wirklich bei einem romantischen Date am Strand dabeihaben? Hahaha, klar, wir kommen alle mit!»

4.

Und so machte sich unsere Vierergruppe nach der Morgen-, na ja, eher Mittagstoilette, auf zum Strand, Tiggy und ich in unseren bunten Boxershorts, sorgfältig eingecremt mit dem höchsten erhältlichen Sonnenschutzfaktor von Delial, eine Tube, die mir meine Mutter noch eingepackt hatte und die zum Glück nicht im Tejo gelandet war.

Oh, Lagos, du verschwitztes Fischerdörfchen! Wir lernten dich lieben: die kopfsteinbepflasterte Fußgängerzone mit nautischen Motiven auf staubigem Trottoir – alte Karavellen aus groben Mosaiksteinen in Schwarz und Weiß, aufwendig gestaltete Windrosen, riesige Kraken mit verschlungenen Armen, Fische aller Art, Wellen, Krebse und Muscheln, aber auch alte Königswappen und Kreuze. Deine kleinen, weiß getünchten Häuser mit den teils eingefallenen Dächern, deine Restaurants, die sich einüben in den Gepflogenheiten der modernen Welt und doch nur emporgekommene Sardinenbratbuden sind. Deine alten, schwarz gekleideten Frauen mit Reisigbündeln auf den gebückten Rücken, deine knorrigen Fischer, die gegen Mittag ihren Feierabend mit dem ersten Glas Vinho verde begießen und sich über Benfica erregen oder über den jämmerlichen Stier vom letzten Wochenende in der hölzernen Arena vor den Toren der Stadt. Dein nach Abwasser stinkender Kanal, der eigentlich ein Fluss ist, so eingemauert, dass sein natürlicher Ursprung nicht mehr zu erkennen ist. Deine beiden Leuchttürme, rot und grün, auf denen die Möwen thronen, deine alte Fortaleza, die seit Jahrhunderten die Einfahrt zum Hafen bewacht. Deine Strandpromenade, die hinter der Fortaleza steil ansteigt und um deren Laternen nachts die Fledermäuse irrlichtern. Deine Strände: Auf der einen Seite des Kanals, der eigentlich ein Fluss ist, der wilde und tosende Strand Meia Praia. Und auf der anderen Seite die unter der Promenade liegenden, von den malerischen rotbraunen Felsen geschützten kleinen Strände der Postkartenalgarve, aufgereiht wie Perlen an einer Schnur: Praia da Batata, Praia do Pinhão, Praia do Camilo – und kurz vor dem Leuchtturm der Ponta da Piedade die Praia Estrela, der verborgene Ort.

Wir trottelten die Promenade hoch und stießen auf den Kartoffelstrand, der mitten in der Stadt lag und von den Backpackern immer als Allererstes entdeckt wurde. Außer den Touristen kamen nur die Alten hierher, die nicht mehr weit laufen konnten, Familien und all jene, die nur ein Stündchen Mittagspause hatten. Es gab eine kleine Bude, die Eis und Sangria verkaufte, und einen Stand, an dem ein versprengter Hippie Lederbänder feilbot, die er an Ort und Stelle mit einem Modeschmuckstein in einer hübschen Drahtfassung versah – aber wer hier abends versuchte zu zelten, der wurde von der Touristenpolizei verscheucht.

Wir bummelten am Strand entlang und sammelten Muscheln, die Tiggy in eine Plastiktüte steckte und mitnehmen wollte. Es waren so viele, eine schöner als die andere. Tiggys Tüte war bald halb voll und klirrte bei jedem Schritt.

Ich erinnerte mich jetzt auch wieder dunkel, dass Luisa mir erzählt hatte, sie würde sich hier nur mit mir verabreden, weil es zu schwierig sei, mir den Weg zu ihrem Lieblingsstrand zu erklären. Sie schien aber noch nicht da zu sein. Wir breiteten unsere Handtücher aus und fläzten uns in den Sand: vier blasse Jungs aus England und Deutschland, auf Badetüchern mit Motiven von Manchester United und Miami Vice.

Tiggy und ich hatten uns Zitronen besorgt. Wir hatten irgendwo gehört, dass die Haare, wenn man sie mit Zitronensaft einreibt, ratzefatz strohblond werden, noch blonder, als sie in der Sonne eh schon wurden. Und so saßen wir da, in unseren bunten Muscleshirts, die Haare verkrustet vom Zitronensaft, und lutschten ein sonderbares Eis vom Kiosk: Es hatte keinen Stiel, sondern ließ sich aus einer Papptube drücken, sodass man es lecken konnte. Es hieß «Calippo» und erinnerte mich an das Freibadeis meiner Kindheit, «Alaska Boy», das meine Mutter immer für zehn Pfennig im Supermarkt gekauft und mir mitgegeben hatte. Allerdings wusste sie nicht, dass es sich bei den durchsichtigen Plastiktütchen statt um ein Getränk tatsächlich um ein Eis handelte, das man vorher hätte einfrieren müssen, deshalb trank der kleine Jayjay die süße

Brühe stets ahnungslos in aufgetautem und lauwarmem Zustand und wurde dafür von den anderen Kindern ausgelacht.

Boo besorgte am Kiosk eine Karaffe Sangria und kriegte dafür von Roger einen Rüffel ab, was den aber nicht daran hinderte, mitzutrinken. Der Strand war herrlich: strahlend blauer Himmel, ein leiser Wind kühlte die Haut, das Meer rauschte leise. Aber der Sand, der nervte: Alle paar Minuten standen wir auf und schüttelten unsere Handtücher aus, peinlich darauf bedacht, dass kein Sand auf unsere Haut oder in die Zitronensafthaare kam und die Sonnencreme abrieb, dass nicht allzu viele Körner unser Eis verdreckten oder gar beim Ausschütteln den Nachbarn ins Auge flogen.

Und dann kam sie: Luisa hüpfte die Stufen hinab, mit nichts dabei außer sich selbst in ihrem Bikini. Kein Badetuch, keine Tasche, keine Schuhe. Sie begrüßte mich mit einem flüchtigen Kuss auf die Wange, ließ sich neben uns in den Sand plumpsen und machte sich nichts daraus, dass die Körner ihre Haut panierten. Dieser Strand gehörte ihr, der Sand gehörte ihr, und sie gehörte dem Sand: Was uns als lästiger Dreck vorkam, der jede Körperöffnung verklebte, war ihr so vertraut wie uns unsere Anziehsachen. Und es stand ihr gut: Die Körnchen auf der goldbraunen Haut, die sanft flirrenden Härchen, ihr lautes Lachen. Weich, warm und golden war der Sand in der Sonne, glashart und schneidend, wenn der Wind die Körnchen davontrug. Und wenn sie allzu sandig war, sprang sie ins Meer und tauchte einmal kurz unter. Dann strich sie sich mit beiden Händen die schwarzen Haare nach hinten, sodass ihr das Wasser über den Rücken lief.

Anschließend schmiss sie sich wieder in den Sand, der an ihrem Körper klebte wie ich an ihren Lippen: Ich hörte Luisa zu, wie sie erzählte, vom Kartoffelstrand, der so hieß, weil früher oberhalb (dort, wo jetzt die Promenade war) Kartoffeln angebaut wurden und die Frauen an diesem Strand die geernteten Kartoffeln schälten, bevor sie ihren Ertrag in Körben auf dem Kopf nach Hause trugen. Aber das war Jahrzehnte, bevor die Touristen kamen.

Von ihrem Lieblingsstrand, Praia do Pinhão, in dessen unmittelbarer Nähe ihr Großvater wohnte, hoch auf den Felsen über dem Meer. Man musste Hunderte von Stufen hinabsteigen, um zu dem Strand zu gelangen, was ihn für die meisten Touristen unattraktiv – und damit für die Einheimischen umso attraktiver machte. Um diesen Strand kämpften Luisa und viele Bewohner von Lagos seit zwei Jahren, weil irgendein Millionär vorhatte, sich eine Villa auf die Klippen zu setzen und den Strand mit einem Aufzug durch die Felsen in einen Privatstrand zu verwandeln.

Vom Strand Praia do Camilo, der nicht etwa so hieß, weil dort Kamillenpflanzen wuchsen, sondern weil dort einst ein Einsiedler namens Camilo seine Hütte hatte. Luisas Großvater hatte ihn als kleiner Junge noch kennengelernt.

Vom Meer, in das sie täglich eintauchte, von Juni bis Oktober, und das mit Hilfe der Sonne eine feine Salzkruste auf ihrer braunen Haut hinterließ.

Von den Seefahrern, die vor fast sechshundert Jahren von hier aus zu ihren Entdeckungsfahrten ans Ende der Welt ablegten.

Von der gleichnamigen nigerianischen Hauptstadt, die ihren Namen dem portugiesischen Ort verdankt, weil das neue Lagos Ausgangspunkt und das alte Lagos Zielpunkt von brutalen Sklaventransporten war.

Und schließlich von ebendiesem Alten Sklavenmarkt, nur ein paar hundert Meter von hier, auf dem man bis 1820 Menschen aus Westafrika in Ketten kaufen konnte. Luisa wusste von ihrem Großvater alles über Lagos und seine Geschichte, sie selbst war dieser Ort: die Sonne, das Meer, die Hitze, das Helle und das Dunkle, der strahlende Tag und die fiebrige Nacht.

Als die Sonne sich senkte, langsam hinter unserem Rücken unterging, und die Schatten länger wurden, sprang sie plötzlich auf und beendete ihren Strandtag – nicht ohne sich zu vergewissern, ob wir uns später noch in der Bar träfen. Wir sahen, wie das wunderschöne Mädchen die Stufen hochsprang und im Abendlicht so schnell verschwand, wie es gekommen war. Ich warf meine Calippo-Verpackungen weg, Tiggy schüttelte sein Miami-Vice-Badetuch aus, und die Jungs versuchten vergeblich, sich zu entsanden. Dieses Delial-Zeugs klebte tierisch, und der Zitronensaft ließ sich auch nicht so ohne weiteres im Meer aus den Haaren spülen.

5.

Die Sonne hatte ihren Wumms noch nicht ganz verloren, als wir den Tante-Emma-Laden verließen, beladen mit mehreren Dosen Baked Beans in Tomatensoße und Hot-Dog-Würstchen, dazu für jeden eine gekühlte Literflasche Bier. Die Fußgängerzone füllte sich, die letzten Strandgänger liefen in die eine, die ersten Abendgäste in die andere Richtung. Und noch bevor wir den Platz mit dem Marmordenkmal erreichten, hörten wir eine Stimme und erkannten sie sofort. Da drüben sang Kirsty «A New England» – vor sich eine Traube von Leuten, die ihren Gitarrenkoffer bereitwillig mit Kleingeld füllten. Wir drängelten uns zu ihr durch. Sie lächelte uns zu und sang weiter, während wir uns gemütlich auf dem Pflaster niederließen, unsere Bierflaschen öffneten und unseren Durst löschten. Hungrig, wie wir waren, machten wir uns sofort an den Dosen mit den Hot Dogs und den Baked Beans zu schaffen – und weil wir weder Gabel noch Messer dabeihatten, fing Tiggy an, die Bohnen gewissermaßen aus der Dose zu trinken. Und wir taten es ihm gleich. Nach zwanzig Minuten machte Kirsty eine Pause, setzte sich zu uns und begrüßte uns wie alte Freunde.

«Wir dachten, du bist in Albufeira?», fragte Tiggy, den Mund noch mit Tomatensoße verschmiert.

«War ich auch», entgegnete sie. «Aber da waren nur Engländer. Da haben mich zu viele erkannt. Und dann geben sie nichts, weil sie denken: Die war schon mal in den Charts, die ist reich.»

«Und das stimmt nicht?»

«Doch, schon. Wobei, reich, na ja. Trotzdem will ich mir diese Reise halt mit Straßenmusik finanzieren – da weiß man bei jedem Escudo, dass man ihn sich ehrlich verdient hat. Und irgendwie sprachen dann alle immer von Lagos. Und da bin ich gekommen. Hat sich gelohnt», lachte sie und deutete auf den Gitarrenkoffer. «Jetzt schon mehr als in zwei Tagen Albufeira!»

«Wo wohnst du denn? Wir hätten sicher noch ein Mausoleum frei, für fünfhundert Escudos pro Tag!»

Sie hörte sich unsere Friedhofsgeschichte an und winkte lächelnd ab. «Danke, aber ich habe ein wunderbares Apartment für tausend Escudos am Tag, gleich hier um die Ecke. Da bleibe ich erst mal! Kommt doch später bei mir vorbei – gegessen habt ihr ja schon, haha. Aber ich lade euch zu mir ein – und danach gehen wir alle noch in die Stadt. Neun Uhr? Wer Musik und was zu trinken mitbringt, ist willkommen. So, nächste Einheit Gesang!»

Wir freuten uns über die Einladung, hörten ihr noch ein Weilchen zu, entsorgten die Reste unseres Dinners und zogen weiter. Kalte Baked Beans mit kalten Dosenwürstchen, dazu Gitarrenmusik – wir fühlten uns wie Hippies, und es war einfach herrlich. Boo und Roger gingen schon mal heim, sie wollten sich noch etwas frischmachen, und wir gaben ihnen die Muscheltüte und unsere Badehose mit. Tiggy und mir war nach Bummeln. Weit kamen wir in dem Gedränge allerdings nicht:

«Kss, kss! Smoke, smoke? Three thousand Escudos!»

Ich erschrak ein wenig, als ein fast zahnloser Typ mich leise von der Seite anzischte. Dabei faltete er ein unter dem Arm getragenes Badetuch auseinander und gab kurz den Blick auf einen braunen Block frei, etwa in Größe einer Stange Zigaretten. «No, thank you», sagte ich verdutzt, und wir gingen schnell weiter, den Blick starr nach vorne gerichtet.

«Das waren Drogen!» Tiggy hüpfte ganz aufgeregt hin und her.

«Ich glaube auch», antwortete ich mit roten Ohren und beschleunigte meine Schritte.

«Lass uns was kaufen!», zischte Tiggy.

«Nie im Leben!»

Keiner von uns hatte je irgendetwas mit Drogen zu tun gehabt – das Härteste, was ich bis dahin zu mir genommen hatte, war ein brauner Tequila mit Salz und Zitrone.

«Ich weiß nicht einmal, was man damit macht!»

«Ich hab das schon mal gesehen bei einem aus dem Fußballverein. Man zerkrümelt das und mischt es unter den Zigarettentabak!»

«Kannst du denn Zigaretten drehen? Ich nämlich nicht.»

«Ich glaube schon. Krieg ich hin! Und dreißig Mark für so einen Riesenblock – selbst wenn es schlechte Qualität ist: Das kann gar kein Beschiss sein. Davon können wir Kirsty was abgeben!»

Neugierig war ich schon, aber mir klopfte das Herz bis zum Hals. «Wo kriegen wir Tabak und Blättchen her?»

«Na, von Klaus natürlich!»

«Hast du denn dreitausend passend? Ich habe keinen Bock, dass wir dem Typen einen Fünftausender geben und er dann einfach verschwindet!»

«Und wenn wir ihm dreitausend geben, und er verschwindet einfach?»

«Das wäre auch nicht besser!», gab ich zu.

«Doch – um zweitausend besser.»

Da war was dran.

«Ey, wir kriegen voll Ärger! Was, wenn der ein Lockvogel von der Polizei ist?», versuchte ich, mich zu wehren.

«Der sieht nicht so aus.»

«Woher weißt du, wie die aussehen?»

Wir stapften noch ein paar hundert Meter an der Promenade entlang. Engelchen und Teufelchen rangen miteinander. Aber meine Neugier siegte: «Okay – ich bin dabei. Aber nur, wenn du das machst. Ich stelle mich hinter ihn, dann kann er nicht abhauen!»

«Hm, ich hab noch zweitausend.»

«Ich auch – hier ein Tausender. Können wir ja später abrechnen!» Ich gab Tiggy den Schein und war froh, dass er die Verhandlungen leiten würde.

Wir kehrten um und suchten den Typen im Gewimmel. Es dauerte ein Weilchen, bis wir ihn wiederfanden. Tiggy sprach ihn an. «Three thousand Escudos?»

«Yes», sagte der Mann. «But not here. Come with me» – und er verschwand in eine Seitengasse, wir hinter ihm her.

«Good, good, from Marocco», flüsterte der Typ und versteckte sich in einem stillen Hauseingang. Ich platzierte mich etwas seitlich, damit ich ihm im Weg stehen würde, falls er nach der Geldübergabe abhauen wollte – aber der Typ dachte vorerst nicht an Flucht.

«Do you have three thousand?»

«Yes», krächzte Tiggy tonlos und streckte ihm das Geld entgegen, aufgeregt wie ein Kind an der Kasse, das zum ersten Mal alleine zum Einkaufen geschickt wurde. Der Mann nahm das Geld und drückte Tiggy etwas in die Hand. Wir starrten auf den Gegenstand – und diese Gelegenheit nutzte er, um sich blitzschnell zu verziehen. Tiggy und ich schauten verdutzt in die Richtung, in die er verschwunden war, dann wieder auf unsere Ausbeute. In Tiggys Hand lag ein Bröckchen braune, trockene Masse, in etwa so groß wie ein Stückchen Schokolade.

«Das ist alles?», fragte ich ihn. «Warum hast du ihn nicht aufgehalten?»

«Was hätte ich denn tun sollen?», erwiderte er aufgebracht. «Die Polizei rufen? Und warum hast *du* ihn nicht aufgehalten?»

«Ich dachte, wir kriegen den ganzen Block!»

«Davon bin ich auch ausgegangen ...»

«Und jetzt?»

«Jetzt nehmen wir Drogen.»

Bei Klaus gab es weder Blättchen noch Tabak – verdammte Entwicklungsländer. Also kauften wir eine Schachtel Zigaretten, ein Feuerzeug und eine Zeitung, irrten eine Stunde durch die versteckten Gassen des Örtchens, um eine Stelle zu finden, an der wir ungestört unserem kriminellen Geschäft nachgehen konnten. Schließlich landeten wir in der Einfahrt einer bereits geschlossenen KFZ-Werkstatt und setzten uns dort auf ein kleines Mäuerchen.

Tiggy bröselte Zigaretten auseinander und ließ den Tabak auf ein Zeitungsblatt fallen. Tiggy zerteilte das «Piece» – so nannten wir unseren dreißig D-Mark teuren Erwerb, weil wir das Wort aus Filmen kannten und es uns cool erschien – mit dem Fingernagel und streute die Krümel auf den Tabak. Tiggy drehte eine Art Zigarette, die man allerdings mit beiden Händen halten musste, damit sie nicht auseinanderfiel. Schließlich setzte er sie an den Mund, und ich gab ihm Feuer. Das Ding brannte viel zu stark. Tiggy hustete. Ich riss ihm den Zeitungstrichter aus der Hand, zog daran und fing ebenfalls an zu husten. Eine alte Frau schlurfte vorbei und drohte uns wütend mit ihrem Stock, humpelte aber zum Glück weiter. Abwechselnd nahmen wir nun jeder immer einen Zug und husteten, was das Zeug hielt. Ich spuckte den scharfen

Tabaksaft aus und war eigentlich bedient. Außer einem leichten Schwindel merkte ich nix.

«Was ist, wenn das gar kein Haschisch war?», fragte ich Tiggy.

«Dann ...», er machte eine Pause und holte tief Luft. Plötzlich brach es aus ihm heraus: «Dann ...», schrie er kreischend, «dann rauchen wir gerade Ziegenscheiße!»

Ich verschluckte mich und bekam einen Lachkrampf – Ziegenscheiße! Wir guckten uns an und begeierten uns dermaßen, dass uns die Tränen in die Augen stiegen.

«Gib mir!», johlte Tiggy.

«Moment, erst ich noch 'n Zug!»

Dann reichte ich ihm den Joint rüber. Er inhalierte tief und grinste dämlich.

«Keine Ziegenscheiße!», sagte er.

«Keine Ziegenscheiße», bestätigte ich, und wir lachten uns wieder kaputt. So ging das, bis wir bemerkten, dass immer mal wieder Leute an unserem Mäuerchen vorbeigingen, die uns mit missbilligenden Blicken bedachten. Plötzlich wurde der Lachflash ersetzt durch ein Gefühl der Angst – was, wenn das jetzt nie mehr aufhören würde? Was, wenn wir auf diesem Trip hängenblieben? Wir bekamen Panik, traten den Joint aus und hauten ab, zumal wir in der Ferne laute Rufe und Laufschritte zu hören meinten. Wir liefen um eine Ecke, um die nächste; so lange, bis wir uns im Gewirr der Altstadtgässchen endgültig verlaufen hatten. Als wir uns endlich in Sicherheit wähnten, hielten wir inne. Meine Hände fühlten sich kalt an, trotz der Hitze, und ich sah den kalkweißen Tiggy, wie ihm der Schweiß auf der Stirn stand. Wir hatten keine Ahnung, wo wir waren, und fühlten uns immer noch verfolgt.

«Wo sind wir bloß?», fragte ich und wurde immer rappeliger.

«Warte, warte, warte. Hier lang, und dann rechts. Das kann nicht so weit weg vom Pica Pau sein», antwortete Tiggy. «Die Ecke da drüben kommt mir bekannt vor!»

Tiggys Eindruck trog nicht. In der Tat sahen wir nur zwei Ecken weiter die Beleuchtung unserer Lieblingsbar. Vor der Tür standen je eine Kiste Orangen und Zitronen für den abendlichen Bedarf, denn für den normalen Publikumsverkehr war es noch viel zu früh. Eine Putzfrau wienerte von außen die Fenster. Durch die Schwingtür retteten wir uns in den sicheren Hafen.

6.

Drinnen polierte Jasper Gläser und begrüßte uns mit großer Geste. So lässig, wie es uns eben möglich war, erwiderten wir den Gruß, verängstigt und noch leicht zittrig auf den Beinen. Wenig erfreut war ich darüber, dass außer dem unvermeidlichen Fuck-off-Peter am anderen Ende der Theke bereits zwei Gäste saßen, tief in ein Gespräch versunken: Luisa und Alex. Die beiden sahen so aus, als wollten sie alleine sein, also setzten wir uns woandershin. Trotzdem schielte ich immer wieder zu den beiden rüber, sie im gelben Sommerkleid und er in einem dunkelblauen Leinenanzug, vor einem farblich dazu passenden Drink. «Blue Lagoon», murmelte Jasper vielsagend und rollte mit den Augen. Ich dachte an Brooke Shields und Christopher Atkins, wie sie nackig über eine tropische Insel hüpften, schob meinen Ärger aber auf die Paranoia von dem Haschisch – oder was auch immer wir gerade geraucht hatten. Nach der ersten Drogenerfahrung unseres Lebens mussten Tiggy und ich ohnehin erst einmal wieder runterkommen: Wir bestellten Eistee. Jasper lachte, und als er die Getränke brachte, rief Peter «Oh, fuck off» und ließ uns noch zwei Bier kommen. Was machten Luisa und Alex da bloß? Wahrscheinlich war alles ganz harmlos, und nur das Hasch aus Marokko verklebte mir das Hirn mit Panik.

«Woah», sagte Tiggy. «Das machen wir morgen wieder!»

«Kannste voll vergessen!», antwortete ich und nahm einen tiefen Schluck Eistee. «Das mache ich ganz bestimmt nie, nie mehr!»

Tiggy prostete mir mit dem Bier zu. «Wart mal ab, morgen siehst du das mit anderen Augen!»

Wir tranken noch ein zweites Bier auf den Schrecken, wobei ich mit dem Anblick von Luisa und Alex ja auch noch einen zweiten Schrecken zu verarbeiten hatte.

«Kennst du Leute, die Drogen nehmen?», fragte ich Tiggy.

«Bei Holly aus der Zwölften würde ich drauf wetten», sagte er. «Und mit siebzehn hab ich mal mit Ulrike Schürmann aus der 11b Bananenschalen geraucht, weil das angeblich wie Hasch wirkt. Sagte sie. Wirkte aber null. Ich hab trotzdem behauptet, dass ich was gemerkt habe. Sie hat's, glaube ich, auch nur behauptet, damit wir knutschen und es nachher auf die Drogen schieben konnten. Aber das war überhaupt nix im Vergleich zu heute. Das fühlte sich alles so ... dreidimensional an. Weißt du, was ich meine?»

«Voll. Aber es ging so schnell vorbei. Und die Panik danach brauche ich nicht noch einmal.»

Wir erzählten Jasper von unserem Abenteuer.

«Besser nix von der Straße kaufen», lachte er. «Teuer, schlecht und gefährlich. Wenn ihr gutes Zeug braucht, sagt Bescheid. Ich kenne Leute, die euch nicht übers Ohr hauen!» Und dann brachte er uns einen Gruß aus der Küche. Bobby gab uns ein Beef Moçambique aus, weil er wohl wusste, wie es sich anfühlt, einen Fressflash vom Kiffen zu haben. Das scharfe Zeug war jetzt genau das Richtige.

Als wir uns satt gegessen und einigermaßen beruhigt hatten, zahlten wir – und als Luisa sah, dass wir gehen wollten, kam sie rüber an unseren Tisch und fragte, was wir vorhatten. Wir erzählten ihr von Kirsty, und sie schloss sich uns an. Tiggy, der Depp, fragte auch Alex, ob er mitkommen wolle, aber zum Glück wehrte der ab und sagte, er käme vielleicht später nach, er habe noch zu tun.

Vor Kirstys Apartment standen Boo und Roger und empfingen die Gäste. Jeder Neuankömmling bekam eine Augenbinde umgebunden und hatte blind einen Parcours zu absolvieren. Man musste über ein paar leere Flaschen steigen, die im Eingang aufgestellt waren. Dahinter lag eine Art Wintergarten, in dem die Party stattfand. Für jede Flasche, die man umschmiss, wurde man gezwungen, einen Schnaps zu trinken. Luisa und ich kamen glimpflich mit je einem Kurzen davon – aber als Tiggys Augen verbunden waren, stellten die Jungs kichernd zehn leere Flaschen extra dazu, sodass der blinde Tiggy wie ein Wildschwein wirkte, das durchs Unterholz pflügt. Klirr, klong, schepper. Sechs Schnäpse hatte er auf der Uhr. Boo wollte sie ihm erlassen, aber Roger bestand darauf, und so trank Tiggy unter Gejohle tapfer alles aus. Erst dann wurden wir auf die Party gelassen, die schon in vollem Gange war.

Im Wintergarten feierte bereits ein Haufen Leute, einige Gäste standen sogar auf einer kleinen Wendeltreppe, die auf die Galerie führte, wo Kirsty ihr Schlafzimmer eingerichtet hatte. Wir tranken, lachten und plauderten. Tiggy fand schnell Kontakt: Kaum eine Stunde da, knutschte er schon wild mit einer Engländerin – und als die kurz auf dem Klo verschwand, knutschte er in der Zwischenzeit mit einer Holländerin. Wie der das immer machte! Als die Engländerin wieder auftauchte, ohne etwas bemerkt zu haben, ließ er schnell von der Holländerin ab, floh in die Küche, um sich einen Drink zu holen, kam zurück und tat, als würde er beide nicht kennen. Die zwei Mädchen guckten etwas sparsam – aber was hätten sie machen sollen?

«Ich habe denen ja nicht die Ehe versprochen», verteidigte sich Tiggy mit nicht mehr ganz fester Zunge, hob die Hände hoch und verschüttete dabei die Hälfte seines Drinks. Er betrachtete kurz die nassen Flecken auf seinem Shirt, wischte sie mit der freien Hand fahrig ab und trollte sich leicht schwankend zurück in die tanzende Menge.

Ich fasste mir ein Herz und fragte Luisa direkt, was Sache ist: «Sag mal, will Alex was von dir?»

«Ich weiß nicht», zuckte sie mit den Schultern und gab mir ein Bier. «Ich mag ihn.»

«Mögen? Oder mögen mögen?», fragte ich.

«Mögen. So wie ich Tiggy mag. Oder dich», antwortete sie.

Das war irgendwie schön, aber nicht ganz die Antwort,

die ich mir erhofft hatte. Dennoch merkte ich, dass es schlauer war, jetzt nicht weiter nachzufragen.

Jemand hatte «Just Like Heaven» von «The Cure» aufgelegt – und Luisa warf ihre schwarzen Locken zur Seite, zog mich auf die Tanzfläche, wie immer barfuß, und sang mich an: «‹Show me how you do that trick, the one that makes me scream›, she said, ‹the one that makes me laugh›, she said, and threw her arms around my neck.» Ich hatte nicht die geringste Ahnung, um welchen Trick es sich hier handeln sollte, aber ich tanzte bereitwillig, mit Luisa und der Flasche Bier, die sie mir eben noch in die Hand gedrückt hatte; tanzte, so wie ich mir vorstellte, dass es irgendwie cool und psychedelisch wirken könne.

Meines Wissens nach hatte ich überhaupt keine Tricks auf dem Kasten, so wie der Typ von «The Cure» mit dem verschmierten Lippenstift und der wirren Frisur – und wenn es denn so war, dass dieses wundervolle Mädchen irgendwie an mir interessiert war: Ich hatte keinen Schimmer, woran das gelegen haben könnte und was es in mir sah. Sie war so jung und trotzdem so selbstsicher, so verletzlich und doch so robust wie ein Quarterback in der National Football League. Und ich war doch nur ein blasser Junge auf staksigen Beinen. Wenn ich übers Fliegen theoretisierte, flog sie einfach los. Mein Leben bestand aus Zweifeln, Grübeln und Versuchen. Scheitern, und dann noch mal versuchen. Und Luisa? Sie wusste einfach Bescheid. Bei Halbmond sah ich immer nur die Sichel. Doch sie sah auch den Teil, der nicht beleuchtet war – für sie war immer Vollmond.

Und ausgerechnet, als sie mir tatsächlich im Tanz um den Hals fiel und mitsang: «I promise you, I promise you:

I'll run away with you», das weise Mädchen, das diesen Ort noch nie verlassen hatte, ausgerechnet da kam Tiggy, zog mich von ihr weg, drängte mich hinter einen Mauervorsprung und zerstörte so den magischen Moment.

«Mir ist schlecht!»

«Dann geh doch aufs Klo, kotzen!»

«Schaffe ich nicht mehr» – und in diesem Moment sah ich schon, wie es ihm hochkam. Mit Panik in den Augen presste er die Lippen aufeinander, seine Wangen blähten sich. Aus dem einen Mundwinkel floss ein dünnes Rinnsal. O Gott, dachte ich, wenn er jetzt alles rausprustet, bekomme ich es ins Gesicht, die halbverdauten Baked Beans, das Bier, die Schnäpse, das Beef Moçambique und alles, was zu viel war. Kein Wunder, dass er kotzen musste. Aber Tiggy beherrschte sich. Tränen stiegen ihm in die Augen, er starrte mich entsetzt an und wusste sich nicht anders zu helfen, als alles ganz langsam wieder runterzuschlucken, Schluck für Schluck.

«Das hier ist nie passiert», sagte er leise, als er fertig war, und verschwand auf die Toilette. Auf dem Weg zurück in den Wintergarten prallte ich gegen Peter – weiß der Teufel, woher er von der Party wusste. Offenbar hatte er die Szene als Einziger beobachtet: «Oh, fuck off!», murmelte er, drückte mir ein neues Bier in die Hand und kletterte die Wendeltreppe hoch auf die Galerie. Nach einigen Minuten ließ sich auch Tiggy wieder blicken, mit roten Augen und in einem etwas angegriffenen Gesamtzustand.

Große Aufmerksamkeit erregte ein neuer Gast, der aus rätselhaften Gründen ein rosa Hasenkostüm trug. Trotz des Kostüms und der riesigen Stoff-Füße (oder sagt man in diesem Fall Läufe?) hatte der Hase beim Empfangsspiel keine einzige Flasche umgeschmissen, was sowohl Boo als auch Roger nachhaltig beeindruckte. Hinter ihm bildete sich eine kleine Menschentraube – er aber hoppelte auf Luisa zu, kam vor ihr zum Stehen und nahm erst dann den Hasenkopf ab. Luisa quiekte vor Freude und umarmte den Resthasen begeistert. Und da erkannte auch ich, dass Alex in dem Hasen steckte. Wenn jemand den großen Auftritt beherrschte, dann unser mysteriöser südafrikanisch-kanadischer Freund, den ich mehr denn je für einen Angeber und Hochstapler hielt. Aber vielleicht war ich auch einfach nur eifersüchtig auf den erfolgreichen Widersacher. Vielleicht war ich nur ein Depp, ein armes Würstchen, das Baked Beans aus der Dose trinken musste und noch zu feucht hinter den Ohren war. Und Alex, kaum ein paar Jahre älter, war einfach nur ein cooler Typ, ein Entertainer, tatsächlich ein Mann von Welt, der die Menschen im Allgemeinen und die Frauen im Besonderen zu beeindrucken wusste. Ich blickte resigniert nach oben und sah Peter, wie er leicht schwankend auf die Menge herabschaute – natürlich wusste ich, was er, der große Philosoph aus Liverpool, dazu sagen würde. Und irgendwie fand ich das tröstlich.

7.

Wir tanzten. Wir tranken. Die Musik trug uns durch die Nacht, und mit Kirsty als Gastgeberin fühlten wir uns wie Rockstars. Man könnte behaupten, wir hatten alles: Sex and Drugs and Rock'n'Roll. Wobei ich mir nicht sicher war, ob George Michael seine Frauen mit besser aussehenden Nebenbuhlern teilen musste. Ob es bei «Wham» das Party-Ritual gab, mit verbundenen Augen über leere Weinflaschen zu steigen und für jede umgeschmissene Flasche einen Schnappo zu exen. Ob sich echte Rockstars von Kleinst-Dealern in der Fußgängerzone übers Ohr hauen ließen. Oder ob sie zu Rick Astley abtanzten. Egal: Mit gewissen Einschränkungen fühlten wir uns großartig. Und beide Einschränkungen ließen sich mit «Heartburn» übersetzen – Liebeskummer ich, Sodbrennen Tiggy.

Das änderte sich schlagartig, als plötzlich die Musik erstarb und das Licht anging. Vorne an der Tür drängten zwei Männer von der Touristenpolizei in die Wohnung. Fuck. Sie hatten uns erwischt – wir hatten illegale Drogen genommen, sie waren uns auf die Schliche gekommen, und jetzt waren wir fällig: «Wir sind am Arsch», raunte ich Tiggy zu. Tiggy klammerte sich an mir fest, und wir schauten uns in die geweiteten Pupillen: «Ich sehe schon die Schlagzeilen in der Bild-Zeitung», flüsterte er: «‹Deutsche Jungs im Drogenknast›, ‹Hölle unter Palmen›, ‹Mit Mördern in der Zelle› – Alter, wir sind geliefert! Meine erste Verhaftung!»

Ich arbeitete mich durch die etwas ratlos herumstehenden Partygäste zu Luisa durch und flehte um Hilfe. Sie lachte und versuchte, mich zu beruhigen: «Es war die laute Musik. Irgendjemand wird sich beschwert haben – sie werden höchstens die Boxen mitnehmen! Keine Panik!»

Ich aber ließ mich nicht beruhigen, bis sie mich an der Hand nahm und mit mir die Wendeltreppe hoch auf die Galerie lief. Dort öffnete sie ein Fenster, kletterte auf den Sims und sprang runter aufs Nachbardach. Ich ihr hinterher. Auf Tiggy konnte ich jetzt keine Rücksicht mehr nehmen, rette sich, wer kann. Vorsichtig sahen wir vom Dach runter auf die Straße. Dort stand der Polizeiwagen, davor ein Polizist im Gespräch mit ... Helmut aus Duisburg!

«Siehst du!», sagte sie. «Der hat die Bullen gerufen, weil er nicht schlafen konnte. So ein Idiot! Mit euch hat das nichts zu tun. Aber egal, komm, ich zeig dir was!»

Sie nahm mich wieder an die Hand, balancierte mit mir über ein paar wacklige Ziegeldächer und hielt ab und zu inne, um sich zu orientieren. Dann erreichten wir eine Häuserzeile, die entlang des alten Kanals Richtung Meer führte. Hier kletterte sie vor mir eine Feuerleiter hoch, und ich musste mich echt zurückhalten, nicht von unten unter das gelbe Minikleid zu schielen. Ach Quatsch, gelogen, natürlich habe ich voll hingeguckt.

Jedenfalls – als wir beide oben angekommen waren, eröffnete sich mir nicht nur ein grandioser Blick über die nächtliche Bucht von Lagos, sondern auch ein offenbar geheimer Weg über die Dächer und Hinterhöfe des Ortes: Behelfsmäßig zusammengezimmerte Holzstufen überbrückten hier und da gefährliche Lücken zwischen den Häusern, genauso wie ein paar abenteuerliche Hängebrücken, die nur aus zwei besseren Wäscheleinen bestanden, einer für die Hände und einer für die Füße. Ab und zu gab es Abgründe, die man mit Hilfe von ein paar behelfsmäßig zusammengezimmerten Brettern überwinden konnte. Der Weg schien uralt zu sein. Er erinnerte mich an ein Computerspiel, das ich mal während der Sprachferien in England auf dem Pier von Brighton gespielt hatte, noch bevor es in Deutschland auf den Markt kam: Eine Figur namens Mario musste da seine Freundin aus den Händen des Gorillas Donkey Kong befreien, über Leitern, Mauern und alle möglichen Hindernisse. Hier war es allerdings etwas anders, denn das Mädchen hatte mich befreit – und ich hoffte, dass weder die Polizeigorillas noch der doofe Hase hinter uns her waren.

Luisa schnaufte, die Kletterei war anstrengend und nicht ganz ungefährlich, ein echtes Jump-and-run-Spiel. «Den Weg hat mein Großvater gebaut. Hier gibt es sogar echte Fallen, schau mal!» Und mit diesen Worten ließ sie das Brett hinter uns an einem Scharnier nach unten kippen, sodass der Weg zwischen den zwei Dächern unterbrochen war.

«Und was ist, wenn einen wirklich jemand verfolgt hat?»

«Dann hat der verloren! Dort drüben kommt man ja nicht ins Haus, da ist bloß ein kleiner Schornstein. Nur wer den Weg kennt, weiß, dass in dem Schacht ein Seil versteckt ist. Mit dem kann man das Brett dann wieder hochziehen. Die Touristenpolizei kennt den Weg aber nicht. Das sind Elite-Einheiten aus Lissabon. Kampfschwimmer, Einzelkämpfer, so was. Aber gegen die Tricks meines Großvaters hätten sie keine Chance!»

«Wofür hat dein Großvater das denn gebaut?», fragte ich.

«Keine Ahnung, ehrlich gesagt. Er hat ihn mir gezeigt, als ich noch ganz klein war. Seitdem benutze ich ihn manchmal. Ob der einen bestimmten Zweck hat oder hatte, kann ich dir nicht sagen.»

«Deinen Großvater würde ich ja gerne mal kennenlernen», sagte ich.

«Echt?» Luisa schien erfreut. «Ich frag ihn, vielleicht

lädt er uns zum Essen ein! Und vielleicht erzählt er uns die Geschichte dieses Wegs.»

Wir hangelten uns über Fenstersimse, auf denen Möwen schliefen, wir balancierten über Dachfirste und Teile einer verfallenen Stadtmauer, hielten uns an Schornsteinen fest und an verrosteten Eisenträgern – und als uns der Weg über die steinerne Regenrinne einer alten Kirche führte, dienten uns ein paar poröse Wasserspeier in Form von gruseligen Monsterköpfen als Halt. Luisa turnte mit schlafwandlerischer Sicherheit über die Dächer, barfüßig, leichtfüßig, und ich bewunderte sie: das Mädchen, das so aufregend und beruhigend zugleich war. Nach außen wirkte Luisa wie das quirlige Touristenstädtchen, hübsch, lebhaft, sympathisch. Aber in ihr drin schlug ein anderes Herz – ihr Blut strömte durch eine uralte Hauptschlagader, unbeobachtet, voller Abgründe und Gefahren. Doch wer den Weg kannte, dem eröffneten sich neue Perspektiven, abenteuerliche Ausblicke und verzauberte Momente.

Irgendwann erreichten wir eine Luke, in die Luisa einstieg. Wir fanden uns in einem staubigen Dachstuhl wieder. Luisa öffnete die Tür zu einem modrigen Treppenhaus, und wir liefen zwei Stockwerke hinab.

«Hier wohne ich», sagte sie. «Wenn du vorne aus dem Haus gehst, wirst du wissen, wo du bist. Gute Nacht!» Sie holte einen schmiedeeisernen Schlüssel unter der Fußmatte hervor, mit dem sie mir lächelnd zuwinkte. Dann schloss sie die schwere Holztür auf und verschwand flugs hinter der Tür. Rums. Schade. Ja klar, dachte ich: Luisa hat immer einen Schlüssel. Ich verließ das Haus, blickte noch einmal hoch zu dem erleuchteten Fenster, und dann bemerkte ich, wo ich war: mitten in der Fußgängerzone, nur ein paar Meter entfernt vom Platz mit dem Marmor-Denkmal.

8.

Übernachtung: fünfhundert Escudos. Flasche Mineralwasser für tagsüber: fünfzig Escudos. Die tägliche Flasche Bier bei Klaus: hundert Escudos. Zwei Brötchen für den Strand fünfzig, eine Dose Baked Beans hundert Escudos, abends in der Bar brauchten wir etwa weitere fünfhundert. Dazu kamen Sonderausgaben: Auch wir waren mal dran, im «Hotel Cemitério» morgens eine Runde Eier mit Speck auszugeben. Tiggy brauchte neue Sonnencreme, meine Espadrilles lösten sich auf und mussten ersetzt werden. Nachts überkam uns nach der Bar manchmal der Heißhunger – und auf dem Heimweg verkaufte gegen zwei Uhr morgens ein Bäcker frische Brötchen mit kleinen Speckwürfeln und Champignons, die über die ganze Straße dufteten, nur um uns zu ärgern. Auch wieder hundert Escudos. So billig das Leben in Portugal war – wir gaben zu viel Geld aus. Wenn wir so weitermachten, wären wir in einer Woche blank. Mit großen Augen liefen wir täglich am «Mar Azul» vorbei, einer Pension mit sagenhaften zwei Sternen, wo die Zimmer eintausendfünfhundert Escudos kosteten. Das waren damals umgerechnet fünfzehn Mark, heute also etwa 7,50 Euro. Irgendwann mal würden wir uns das vielleicht leisten können.

Aber es gab auch noch ein anderes Problem: Ich konnte nach ein paar Tagen keine Baked Beans mehr sehen, also buchstäblich. Mir wurde allein bei dem Gedanken an Bohnen in Tomatensoße blümerant – und die Alternativen waren entweder um einiges teurer oder ebenso monoton. Man konnte sich ja nicht ausschließlich von nächtlichen Speckbrötchen ernähren! Also gönnte ich mir ab und zu ein Glas eingelegte Gurken oder eine Dose Sauerkraut, was bei unseren Freunden auf der Mausoleumsmeile für große Heiterkeit sorgte. Diese Deutschen!

Bei unserem Partybudget waren wir zu keinerlei Kompromissen bereit. Das war nämlich quasi ein Investment, denn für jeden Drink, den wir bezahlten, gab Jasper uns anschließend einen aus. Mehr Sparen ging nicht – wir brauchten also mehr Geld. Es musste etwas geschehen: Jasper zahlte uns hundertfünfzig Escudos, wenn wir am frühen Abend in der Fußgängerzone Flyer verteilten. Vor allem Tiggy war da sehr aktiv. Mit dem Versprechen «first drink half price, if you tell the bartender that Tiggy has sent you» feierte er große Erfolge bei den Backpackerinnen unseres Alters. Innerhalb einer Woche hatte ich den Überblick über seine Frauen verloren. Da waren Jean aus Südafrika, Joanne aus Toronto, Annie aus Australien, Lindsey aus England und noch ein paar, deren Namen ich sofort wieder vergaß. Tiggy machte das also weniger für das Geld als vielmehr wegen der Mädels – finanziell brachten uns die Flyer nicht weiter –, zumal die Kohle ja noch am selben Abend sowieso wieder in Jaspers Kasse landete.

Irgendwann fiel das Wort «Blitzüberweisung». Wir grübelten ein wenig hin und her und beschlossen, dass ich meine Eltern anrufen und sie um eine Blitzüberweisung bitten würde. Ich entschied mich, ihnen keine Lügen aufzutischen (also zum Beispiel zu behaupten, dass uns Geld gestohlen worden sei oder dass Portugal so teuer sei wie die Strandpromenade in Monte Carlo), sondern die Wahrheit zu sagen: dass wir hier ein paar mehr Ausgaben hatten als erwartet. Ich müsste ja nicht unbedingt erwähnen, dass wir die Hälfte unseres Geldes für Alkohol verprassten.

Also ein Telefonanruf. Während Tiggy mit seiner Literflasche Bier am Platz mit dem Denkmal wartete, latschte ich zu den drei Telefonzellen am Postamt. Dort bildeten sich jeden Nachmittag lange Schlangen von Nach-Hause-Telefonierern. Eine Zelle war kaputt, also verteilte sich die Menge auf zwei Schlangen. Nach einer halben Stunde war ich dran und stellte fest: Ich würde mehr Kleingeld brauchen. Also zu Klaus, der mir bereitwillig einen Schein in Münzen wechselte. Anschließend musste ich mich wieder hinten anstellen. Nach einer weiteren halben Stunde bemerkte ich, dass es in der anderen Schlange deutlich schneller voranging. Fünfzehn Minuten später entschloss ich mich, die Schlange zu wechseln. Das war ein Fehler, denn genau in dem Moment, wo ich nicht mehr zurückkonnte, holte die Italienerin unmittelbar vor mir einen ganzen Sack Kleingeld aus einer Art Klingelbeutel. Und in der Tat: Als sie an der Reihe war, schilderte sie ihren Verwandten daheim in Mailand oder Palermo ausführlich die Großwetterlage in Portugal. Oder die Auswirkungen der Nelkenrevolution auf die portugiesische Wirtschaft. Oder den Verlauf ihres Tages am Strand in Echtzeit. Wahnsinn, wie viele Wörter es im Italienischen gab. Und wie wenig das Gegenüber am anderen Ende der Leitung sagen durfte. In der Schlange nebenan wäre ich längst fertig – nun, drauf gepfiffen. Irgendwann jedenfalls war irgendwo in Italien ein Mensch am Telefon eingeschlafen oder gestorben, sodass meine italienische Freundin tatsächlich den Hörer aufhängte und mit leerem Säckchen ihrer Wege zog. Ich war dran.

0049-251-857 23 23. Tuut. Tuut. «Jenkner?»

«Hallo, Mama, ich muss schnell machen, ich habe nicht genug Kleingeld!»

«Jayjay! Geht's dir gut, mein Herz? Man hört gar nichts von dir. Du hättest ruhig mal anrufen können!»

«Tue ich doch jetzt, das ist gar nicht so einfach hier!»

«Seid ihr gesund? Wo seid ihr denn überhaupt?»

«In Portugal, ja, alles super ...», tuuttuuttuut. Rassel. Die Leitung war unterbrochen, und die unverbrauchten Münzen rasselten unten aus dem Apparat in ein kleines Fach. Immerhin das. Neuer Versuch.

Ich kam sofort zur Sache: «Mama, hier ist alles okay, bloß sind wir etwas knapp bei Kasse. Wir müssen ja jeden Tag essen und trinken und so, und da kommen wir wahrscheinlich nicht ganz hin mit unserem Geld. Könntest du uns nicht eine Blitzüberweisung ...?»

Tuuttuuttuut. Hatte sie aufgelegt? Nee, wahrscheinlich gab es nur wieder ein Problem mit der Leitung. Dritter Versuch.

Ich kam durch – sowohl mit der Leitung als auch mit der Botschaft an meine Mutter. «Aber wohin sollen wir denn das Geld überweisen?»

«Kläre ich noch. Ich rufe dich morgen wieder an! Vielen Dank, echt super von euch. Tschühüss!»

Yess. Jetzt musste ich bloß noch zur Bank. Tiggy würde davor ein paar Flyer verteilen, sagte er.

«Das ist das Mindeste, was ich tun kann. Hauptsache, du besorgst die Flocken.»

Die Bank befand sich in der Fußgängerzone, in einem alten, gelb gekachelten Gebäude. Drinnen, in einem Wartesaal mit Holz-Kontoren und Scheiben aus geschliffenem Kristall, war es regelrecht kühl. In einem Film hatte ich mal die Kolonialverwaltung einer Militärdiktatur aus dem vorigen Jahrhundert gesehen – die Ähnlichkeit war verblüffend. Wieder stellte ich mich irgendwo an, das Warten hing mir mittlerweile zum Hals raus. Dann wurde ich endlich herangewunken.

Das Problem: Ich hatte – wie vor ein paar Nächten über den Dächern von Lagos – meine touristische Parallelwelt verlassen und war in der Welt der Einheimischen gelandet; diesmal in der Welt der Matrizen und der Ärmelschoner, der Spareinlagen und der Behördengänge. Und in dieser Welt sprach man Portugiesisch. Und zwar ausschließlich Portugiesisch.

Da saß ich nun einem traurigen Mann im braunen Anzug gegenüber, dessen wichtigstes Utensil neben seiner demonstrativ zur Schau getragenen Würde eine kleine runde Wippe mit filzigem Papier war, mit der man die Tinte von Unterschriften trocknen konnte. Er besaß überdies einen grün-schwarz gestreiften Füllfederhalter, ein Tintenfass und eine Schreibtischunterlage aus Linoleum in exakt der Farbe seines Anzugs. Aus dem Material der Schreibtischunterlage hatten wir im Kunstunterricht mal so eine Art Kartoffeldruck gemacht, bloß eben mit Linoleum statt mit Kartoffeln. Der Mann war ganz offensichtlich beleidigt, dass nicht auch ich einen braunen Anzug trug, sondern einen Ohrring, ein pinkes Muscleshirt, in Auflösung begriffene Espadrilles und eine Tasche mit einer nach Kokosfasern und Sonnenmilch riechenden Strandmatte. Das Wort «Blitzüberweisung» sagte ihm genauso wenig wie mein gleichermaßen hilfloser Versuch, es auf Helmut-Englisch mit «lightning transfer» zu übersetzen. Auf «express» oder «urgent» war ich in dem Moment einfach nicht gekommen. Also spielte ich Scharade: «Papa en Alemanha», stammelte ich, rieb meinen Daumen gegen Zeige- und Mittelfinger und machte einen Wohlstandsbauch. Dann zeigte ich auf mich: «No Escudos» und mimte einen traurigen Smiley. Der Schalterbeamte schüttelte den Kopf – er versuchte nicht einmal, mich zu verstehen. Ich verschob mit den Händen einen imaginären Batzen Geld von A nach B. Vergeblich. Nach einigen weiteren Anläufen heuchelte der Mann Bedauern, signalisierte mir achselzuckend, dass er das Gespräch jetzt für beendet hielt, und winkte den nächsten Kunden heran. Ich griff meine Strandtasche und schlurfte enttäuscht nach draußen in die Sonne.

Dort stand Tiggy im Gespräch mit Luisa, die er zufällig getroffen hatte.

«Ich habe gehört, ihr seid pleite? Kann ich euch irgendwie helfen, außer mit Geld? Ich habe nämlich selbst keins!»

Ich räsonierte ein wenig über den traurigen Schalterbeamten und seinen braunen Anzug, haderte mit unserem Schicksal und der «Servicewüste Portugal», war aber ratlos, was zu unternehmen sei. Kaum hatte ich von meinem Misserfolg berichtet, schnappte Luisa meine Hand und stürmte mit mir in die Bank, an den wartenden Kunden vorbei zu jenem Schalter, an dem ich kurz zuvor so brüsk abgefertigt worden war. Dort faltete sie den Beamten mit einem Luisa-typischen Redeschwall zusammen, bis er ihr ein Formular aushändigte, um sie so schnell wie möglich wieder los zu sein. Das Formular füllten wir gemeinsam aus und gaben es ihm zurück. So leicht ging das.

«Du musst deine Eltern anrufen und ihnen diese beiden Nummern geben. Die eine ist die Nummer der Bank hier, und mit der anderen weiß die Bank, dass das Geld für dich ist. Kann aber zwei, drei Tage dauern.»

«Super, danke, Luisa!»

«Gern geschehen. Und ich habe mit meinem Großvater gesprochen!»

«Worüber?»

«Dass du ihn gerne kennenlernen möchtest. Er hat uns für morgen Abend zu sich eingeladen. Damit sparst du auch noch ein Abendessen! Wenn du magst, kannst du mich abholen. Um zwanzig Uhr bei mir?»

«Ähm, ja, gerne, ich brauche bloß noch mal deine Adresse. Auch wenn ich schon mal da war: Es war spät, ich war betrunken. Ich glaube, alleine finde ich das richtige Haus nicht mehr!»

Sie nahm ein überflüssiges Bankformular aus einem Kasten, riss es in der Mitte durch und schrieb ihre Adresse auf die Rückseite: Luisa Perreira, Rua 25 de Abril N°74, Lagos.

9.

Tiggy war heute mit einem Mädchen aus Angola verabredet, das er am Abend zuvor auf einer Parkbank «kennengelernt» hatte und von dem er nicht sicher war, ob er es wiedererkennen würde.

«Angola – bisher auch noch ein weißer Fleck auf der Landkarte!», hatte er mich angestrahlt. Und ich sah schon eine zweite Weltkarte in Tiggys Zimmer hängen.

Für den Fall, dass er das Mädchen tatsächlich nicht erkennen sollte, empfahl ich ihm, einfach eher da zu sein und während des Wartens die Pflichtpostkarten nach Hause zu schreiben. Wenn das Mädchen dann käme, müsste es ja ihn ansprechen, weil er beschäftigt wirkte.

«Super Tipp, aber das mit den Postkarten kannste vergessen. Die Kohle spare ich mir lieber. Ich setze einfach 'ne Sonnenbrille auf, dann sieht sie nicht, wenn ich fragend gucke. Und was machst du heute Abend?»

«Ich bin mit Luisa bei ihrem Großvater eingeladen.»

«Weißt du was, Jayjay? Ich finde das ja gut. Ich habe mit meinen Mädels hier viel Spaß, du hingegen – du bist richtig verliebt. Und ich finde, für deine Luisa lohnt es sich auch. Nix gegen meine Miss Angola, aber zum Heiraten ist die nix. Aber ich bin ja auch nicht zum Heiraten hier!»

«Ich auch nicht, du Dödel!»

Und so wünschten wir uns gegenseitig viel Spaß und verabschiedeten uns mit einer Umarmung.

Ich hatte Luisa zu Hause abgeholt, wir schlenderten den Kanal entlang, am kleinen Hafen vorbei, die Straße bergan auf die Klippen. Etwas oberhalb des Kartoffelstrands bogen wir ab und schlugen uns durch eine unbebaute Landschaft, Büsche, Steine, sonst nix. Aber bald führte eine Treppe die staubigen Sandsteinfelsen hinunter Richtung Meer. Auf halber Höhe war ein Felsvorsprung, auf dem ein verwittertes Steinhaus stand, das zur Hälfte in den Fels gebaut war. Von hier aus hatte man einen

Weitwinkelblick über den Atlantik. Die Sonne war rechts von uns schon hinter der Klippe verschwunden und warf wildromantische Schatten. Unter uns krachte das Meer an die Felsen.

Luisa rief schon auf der Treppe etwas auf Portugiesisch in Richtung des Hauses, musste aber trotzdem noch ein paarmal gegen die Holztür hämmern, bevor ihr Großvater uns öffnete – ein bärtiger Mann Ende sechzig, der aussah wie ein echter Seebär. Trotz der Hitze trug er eine Strickjacke, vermutlich gegen die stetige Brise.

«Kommt rein», sagte er auf Englisch, und ich war sehr erleichtert, dass Luisa nicht den ganzen Abend als Übersetzerin herhalten musste. Wir betraten die dunkle Hütte. Eine Wand war nicht gemauert, sondern Teil des Felsens, die anderen waren unbehauen und nur spärlich mit weißem Kalk verputzt. Die Wohnung selbst bestand aus einem einzigen Zimmer, vollgestopft mit nützlichen Dingen wie kupfernen Pfannen und Töpfen in einer Kochecke, an der ein altes Fahrrad lehnte – aber auch mit Kunsthandwerk zweifelhaften Werts, einem riesigen, bunten Hahn aus Holz und alten Schwarzweißfotografien von Lagos, die neben dem kitschigen Bild der heiligen Maria an der Wand hingen, auf dem «Ave Maria! Immaculata! Fatima!» stand. In einer Ecke im hinteren Teil des Zimmers hatte ein imposantes Bett seinen Platz, darauf eine bunt gehäkelte Decke. Alles in allem machte die Wohnung den Eindruck, als wolle sie sich gegen das Meer abschotten, denn normalerweise hätte man bei so einem Ausblick eine große Fensterfront vermutet; stattdessen gab es nur zwei winzige Luken und eine hölzerne Tür, die auf eine Terrasse führte.

«Ich bin Gonçalo. Und du bist Zé, sagt Luisa?»

«Jayjay», stellte ich mich vor.

«Ich nenne dich Zé. Das ist die Kurzform von José. Das passt zu dir!» Gonçalo legte mir die Hand auf die Schulter. «Deutschland, hm? Ich war auch schon mal in Deutschland! Ich bin lange zur See gefahren. Mit Containerschiffen, ich war eigentlich überall auf der Welt. Meinen Job machen heute die Filipinos, aber früher waren wir viele Portugiesen. Ich war in Hamburg, in Bremerhaven und in Köln-Meschenich! Ich habe früher einen Volkswagen gefahren, und ich hatte sogar mal eine deutsche Freundin. Deutsches Bier habe ich heute auch besorgt, extra für dich! Weizenbier», das Wort sagte er auf Deutsch, «das habe ich früher sehr gerne getrunken!»

Und mit diesen Worten holte er zwei leicht verstaubte Flaschen Erdinger Weißbier unter dem Tisch hervor, die er bei einem befreundeten englischen Pub-Besitzer organisiert hatte, der dafür offenbar keine Verwendung gefunden hatte.

«Großvater kennt in Lagos jeden», assistierte Luisa. «Wenn du irgendwas brauchst, frag ihn. Er kann dir alles besorgen!»

«In Deutschland habe ich sogar gelernt, wie man aus diesen Flaschen einschenkt. Mit einer einzigen Bewegung ins Glas. Die Flasche senkrecht umdrehen, vorsichtig hochheben, auf den Schaum achten, fertig! Mal schauen, ob ich's noch kann!»

Dummerweise hatte Gonçalo nur 0,4-Liter-Gläser da, was ich allerdings zu spät bemerkte. Mit einem kräftigen Schwung kippte er das Bier ins Glas, sodass sofort alles überschoss. Im Glas war nur Schaum – der Rest landete auf dem Tisch.

«Mist, ich versuch's noch mal.»

«Nein, Gonçalo, die Gläser sind zu klein. Das kann gar nicht funktionieren!»

«Ach, Unsinn, mir fehlt nur die Übung. Das hier trinke ich. Das nächste wird gut, das bekommst du dann» – und schon kippte er die zweite Flasche in das zweite Glas. Leider mit demselben Effekt.

«Verdammt – du hast recht, Zé. Schade, ich wollte, dass du dich gleich wie zu Hause fühlst. Vielleicht willst du doch lieber Wein?»

«Gerne. Und danke, ich fühle mich wirklich fast wie zu Hause! Mein Vater macht das nämlich genauso.»

Gonçalo lachte, trank einen Schluck Schaum und entkorkte eine Flasche Vinho verde. Wir gingen auf die Terrasse hoch über dem Meer, wo Luisa sich bereits um einen niedrigen Holzkohlegrill in Form eines kleinen Kanonenofens kümmerte. «Essen ist auch fast fertig», Gonçalo deutete auf einen Teller mit bereits ausgenommenen Sardinen, auf die er eine Handvoll grobes Meersalz warf, bevor sie auf dem Grill landeten. «Davon gibt es noch reichlich», er zeigte mit dem Daumen hinter sich über die Klippe. Von der Terrasse hingen zwei Angeln mit straff gespannter Leine direkt ins Meer, etwa dreißig Meter tief.

«Wow. Fängt man damit was?»

«Aber ja, mein Junge, Doraden, Makrelen, kleine Tunas, die tollsten Fische. Ein paar Minuten Geduld, da passiert alle Nase lang was.»

Ich war begeistert: Luisas Großvater konnte sich sein Essen direkt aus dem Meer holen. Und in der Tat – nach kurzer Zeit machte sich Gonçalo an einer der Angeln zu schaffen. Dort hatte wohl etwas angebissen. Mit einer selbstgebauten dreigriffigen Zange, die er an einer zweiten Leine der Angel herunterließ, versuchte er den Fisch, der unten am Köder hing, zu sichern, damit er ihm nicht wieder ausbüxte. Diese Zange konnte er mit einer dritten Leine öffnen und schließen. Vorsichtig hantierte er mit allen Leinen, bekam den Fisch tatsächlich dreißig Meter tiefer zu fassen und zog ihn hoch, «Robalo – ein Wolfsbarsch». Er ging zu einer Blechwanne, tötete und entschuppte das Tier, nahm es aus, schmiss die Eingeweide zurück ins Meer, pflückte einen Rosmarinzweig aus einem Topf, salzte und warf den Fisch auf den Grill. Dann wusch er sich die Hände. «Ist ganz praktisch – aber lange werde ich das nicht mehr machen können. Das ganze Gelände drum herum gehört mittlerweile einem privaten ‹Investor›. Und jetzt wollen sie mich zwingen, auch zu verkaufen, notfalls per Gerichtsbeschluss. Ich wehre mich, so gut es geht, aber ich fürchte, bald muss ich hier raus. Saude! Auf euch zwei und die Liebe!»

Das war sowohl Luisa als auch mir ein wenig peinlich. «Auf dich und dein Häuschen, Großvater!», sagte Luisa und erhob ihr Glas.

«Wisst ihr», begann Gonçalo, während er die kleinen Sardinen wendete, «heute bin ich alleine und alt. Aber früher kannte ich das Wort ‹Liebe› auf sechs Sprachen! Die Wörter habe ich bis heute nicht vergessen – aber an die Bedeutung erinnere ich mich nicht einmal mehr auf Portugiesisch. Englisch: ‹Love›. Italienisch: ‹Amore›. Französisch: ‹Amour›. Spanisch: ‹Amor›. Chinesisch: ‹Ái›. Deutsch: ‹Erika›.»

Ich musste lachen und erklärte den beiden, warum. Gonçalo war überrascht, denn seit fast zwanzig Jahren waren «Erika» und «Liebe» für ihn Synonyme.

«In den Sechzigern gab es an der Algarve noch keine Touristen aus dem Ausland», erzählte er, während er vorsichtig in die Glut des Grills blies. «Im Sommer 1968 kamen die Ersten. Da verreckte auf dem Dorfplatz ein alter Hanomag-Transporter aus Deutschland. Nichts Großes, ich konnte das reparieren. In dem Transporter waren Hippies, die den ganzen Weg gefahren waren, darunter auch Erika. Mit Walla-Walla-Batikrock und so. Das trug man damals. Sie wollte, dass ich sie nicht Erika, sondern ‹Love› nenne, deshalb dachte ich bis heute, dass ‹Erika› das deutsche Wort für Liebe sei. Ich verliebte mich in das deutsche Hippiemädchen und zeigte ihm meine Algarve. Ich nahm sie auf dem Boot mit bis nach Marokko und zurück, auf den Spuren von König Sebastian.»

«König Sebastian?», fragte ich.

«Das ist das Kind mit dem Helm, das Denkmal auf dem Platz in der Fußgängerzone», sagte Luisa.

«Genau, das Denkmal. Das steht da aber erst seit 1973. Vor über vierhundert Jahren hatte Portugal einen kindlichen König, so unerfahren wie leidenschaftlich. Und Sebastian hatte es sich in den Kopf gesetzt, Jerusalem von den Osmanen zu befreien. Also rüstete er seine Armee, setzte von Lagos aus nach Marokko über und stieß dort völlig überraschend auf die Truppen des Sultans. Die portugiesische Armee wurde niedergemetzelt und verheerend geschlagen. Angeblich überlebten nur sechzig Portugiesen die Schlacht, doch Sebastians Leichnam wurde nie gefunden. Und wir hier in Portugal glauben, dass Sebastian überlebt hat. Mehr noch, dass er eines Tages wiederkommen wird. Er ist nämlich nicht in der Schlacht gefallen, sondern lebt noch heute auf der sagenhaften Insel ‹Incoberta› in Gesellschaft zweier Löwen und wartet auf seine Rückkehr, um Portugal aus höchster Gefahr zu erretten. Und daran erinnert noch heute das Denkmal in der Stadt.»

«Das ist natürlich alles nur eine Legende», übernahm Luisa, «eigentlich ist es sogar eine Ausrede. Und zwar dafür, dass Portugal bis heute nichts auf die Reihe bekommt, in der Vergangenheit lebt und von einer besseren Zukunft träumt. Gewissermaßen eine Verweigerung der Gegenwart. Portugal wartet und wartet auf irgendeinen Sebastian, statt die Probleme selbst in die Hand zu nehmen. Natürlich passiert nichts, und weil alles immer schlechter wird, wenn man nur in der Vergangenheit lebt, versinkt das Land in Melancholie.»

Gonçalo lächelte wissend, blickte seine Enkelin liebevoll an und servierte mir den Wolfsbarsch, mit einer Kartoffel, einer Tomatenscheibe und ein paar Zwiebelringen. «Sebastian hatte eine Armee, eine Rüstung und ein Schwert. Doch er war noch ein Kind. Tapfer, aber zu ungeduldig.»

Ich griff zu Messer und Gabel, hatte aber keine Ahnung, wie man einen ganzen Fisch filetierte. Luisa bemerkte das, nahm mir das Besteck aus der Hand und zeigte mir, wie man die Gräten entfernte.

«Erika und ich sind dann also mit dem Kutter nach Marokko», fuhr Gonçalo fort. «Ich betrieb damals einen kleinen Schmuggelhandel mit Tabak, den ich dort billig besorgen konnte. König Sebastian blieb natürlich verschwunden – und auch Erika war im Herbst wieder weg. Aber immerhin war ich mit ihr auf Incoberta. Vergessen habe ich sie nie. Es kamen andere Frauen, und dann deine Großmutter. Aber die ist ja jetzt tot. Vielleicht kommt ja wenigstens Erika irgendwann wieder.» Und dann blickte er aufs Meer und schwieg.

«Großvater, erzähl uns von dem Weg über die Dächer!», versuchte Luisa, ihn wieder zurückzuholen. «Wir sind ihn vor ein paar Tagen gegangen, und Jayjay wollte wissen, warum du ihn gebaut hast.»

«Ah», Gonçalo war wieder in der Gegenwart, «ihr seid die Schmugglertreppe entlanggeklettert? Funktioniert sie noch?»

«Ja, einwandfrei. Aber außer mir benutzt sie keiner mehr, soweit ich weiß.»

«Sie wird ja auch nicht mehr gebraucht. Sei aber vorsichtig, der Weg ist nach wie vor gefährlich. Nachdem ich die Seefahrt auf den Containerschiffen an den Nagel gehängt habe, bin ich ins Schmugglergeschäft eingestiegen. Ich hab's ja gerade schon erwähnt: Wir haben damals Schiffsladungen mit Tabak aus Marokko besorgt und hier an zwei Spanier verkauft; die haben den dann zu Zigaretten verarbeitet. Das hat mehr gebracht als die Seefahrt. Okay, es war nicht ganz legal. Immer wieder mussten wir vor dem Zoll abhauen, sind aber nie erwischt worden – ich stelle mir oft vor, wie sie hinter uns her waren, und plötzlich sind wir wie vom Erdboden verschluckt, und die stehen an der Kreuzung und kratzen sich ratlos mit dem Schlagstock an der Mütze, haha! Wir hatten nämlich unsere Schleichwege, und der Pfad hoch über Lagos war einer davon. Heute könnte man, je nach Tageszeit, vielleicht einfach in der Touristenmenge der Fußgängerzone untertauchen – damals bin ich noch wild über die Dächer geflüchtet, meist mit den anderen Jungs. Meine Güte, das ist jetzt schon wieder fast zwanzig Jahre her! Heute werden auch keine Zigaretten mehr geschmuggelt, nur noch Drogen für die Touristen.»

Als wir mit dem Essen fertig waren, warf Gonçalo die Gräten in die Glut, zusammen mit etwas Lorbeer, Wacholder und Rosmarin. «Für den Duft!»

Dann räumte er ab und schlurfte mit dem Geschirr ins Haus. «Ich mag deinen Großvater sehr, Luisa. Aber manchmal scheint er etwas traurig zu sein.»

Luisa strahlte mich an. «Er dich auch, glaube ich. Weißt du, was ‹Saudade› heißt?», fragte sie leise.

«Nein, was ist das?», antwortete ich.

«Das Wort gibt es nur auf Portugiesisch. Es ist eine Mischung aus Sehnsucht, Traurigkeit, Fernweh und Nostalgie. Es bezeichnet das Gefühl, etwas Wertvolles wahrscheinlich für immer verloren zu haben. Wir Portugiesen sind sehr stolz auf dieses Wort – und auch auf dieses Gefühl.»

«Und du hast auch Saudade?»

«Ja, schon. Hat jeder Portugiese, denke ich.»

«Aber ist das nicht das Gleiche wie das Gefühl, auf König Sebastian zu warten?»

«Dummkopf», lachte sie. «Sebastianismus verdammt zur Untätigkeit. Saudade aber kann man produktiv machen. Ich zum Beispiel will hier weg, hab ich dir ja schon mal erzählt. Ich will später nicht als alte Witwe in schwarzen Kleidern mit einem Reisigbündel auf dem krummen Rücken durch die Fußgängerzone latschen.»

«Nachtisch!», unterbrach uns Gonçalo, der mit einer Flasche und drei Schnapsgläsern zurückkam, «ich hab was für euch: Das hier ist Medronho. Schnaps vom Erdbeerbaum. Den habe ich selbst gebrannt – und es ist die drittletzte Flasche, die ich davon besitze!» Von einem Erdbeerbaum hatte ich noch nie gehört. Für mich wuchsen Erdbeeren an kleinen Büschen auf Feldern, zu denen wir, als wir noch kleiner waren, einmal im Jahr mit unseren Eltern einen Ausflug gemacht haben. Erdbeeren zum Selbstpflücken – und mein Vater achtete streng darauf, dass wir uns nicht schon auf dem Feld von der Hand in den Mund bedienten.

«Der Erdbeerbaum ist auch sehr selten», erklärte Gonçalo. «Es sind keine Erdbeeren in dem Sinne, sondern Früchte, deren Geschmack ein wenig an Erdbeeren erinnert. Nur ein paar Alte wissen noch, wo überhaupt Erdbeerbäume stehen und wie man aus den Früchten Schnaps macht. Es gibt nicht eine einzige gewerbliche Medronho-Destillerie. Die Früchte, mit denen ich den hier gebrannt habe, habe ich selbst geerntet, auf Incoberta. Da, wo ich mit Erika war. Eigentlich heißt der Strand gar nicht Incoberta, sondern Praia Estrela. Aber für Erika und mich war es ein heiliger, verborgener Ort, deshalb haben wir ihn so genannt. Für mich ist es der schönste Platz der Welt.»

«Und wo soll das sein?», fragte Luisa.

«Ganz in der Nähe, dort drüben», er wies in Richtung des Leuchtturms der Ponta da Piedade. «Es ist auch gar keine Insel, aber der Strand ist nur vom Meer aus zugänglich. Kein Landweg führt da hin – insofern ist es doch irgendwie eine Insel. Man muss vom kleinen Hafen aus hier vorbeischwimmen oder ein Boot nehmen, nur ein paar hundert Meter weiter, bei den ‹Vier Brüdern›, stößt man dann auf die Praia Estrela. Die ‹Vier Brüder› sind vier nebeneinanderliegende Felsen im Meer.» Gonçalo blickte wieder still aufs Wasser.

«Und der Erdbeerbaum?», erinnerte ich ihn.

«Der Erdbeerbaum wächst da aus dem Felsen und neigt sich zum Strand. Ziemlich in der Mitte, er steht da ganz alleine. Ein wunderbares, großes Exemplar. Die Früchte dieses einen Baumes reichen, um ein paar Tage lang mit Brennen beschäftigt zu sein, zumindest ich mit meiner kleinen Hausdestille. Bis vor ein paar Jahren war ich einmal im Jahr mit dem Boot dort, um zu ernten. Mittlerweile bin ich zu alt dafür. Dabei müsste ich eigentlich mal wieder fahren, mein Medronho-Vorrat geht zur Neige. Aber erst einmal: Saude!»

Wir tranken den Schnaps aus der Frucht des Erdbeerbaums und schüttelten uns. Das Zeug schmeckte bei weitem nicht so gut, wie der Name klang, vor allem nicht nach Erdbeeren. Es erinnerte mich vielmehr an ‹Uhu flinke Flasche› und an das scharfe Terpentinzeugs, mit dem meine Mutter immer vergeblich versuchte, Tintenflecken aus meinen T-Shirts zu reiben.

Gonçalo wollte nachschenken, aber Luisa und ich wehrten ab.

«Kein Wunder, dass das kein kommerzieller Erfolg ist! Und das trinkst du gerne?», fragte Luisa.

«Vielleicht muss man dafür ein gewisses Alter erreicht haben», antwortete Gonçalo. «Aber ich finde, er ist wie das Leben: Er hat genau die Mischung aus Süße und Bitterkeit, die ein guter Schnaps braucht.»

«Was hieltest du davon ...», setzte Luisa an, «was hieltest

du davon, wenn wir dir Erdbeerbaumfrüchte besorgen würden? Dann könntest du dir wieder deinen Schnaps brennen!»

«Nur wenn ihr darauf achtet, dass ihr die ganz roten Früchte nehmt und nicht die orangefarbenen und grünen ... Denn der Erdbeerbaum hat immer alles: Er blüht und trägt Früchte gleichzeitig, das ganze Jahr über. Deshalb wird die heilige Maria auf alten Bildern übrigens auch immer mit Erdbeeren dargestellt, weil auch sie Jungfrau und Mutter zugleich ist, also blüht und Früchte trägt! Aber wir waren beim Schnaps: Ja, wenn ich Früchte habe, kann ich auch meinen Medronho brennen! Aber das ist alles gar nicht so leicht – ihr werdet ein Boot brauchen, alleine schon, um hinzukommen. Und dann natürlich, um die ganzen Früchte fortzuschaffen!»

«Jayjay, Lust?» Luisas Frage ließ mein Herz für einen Schlag aussetzen. Und ob ich Lust hatte! Auf den Erdbeerbaumfusel gar nicht so sehr – aber ich würde mit Luisa einen verborgenen Strand entdecken und einen Tag ganz allein mit ihr verbringen. Was da alles passieren kann!, hörte ich eine Stimme in mir flüstern, aber die klang alles andere als besorgt. Auf nach Incoberta, auf zur Praia Estrela!

IV.

1.

Das war schon komisch, nach fast dreißig Jahren diese Tür in die Vergangenheit aufzustoßen. Die Bar sah genauso aus wie früher, von der Decke hingen noch dieselben Plastikschinken, nur die gekachelten Wände waren etwas vergilbt, wobei ich mich sofort fragte, ob Kacheln vergilben können wie Gardinen – oder ob mein Eindruck mich täuschte. Die Theke war jetzt indirekt beleuchtet, und an der Wand standen Tafeln mit den aktuellen Angeboten: «Don't be a bore, pick a straw!» warb eine davon für eine Tombola, bei der man Gratis-Drinks gewinnen konnte. «Today's special: Strawberry Margarita» und «Life's too short to drink bad wine» ließen die anderen Tafeln uns wissen. Hinter der Theke wuselte eine etwa zwanzigjährige blonde, braun gebrannte Frau in einem Tanktop herum. Sie konnte nichts ahnen von uns und unserer Vergangenheit – und wenn doch, war es ihr natürlich auch egal. Sie lebte ganz im Hier und Jetzt, in ihrem Ferienjob weit weg von zu Hause, so ähnlich, wie wir einst hier saßen und fühlten. Sie begrüßte uns wie jeden x-beliebigen Gast, der das Pica Pau betrat.

«Na, Jungs, ich bin Judy, eure Kellnerin heute Abend. Was kann ich euch bringen?»

«Habt ihr noch ‹Kotztüte› auf der Cocktailkarte?»

Das Mädchen blickte ratlos.

«Kleiner Scherz», zwinkerte ich Tiggy zu. «Wir nehmen eine Flasche Vinho verde und ein paar Oliven. Und hier, zwei so Lose aus der Tombola!»

«Okidoki, kommt sofort», zwitscherte Judy und verschwand mit einem Blendamed-Lächeln, wie es wohl nur die Vereinigten Staaten von Amerika hervorbringen.

«Süß!», sagte ich. «Wo wir schon mal bei dem Thema sind: du und Eva Janzen – granatös! Du kannst aber auch die Flossen nicht bei dir lassen.»

«Haha, nicht witzig! Außerdem ist es anders. Ich bin nicht mehr der Tiggy von früher. Ich war Helena immer treu, hatte mir ja schon damals die Hörner abgestoßen! Das war das erste Mal ...», antwortete Tiggy.

«Seid ihr jetzt zusammen, du und die Janzen?»

«Bist du wahnsinnig? Wir haben seitdem keinen Kontakt mehr. Das war alles ein fürchterliches Missverständnis!»

«Aber wie konnte das passieren?»

«Ach, es war alles so langweilig geworden zu Hause. Ich habe mein Leben gehasst, ohne es zu merken: Ich hasse die Fernbedienung unseres Fernsehers, weißt du, der Aus-Knopf ist kaputt und funktioniert erst nach zigmal Drücken. Ich hasse den Duschschlauch im Bad, der hat ein kleines Leck und spritzt einen feinen Wasserstrahl überall hin, wo er nicht soll. Weißt du, was ich meine? Im Kühlschrank gammeln seit Jahren ein geöffnetes Glas Gurken, eine Tube Tomatenmark und eine Flasche uralter Ahornsirup vor sich hin. Erst sieht man das jahrelang nicht, und plötzlich ist das Verfallsdatum abgelaufen, zack! Verstehst du?»

«Hm. Aber kauft man gleich einen neuen Fernseher, nur weil der Aus-Knopf manchmal zickt?»

«Genau das ist die Frage ... Prost!»

«Und wenn man sich daran erinnert, wie schön es früher war? Ihr habt euch doch so romantisch kennengelernt. Ich weiß noch, dass es im Flugzeug war.»

«Ach ja, der Flug. Das war von Berlin nach München. Helena fiel mir bereits beim Einstieg auf, weil sie so schön war wie die Helena aus dem Trojanischen Krieg.»

«Aber wie sie hieß, wusstest du ja damals noch nicht.»

«Nein, aber insgeheim hatte ich schon darauf gehofft, dass ich neben ihr sitzen würde, eine recht geringe Wahrscheinlichkeit, und natürlich kam es anders. Ich saß drei Reihen hinter ihrem Sitz am Notausgang.»

«Und dann?»

«Dann bemerkte die Stewardess, dass der Mann neben ihr aufgrund einer Beinbehinderung nicht am Notausgang sitzen könne, kam auf mich zu und bat mich im Flüsterton, mit dem Herrn die Plätze zu tauschen. Ich konnte, klar, weil meine Behinderung – Kloß im Hals – nicht so leicht zu erkennen war.»

«Und dann hast du sie angesprochen.»

«Nix da. Kein Wort. Ich hielt die ganze Sache bereits für erledigt, als wir uns in München mit einem kurzen Nicken wortlos verabschiedeten. Doch dann sah ich sie schon am nächsten Tag wieder: Helena wartete am Gate zufällig auf den gleichen Rückflug.»

«Wahnsinn, ein Zufall nach dem anderen!»

«Ja, aber so ist es halt. Wir erkannten uns – und jetzt war ein Gespräch ja nahezu unvermeidlich. Wieder tauschten wir – diesmal freiwillig – mit wildfremden Menschen unsere Plätze, saßen nebeneinander und verstanden uns. Dabei wohnte sie in München, ich in Berlin.»

«Sie schön, du nicht.»

«Sie Bayern-Fan, ich Dortmund-Fan. Sie katholisch, ich evangelisch. Und trotzdem haben all diese Unwahrscheinlichkeiten zur Hochzeit geführt.»

«Das war lustig, als ich den Brautstrauß gefangen habe. Eigentlich wär's schade, wenn ihr euch trennen würdet.»

«Ja, finde ich auch. Obwohl Helena und ich seit über zehn Jahren zusammen sind, bin ich prinzipiell sehr glücklich mit ihr. Vielleicht müsste man einfach mal die alten Gurkengläser aus dem Kühlschrank entsorgen.»

«Hübsche T-Shirts habt ihr», unterbrach Judy, als sie mit der Weinflasche zurückkam.

«Danke», sagte Tiggy. «Wir waren vor neunundzwanzig Jahren schon einmal hier.»

«Vor neunundzwanzig Jahren? Interessant, da war ich noch lange nicht geboren», kicherte sie. «Und so lange habt ihr die Shirts aufbewahrt?»

«Ach, die habe ich unter einem Stapel alter Wäsche gefunden. Nur so 'ne Erinnerung.»

«Tolle Geschichte», zeigte sich Judy beeindruckt und zog weiter zum nächsten Tisch.

«Wo waren wir? Ach ja. Ich habe keinen Blick mehr für die kleinen Abwechslungen, weil sie zur Routine erstarrt sind: die ewig gleichen Restaurants, die obligatorische Flasche Wein zum Abendessen, der selten gewordene Sex. Und schließlich habe ich keinen Blick mehr für Helena selbst, für ihre kleinen Gesten, ihre stille Stärke, die ich einst so geliebt habe. Kennst du das nicht auch von Julia?»

«Doch, durchaus», antwortete ich. «Ich hatte bisher vielleicht nur Glück. Allerdings sind wir auch noch nicht so lange zusammen wie ihr. Und dann erschien Eva auf der Bildfläche, die nichts war, was du kanntest, richtig?»

«Genau: Sie war laut, führte ein Leben zwischen Sardinien, Amsterdam und London, hatte Ruhm und Geld, also richtig Geld – und vor allem fuhr sie gerade irgendwo hin, und vielleicht hoffte ich darauf, dass sie mich ein Stück mitnehmen würde. Nun, das hatte sie dann ja auch getan.»

«Und Holland hattest du auch noch nicht auf deiner Checkliste, oder?»

«Ach, hör auf, das ist doch Jahrzehnte her. Das hatte ganz andere Gründe, ich versuch doch, es dir zu erklären. Aber ich bin ganz froh, dass wir hier mal ein paar Tage durchschnaufen können. Das fühlt sich gut an, weil wir ein Ziel haben – und wieder auf der Reise irgendwohin sind!»

«Ja, finde ich auch. Was meinst du – wie gehen wir es an?»

«Praia Estrela?», fragte Tiggy. «Ich glaube, wir müssen es auf eigene Faust machen. Die Polizei wird sich nach dreißig Jahren nicht mehr wirklich dafür interessieren. Es sei denn, wir machen selbst eine Staatsaktion draus.»

«Sehe ich genauso. Kleines Besteck: Ich würde ein Boot mit Anker mieten, hinfahren, suchen, Krone holen, fertig. Am besten gleich morgen.»

«Vielleicht besser nachts? Oder frühmorgens? Dann können wir allerdings kein Boot mieten. Aber die paar hundert Meter schaffen wir auch mit einer Luftmatratze, oder?»

Judy kam und fragte nach weiteren Wünschen.

«Danke, nein, aber wir haben eine Frage: Sag mal, gibt's Jasper noch? Und Fuck-off-Peter?»

«Fuck-off-Peter? Lustiger Name. Nein, kenne ich beide nicht. Nie gehört, aber ich bin auch erst seit letztem Sommer hier. Ich kann Bobby fragen, der ist schon seit Jahrzehnten in der Küche. Bin gleich zurück!»

«Bobby, bei dem Namen klingelt bei mir was! Ist das nicht ... das ist doch der Koch aus Mosambik, nach dem das ‹Beef Moçambique› benannt war, oder? Bin mal gespannt. Aber ich habe noch was», Tiggy holte sein Handy aus der Hosentasche. «Ich habe zu Hause ein paar alte Fotos digitalisiert, und das hier ...», er scrollte ein wenig in einem Ordner herum, «das haben wir hier aufgenommen.»

Auf dem Foto saßen wir beide an einem Tisch, ich ein Hippiekopftuch als Gürtel tragend, wir beide mit blonden Locken, jeder ein Bier vor sich, in der Mitte eine Kerze. Im Hintergrund portugiesische Azulejos, von denen eine gesprungen war.

«Warte», ich nahm das Handy und ging die Wand ab, Tisch für Tisch. Die anderen Gäste rückten etwas betreten zur Seite. «Tiggy, hier!» Und tatsächlich gab es die Kachel noch, sogar der schwere Holztisch war derselbe. Und als später am Abend die Gäste dieses Tisches zahlten und gingen, nahmen wir ihre Plätze ein und öffneten unsere Lose. Ich hatte eine Niete, aber Tiggy gewann einen Pitcher Bier. Wir baten Judy, ein Foto zu machen, in demselben Winkel, aus demselben Abstand, mit demselben Motiv. Das Einzige, was diese beiden Bilder voneinander unterschied, waren die dreißig Jahre, die dazwischen vergangen waren. Ich schickte beide Fotos per WhatsApp an

Julia, die «Unfassbar! Ihr habt euch gut gehalten. Kuss und viel Spaß!» antwortete. Tiggy traute sich nicht, Helena die Bilder zu schicken.

«Aber davon habe ich noch mehr!» Tiggy zeigte mir auf seinem Handy den Ordner mit den alten Fotos: Tiggy und ich am Strand mit Zitronensaft im Haar, ich alleine vor einer kleinen Palme, Tiggy auf dem Platz mit dem Sebastians-Denkmal. «Die stellen wir jetzt alle nach! Ich weiß noch, wo das ungefähr sein muss.»

«Deal. Eine echte Aufgabe! Nur die Zitronensaft-Nummer will ich nicht wiederholen. Das hat damals eh nix gebracht.»

«Ne, in welche Haare würdest du den auch träufeln wollen?»

Schließlich kam Bobby an unseren Tisch. Seine Küche hatte er jetzt geschlossen, und wie früher wurden die leeren Tische an die Seite geräumt. Er kannte uns so wenig wie wir ihn, aber es machte Spaß, gemeinsam in Erinnerungen zu schwelgen.

«Und hier die Fässer, die standen doch mal auf der anderen Seite der Wand, oder?»

«Richtig, und den Windfang aus Glas draußen mussten wir irgendwann aus Brandschutzgründen anbauen. Eine Katastrophe, so für den Look der Bar!»

Ja, er hatte sowohl Jasper als auch Fuck-off-Peter gekannt. «Ich arbeite seit dreißig Jahren im Pica Pau. Als ihr hier wart, habe ich gerade angefangen. Jasper hatte irgendwann persönliche Probleme, ich weiß aber nicht genau, was los war. Eines Tages war er verschwunden, und Andy hat den Laden übernommen, ein netter Engländer, dem jetzt schon drei Bars hier in Lagos gehören.

Peter ist vor zwei Jahren gestorben. Er war fast bis zum Schluss jeden Tag hier, doch der Krebs war stärker. Der Mist war: Peter hatte keine Krankenversicherung. Als er im Sterben lag, haben wir für ihn gesammelt, weil er in dem schäbigen Krankenhaus hier in Lagos nur notdürftig behandelt wurde, er hätte nach Lissabon verlegt werden müssen. Er ist krepiert wie ein angefahrener Hund im Straßengraben. Das war schlimm.»

«Wie traurig. Hatte er denn keine Familie? In Liverpool oder so?»

«Nein, anscheinend war die Bar seine Familie. Aber als er seine Familie brauchte, hat es eben nur für dreihundertzehn Euro oder so gereicht. Wir haben sogar ein Benefiz-Dinner für ihn veranstaltet, bei dem alle Erlöse an Peter gingen. Das waren nach Abzug der Kosten aber eben auch nur noch etwa hundertachtzig Euro zusätzlich. Wisst ihr, was eine Chemotherapie gekostet hätte? Man hat ihn dann in einem Armengrab beerdigt. Ich schäme mich richtig: Er war jeden Tag da – und keiner von uns hat ihn wirklich gekannt oder war mit ihm befreundet. Und von sich aus hat er ja nicht viel gesagt – außer ‹fuck off›, stimmt's?»

«Fuck off», sagte Tiggy und hob sein Glas. «Auf Peter.»

«Auf Peter.»

Ich atmete einmal tief durch. «Kannst du dich an ein Mädchen namens Luisa erinnern?», fragte ich Bobby.

«Luisa Perreira? Na klar, in die waren wir ja alle verknallt. Luisa war hart drauf in den Jahren, bevor sie nach London ging, Drogen, Alkohol, das ganze Programm. Die ist dann Anfang der Neunziger weg, zusammen mit dem Ex-Drummer von ‹Depeche Mode› oder so. Das hat nicht gehalten, und irgendwann war sie wieder hier. Aber ich habe sie seit Jahren nicht gesehen, keine Ahnung, was aus ihr geworden ist.»

«Kanntest du auch ihren Großvater?»

«Ja sicher, den alten Gonçalo, der auf der Klippe wohnte. Den hat die Stadtverwaltung irgendwann von dort vertrieben, er musste sein Grundstück für einen Appel und ein Ei verkaufen. Er ist dann in die Stadt gezogen und kurz darauf gestorben. Heute steht die Casa do Pinhão auf dem Felsen, die könnt ihr haben, wenn ihr bereit seid, 8,5 Millionen Euro lockerzumachen. Allerdings wird die schon so lange zum Verkauf angeboten, dass ich schätze, ihr könnt die auf fünf Millionen runterhandeln, haha! Ist mit Meerblick, und man kann vom Balkon aus ins Wasser springen!»

«Oder angeln», sagte ich leise.

«Ja, angeln kann man da sicher auch. Das wird aber eine teure Sardine, die kriegste woanders billiger!»

«Hast du eine Idee, wie man Luisa finden könnte?»

«Nein, mein Freund», Bobby stand auf. «Und wenn du mich fragst: Schnüffle nicht in deiner Vergangenheit rum. Es macht dich nur traurig!» Er wischte mit seinem Küchentuch über unseren Tisch und klopfte zweimal auf die Holzplatte.

«Warte! Eine Sache noch: Hast du vielleicht mal irgendetwas über einen Unfall gehört, auf den Klippen, dass da jemand runtergesprungen ist oder so?»

«Klar. Jedes Jahr fallen ein paar Leute von den Klippen, vor allem Touristen, die sich als Klippenangler versuchen. Ein Windstoß, und zack, verlierst du den Halt. Dann essen die Fische abends dich und nicht andersrum. Einmal soll sogar ein Besoffener mit ’nem Fahrrad oder Motorrad von der Klippe gesprungen sein. Aber das muss ewig her sein, ich weiß auch nicht, wo das gewesen sein soll, auf die Felsen kommt man ja gar nicht mit dem Motorrad. Ist wahrscheinlich eine Räuberpistole.» Wir wussten es besser.

2.

Tiggy und ich bestellten eine weitere Flasche Wein und sprachen von früher. Die Musik wurde lauter – unser Tisch war der einzige, der noch mitten im Raum stand. Das Ritual war noch das Gleiche wie vor Jahrzehnten: Als Übergangsmusik spielte man Chansons der Vierziger und Fünfziger, und ich wartete fast darauf, dass Luisa mit einem betrunkenen Hund auf dem Arm in die Bar platzen würde. Aber natürlich passierte nichts dergleichen. Wir setzten uns an den Platz von Fuck-off-Peter am Rand der Theke und beobachteten das junge Partyvolk, das jetzt in größeren Mengen die Bar betrat. Tiggy steckte sich eine Zigarette an und fragte Judy nach einem Aschenbecher. Sie blickte ihn achselzuckend an, deutete auf den Fußboden, und ich sah, dass Tiggy seine Frage schon in dem Moment peinlich war, als er sie gestellt hatte.

Musikalisch war die Bar jetzt Hip-Hop-mäßiger unterwegs, schwärzer, amerikanischer, und wir fremdelten ein wenig. Wir saßen doof an der Theke herum und schauten den anderen beim Tanzen zu. Das war nicht mehr unsere Musik, das war nicht mehr unser *Swag* (sagen die jungen

Leute das heute so?), das war nicht mehr unsere Generation. Aber wir waren betrunken und fest entschlossen, dazuzugehören.

Tiggy bestellte uns zwei «Funnels», die auf einer der Tafeln beworben wurden. Wir hatten keine Ahnung, was das war, und blickten uns beschämt an, als Judy mit zwei Trichtern zurückkam, an die jeweils ein Schlauch befestigt war. Den Schlauch mussten wir in den Mund nehmen, den Trichter hielt Judy hoch und schüttete mit Schmackes ein Bier hinein, das dann durch den Schlauch direkt in den Magen spritzte. Die Aktion war superpeinlich, bis zu dem Moment, wo ich den ganzen Schaum wieder hochrülpste. Und zwar so viel, dass ich ihn nicht in den Backen halten konnte, sondern ausspucken musste. Ab da war es megapeinlich.

«Fast wie ich damals auf der Party von Kirsty», feixte Tiggy. «Nix gelernt in dreißig Jahren!»

Also ging ich dann doch noch auf die Tanzfläche, um irgendwie in Stimmung zu kommen, genug getrunken hatte ich ja. Das funktionierte auch einigermaßen, bis ein Lied kam, das ich nicht kannte, mir aber gefiel. Früher wäre ich wahrscheinlich anschließend zum DJ gelatscht, um ihn zu fragen, was er da gerade abgespielt hat. Heute nahm ich mein Handy zur Hand und shazamte den Song einer US-Band, deren Namen ich noch nie gehört hatte. Nach dem nächsten Lied, irgendeinem befremdlich anmutenden Gangsta-Rap, ging ich zurück zu Tiggy an die Theke. Der war bereits im Gespräch mit einer jungen Neuseeländerin namens Lizzy, die sich und Tiggy hinter beide Ohren je ein Cocktailschirmchen gesteckt hatte, was zumindest bei ihr sehr niedlich aussah.

«Was ’n mit dir los?», fragte Tiggy und steckte mir auch ein Schirmchen hinters Ohr.

«Nichts, wieso? Ich hab den Song shazamt!»

«Da steht ein älterer Herr auf der Tanzfläche, hält sein Handy hoch, während um ihn herum die jungen wilden Hühner tanzen! Als ob es nicht schon merkwürdig genug wäre, dass der alte Sack mit seinen Achtziger-Moves da rumpogt – aber mit dem Handy in der Luft sieht es noch mal affiger aus! Und dein Bauch, der da unten aus dem T-Shirt rausschaut – ich sag nur ‹Wampe›!»

«Das T-Shirt habe ich doch nur wegen dir angezogen! Außerdem tanze ich wenigstens. Du sitzt nur rum wie Fuck-off-Peter in seinen besten Tagen!»

«Das nennst du Tanzen? Nee, ich gehe jetzt aufs Klo! Lizzy, Jayjay, Jayjay, Lizzy!» Damit verschwand Tiggy, und ich begann, das Treiben auf der Tanzfläche zu beobachten.

Lizzy stand neben mir, aber mir fiel beim besten Willen nichts ein, worüber ich mich mit ihr unterhalten wollte.

«Ihr kommt also aus Deutschland? Großartig! Da will ich auch mal hin! The Octoberfest!»

Puh. Die frühere Selbstverständlichkeit der Fragen «Wo kommst du her?», «Wie lange bleibst du?», «Wo willst du noch überall hin?» – es langweilte mich. Und Neuseeländer immer wieder auf Rugby, Kiwis oder «Herr der Ringe» anzusprechen, hatte in den letzten Jahren auch an Reiz verloren. Also lächelte ich sie gelegentlich etwas neutral an und wartete auf Tiggy. Auf der Tanzfläche entdeckte ich eine Frau um die fünfzig, also ungefähr in meinem Alter. Sie gebärdete sich wie ein junges Mädchen, trug viel zu roten Lippenstift und tanzte einen etwa zwanzigjährigen Jungen an, der sich das höflich gefallen ließ. Sie hob ihre Bluse hoch, sodass man ihren Bauchnabel erkennen konnte, raufte sich im Versuch, sinnlich zu wirken, die Haare und fasste sich zuweilen sogar an die Brüste. Sie sah eigentlich gar nicht schlecht dabei aus, aber in dieser Umgebung wirkte sie in etwa so fehl am Platz wie ich, als ich den Song auf der Tanzfläche shazamte.

«Schau mal, die Frau da drüben», sagte ich zu Lizzy, froh, endlich ein Gesprächsthema gefunden zu haben. «Die hofft heute noch auf den ganz großen Wurf!»

«Ja», antwortete sie, «und es wäre schön, wenn ihr der gelingt. Meine Mutter hat nämlich eine harte Trennung hinter sich. Wir sind zusammen nach Europa gekommen, um sie ein bisschen abzulenken – und ich bin heilfroh, dass es klappt!»

«Äh. Ja», nippte ich schnell an meinem Glas. «Daumen drücken!»

Ich hatte plötzlich das Bedürfnis, mal nach Tiggy zu sehen, und verabschiedete mich mit einem kurzen Nicken.

Ich fand ihn noch auf der Toilette. Er stand am Handtrockner und fluchte. Allerdings trocknete er nicht seine Hände, sondern streckte dem Gerät seinen Unterleib entgegen.

«So eine Scheiße! Die Flasche Seifenspender war verstopft, da habe ich mit Wucht oben draufgehauen! Und dann ist es mir plötzlich voll vorne auf die Hose gespritzt. Das konnte ich nicht so lassen, das sah unmöglich aus. Doch diese Flüssigseife schäumt wie Sau, wenn du da Wasser drauflaufen lässt. Und jetzt sehe ich aus, als hätte ich mich eingenässt, guck mal! So kann ich da nicht raus, ich muss mich erst föhnen! Aber das ist so heiß: Ich kriege davon sogar durch die Hose Brandblasen auf dem Dödel!»

Was trug der auch eine helle Hose! Wir rieben, wir föhnten, wir pusteten, andere Gäste kamen, guckten doof, pinkelten und gingen wieder. Wir fühlten uns wie zwei Schwule beim Toilettensex, bloß ohne Sex. Nach geraumer Zeit waren wir fertig. Tiggys Hose war einigermaßen trocken, sodass er sich wieder nach draußen traute.

Dort saßen Lizzy und ihre Mutter (die sich als Denise vorstellte) an der Theke. Vor sich hatten beide ein kleines Frühstücksbrettchen mit sieben runden Aussparungen. In jeder Aussparung stand ein Schnapsglas. Neben ihnen wartete Judy mit einer Stoppuhr, bereit, die Zeit zu nehmen.

«Halt, halt, halt!», rief sie. «Da sind unsere deutschen Freunde, die machen auch noch mit!»

Und ruck, zuck hatten Tiggy und ich ebenfalls jeder eines dieser Brettchen vor sich stehen.

«Das sind die ‹Seven Deadly Sins›», erklärte uns Denise. «Es geht darum, die sieben Schnäpse so schnell wie möglich zu trinken. Den Rekord für Frauen hält eine Australierin mit 9,4 Sekunden – Australien, verstehst du, das können wir nicht auf uns sitzen lassen!»

Sie deutete auf eine Kreidetafel, auf der Name, Land und Zeit der bisherigen Rekordhalter verzeichnet waren. Ich wehrte ab. Ich wusste einen guten Cabernet Sauvignon zu schätzen, aber aus dem Kampftrink-Alter war ich echt raus. Außerdem sah ich, dass der Rekord für Männer bei 3,7 Sekunden lag («Brian from Chicago») – wie sollte das gehen?

«Fertig? Los!»

Tiggy kippte sich die Schnäpse hinter die Binde, als gäbe es nie wieder was zu trinken: 11,7 Sekunden. Denise war etwas zu sehr auf ihr Aussehen bedacht und trank zügig, aber damenhaft: 18,5 Sekunden. Ich tat so, als würde ich mich beeilen, hatte aber noch drei Schnäpse vor mir, als die anderen durch waren. Ich bekam ein paar Buhrufe, trank die Gläser in Ruhe aus und wusste: Jetzt war ich betrunken. Aber Lizzy! 9,1 Sekunden! Weltrekord! Hurra! Gejohle und Geschrei! In einer feierlichen Zeremonie wurde der Name der Australierin von der Tafel gewischt und durch Lizzys ersetzt. Im Überschwang des Triumphs und des Alkohols sprang Lizzy Tiggy auf den Rücken und zwang ihn mit imaginären Peitschenhieben, als triebe sie ein Pferd an, huckepack mit ihr durchs Lokal zu rennen. Alle lachten – bis zu dem Moment, an dem Tiggy mit Lizzy obendrauf durch die Tür nach draußen laufen wollte und nicht bedacht hatte, dass die Tür nicht so hoch war wie er und Lizzy zusammen. Die Menge schrie noch, um ihn zu warnen, doch es war zu spät: Lizzy krachte mit der Nase gegen den Türsturz, fiel von Tiggys Schultern und krümmte sich vor Schmerz auf dem Boden. Tiggy bückte sich entsetzt zu ihr runter, entschuldigte sich mehrfach verzweifelt und war überhaupt nicht zu beruhigen.

«Ist was gebrochen? Geht's dir gut?»

Lizzy richtete sich stöhnend auf. Sie prüfte ihre Nase, die auf der Wurzel eine dicke Schramme hatte, aber zum Glück nicht gebrochen schien.

«Alles okay», gab sie Entwarnung. Denise hockte bei ihr, blickte Tiggy giftig an, bestellte bei Judy die Rechnung und half ihrer Tochter auf. Der Abend war gelaufen. Auch wir zahlten und wankten durch die golden beleuchtete Fußgängerzone ins Hotel.

«Peinlich!», murmelte Tiggy alle zehn Meter. «Peinlich! Peinlich! Wann werde ich endlich erwachsen?»

Wir machten noch einen kleinen Umweg über die Bäckerei, wo wir vor Jahrzehnten immer rotzebetrunken heiße, frisch gebackene Brötchen mit Speck gekauft hatten. In der Tat war dort immer noch eine Bäckerei, aber die war längst professionalisiert: Das Licht war aus und der Nachtverkauf natürlich eingestellt. Schade.

Vor der Drehtür des Hotels begrüßte uns der Bellboy und zog die Augenbrauen hoch. Er wischte sich an seinem Ohr rum und wollte uns offensichtlich auf etwas hinweisen. Wir griffen uns ebenfalls an die Ohren und bemerkten erst jetzt wieder die Cocktailschirmchen, die dann schnell in unseren Taschen verschwanden, bevor wir das Foyer betraten und zum Fahrstuhl schwankten. Tiggy und ich wohnten beide in der sechsten Etage, er in der 604, ich in der 622. In unserem Zustand fanden wir es witzig, auf dem Weg dorthin sämtliche Hängeschildchen mit «Bitte nicht stören» an den Türen auf «Bitte Zimmer aufräumen» umzudrehen. Unsere eigenen natürlich nicht. Mit letzter Kraft schaffte ich es dann noch in die Pessoa-Suite, trank den restlichen Hibiskus-Tee direkt aus dem Krug und fiel ins Bett. Kurz bevor ich wegratzte, entdeckte ich am Kopfende des Bettes noch eine kleine Leine, an der man ziehen konnte. Es stellte sich heraus, dass es eine eingelassene Spieluhr war, die mich mit «Für Elise» in den Schlaf beförderte.

V.

1.

Das morgendliche Speckbrutzeln vor Boos und Rogers Mausoleum war zu einem liebgewonnenen Ritual geworden, an dem immer mehr Leute teilnahmen. Auch Tio, der Dackel, hatte schnell gelernt und kam jeden Morgen vorbei. Nachdem er Abend für Abend von den Iren in «Rosco's Bar» mit Guinness abgefüllt wurde, freute er sich schwanzwedelnd auf einen Streifen gebratenen Specks: das ideale Katerfrühstück. Für uns war es die Hauptmahlzeit des Tages. Die Blitzüberweisung meiner Eltern war mittlerweile eingetroffen, aber ich war aus einem anderen Grund gut drauf: Der Abend bei Gonçalo hatte mich euphorisiert. Ich würde einen geheimen Strand besuchen, den noch nie zuvor ein Tourist betreten hat – und das mit dem Mädchen, in das ich verliebt war. Vorher aber wollte mir Luisa noch «ihr» Lagos zeigen, von dem ich ja bereits einen kleinen Teil kennengelernt hatte: das Bier mit dem Johannisbeersirup. Der alte Schmugglerpfad über die Dächer. Gonçalos Haus hoch auf den Klippen über dem Meer. Offensichtlich gab es noch mehr als die Touristenschwemmen, die Strände und den ewig gleichen Tagesablauf der drei großen «B»s: Beach, Bar, Bett.

Ich erzählte den anderen von meinem Abend bei Gonçalo und von Luisas und meinem Vorhaben, worauf Roger Tiggy und mich mit anzüglichen Bemerkungen aufzog.

«Na, Tiggy? Was macht die Angolanerin?»

«Once you go black, you'll never go back», konterte Tiggy, indem er seine neue Bekanntschaft zitierte.

«Und du, Jayjay? Wird heute Nacht endlich gevögelt?»

«Lass den Jungen in Ruhe!», ermahnte ihn Boo. «Er ist verliebt, das ist was Heiliges! Der denkt nicht wie du sofort ans Vögeln ...»

«Das tue ich auch nicht! Ich sag ihm doch nur, er soll Kondome mitnehmen. Wenn ich nur ans Vögeln denken würde, hätte ich Verhütung überhaupt nicht im Kopf!»

«Könnt ihr bitte mal aufhören? Ich bin verabredet. Wir gehen bummeln. Und morgen früh pflücken wir Obst für ihren Großvater. Was ist euer Problem?»

Aber damit erntete ich nur Gelächter. Also packte ich meine Sachen und trollte mich Richtung Innenstadt, während die anderen sich auf einen weiteren Tag am Strand vorbereiteten.

Luisa und ich hatten uns am Platz mit der Sebastians-Statue verabredet. Als ich kam, saß sie bereits in ihrem gelben Kleid auf dem Sockel und baumelte mit den Beinen.

«Hey.»

«Hey.»

«Bleibt's dabei? Magst du immer noch dabei helfen, Großvater seine Erdbeerbaumfrüchte zu besorgen?»

«Ja, klar, ich kann mir nichts Schöneres vorstellen! Aber wie kommen wir dahin?»

«Ich habe uns ein Boot organisiert. Der alte Luis, ein Kumpel von Großvater, der Grottentouren für die Touristen macht, ist krank. Wir können sein Boot haben, es liegt im Hafen. Großvater hat mir drei Eimer mitgegeben, die jeweils dreißig Liter fassen. Dann haben wir neunzig

Liter Früchte – das reicht locker für fünfzehn Liter Medronho, sagt er. Und alles, was wir sonst brauchen, holen wir uns jetzt!»

«Was brauchen wir denn noch?»

«Wenn wir morgen früh aufbrechen, brauchen wir Wasser für den Tag. Außerdem was zu essen. Wir könnten uns ein paar Wolfsbarsche besorgen, die wir dann am Strand grillen. Du musst das Wasser besorgen, das machst du aber erst heute Abend, dann brauchst du es nicht die ganze Zeit mit dir rumzuschleppen. Wir brauchen mindestens einen 5-Liter-Kanister – die Sonne, kein Schatten. Na ja, du weißt schon.»

«Klar, besorge ich. Ansonsten wahrscheinlich das, was man an einem Strandtag so braucht: Sonnencreme, Badehose, Handtuch. Richtig?»

«Richtig. Also los!»

Zur Markthalle waren es nur ein paar Schritte, entlang an winzigen Spelunken, in denen sich die Fischer schon morgens mit Vinho verde und Schnaps von ihrer nächtlichen Arbeit auf dem Meer erholten, bevor die Sonne zu heiß wurde und sie sich bis zum Abend schlafen legten, wenn ihre Schiffe wieder ausliefen. Drei große Tore dienten der Markthalle als Eingänge, dahinter ein riesiger, komplett gekachelter Saal, in dem es angenehm kühl war und die Händler an ebenfalls gekachelten Theken ihre Waren feilboten. Da lagen Haie, blutige Schwertfische, Kraken, gigantische Barsche mit Glubschaugen, Entenmuscheln und natürlich Sardinen, Sardinen, Sardinen. Lamentierende Händler in blauen Plastikschürzen hackten Fische auseinander, rissen Seeteufeln gekonnt die Haut ab. Ein etwas einsamer Herr verkaufte abseits

Krabben, einige Hummer und Langusten. An einem Stand lagen schwarzgrau glänzende Degenfische, die fast anderthalb Meter lang und so ähnlich geformt waren wie seitlich platt geklopfte Aale. Von diesen Fischen erzählte mir Luisa, dass sie mit Leinen von bis zu eintausendfünfhundert Metern Länge aus der Tiefsee geholt würden und dass kaum ein Fischer je einen von ihnen lebendig zu Gesicht bekommen hätte. Den gewaltigen Druckunterschied zwischen Tiefsee und Wasseroberfläche würden die Tiere nicht überleben. Eigentlich seien sie kupferfarben, aber beim Hochholen aus der Tiefe wechselten sie ihre Farbe und bekämen so ihr schwarzgraues Schimmern, das ihnen zusammen mit den scharfen Reißzähnen und den übergroßen Augen ein bedrohliches Aussehen verlieh.

Im oberen Stockwerk gab es alles, außer Fisch: einen Metzger, mehrere Obst- und Gemüsehändler, einen Eisenwarenstand und eine Frau, die gehäkelte Deckchen und Kurzwaren verkaufte. Ein weiterer Stand hatte sich auf Piri-Piris spezialisiert, die kleinen, ultrascharfen Pfefferschoten, die man dort frisch oder getrocknet als Paste, Pulver und sogar als Schnaps kaufen konnte. Dort oben wurde Luisa herzlich von einer alten Marktfrau begrüßt, die mich ihre Früchte probieren ließ, von denen wir einige Orangen, Feigen und Kirschen einpackten. «Das war unsere Nachbarin», erklärte sie. «Lagos ist klein, wenn man die Touristen abzieht.»

«Den Eindruck habe ich auch. Kennt ihr euch alle untereinander?»

«Ja, die Portugiesen schon. Im Oktober, wenn die Touristen weg sind, bleiben ja nur noch wir übrig. Da kennt jeder jeden.»

Das überraschte mich nicht – selbst wir waren ja innerhalb weniger Tage quasi Teil der Dorfgemeinschaft geworden, kannten und grüßten Menschen auf der Straße, luden ein und wurden eingeladen.

Draußen war es so heiß, dass Luisa beschloss, unsere Einkäufe bei sich zwischenzulagern und mir die drei kühlsten Orte der Stadt zu zeigen: Die Markthalle hatte ich ja bereits gesehen, fehlten noch das Heimatmuseum und die Kathedrale.

Das Heimatmuseum war ein helles Steingebäude am Alten Sklavenmarkt – ich kannte es bereits. Allerdings nur von oben, denn auf seinem Dach waren wir neulich entlangbalanciert, den alten Schmugglerpfad entlang. Wir bezahlten fünfzig Escudos Eintritt und besichtigten die Mitbringsel der Seefahrer aus der weiten Welt, die jetzt in den muffigen Räumen vor sich hin gammelten. Luisa in ihrem gelben Kleidchen wirkte in dieser Atmosphäre des Vergangenen wie ein Statement des Lebens. Im ersten Raum hingen ein ausgestopftes Krokodil und eine gigantische Wasserschildkröte unter der Decke. In einer Vitrine sahen wir neben ein paar alten Münzen und einigen großen Muscheln, getrockneten Seesternen und Korallen die jahrhundertealte Zeichnung eines Einhorns – und daneben lag das dazugehörige Horn.

«Hä? Es gibt doch gar keine Einhörner. Was ist das?», fragte ich.

Luisa las das handgeschriebene Erklärungsschildchen, das neben dem Exponat mit einer Stecknadel auf eine staubige Filzunterlage gepinnt war. «Vermutlich in Wirklichkeit das Horn eines Wals, steht hier. Aber ich weiß auch nicht, was für Wale Hörner haben sollen.»

«Habe ich auch noch nie gehört. Das ist doch genauso unwahrscheinlich wie ein Einhorn.»

Nicht weniger kurios mutete das «Skelett einer Meerjungfrau» an, das vermutlich aus dem Schädel und dem Brustkorb eines kleinen Affen gebastelt wurde, dazu der Unterleib eines Fisches, der langsam zu Staub zerfiel: Es war offensichtlich das Werk eines halbbegabten Taxidermisten, der auf langen Reisen an Bord zu viel Zeit gehabt hatte. Wer den uralten Sagen von Drachen und Meerjungfrauen Glauben schenkte und um Beweisstücke verlegen war: Hier wurden eindeutig Fakten geschaffen, um Zweifler zu beruhigen.

Im nächsten Raum standen unzählige zylindrische Gläser, in denen verschiedene Dinge eingelegt waren: Dutzende von Fröschen, Schlangen, ein kleiner Alligator. Besonders makaber fanden wir die Mutation einer jungen Ziege, die fünf Beine besaß – und vor allem Luisa gruselte sich lange vor einem Glas, in dem der blasse Kopf eines menschlichen Säuglings mit einer aufgesetzten Spitzenhaube schwamm, der mit geschlossenen Augen im Äther die Ewigkeit verschlief.

Im letzten Raum fand sich ein Modell von Lagos, wie es vor hundert Jahren mal ausgesehen haben mag. In den Ecken lagen steinerne Kanonenkugeln und ein paar gesprungene Fuß- und Handschellen aus Eisen, mit denen bis 1761 die Sklaven auf dem Alten Sklavenmarkt gefangen gehalten wurden, direkt vor der Tür des Museums. Ob der Zahn der Zeit die Ketten zerstört oder ob sie irgendjemand symbolisch gesprengt hatte – darüber stand dort nichts geschrieben.

Draußen erschlugen uns wieder Helligkeit und Hitze,

doch zum Glück mussten wir auf dem Weg zur Kathedrale nur einmal quer über den Sklavenmarkt laufen, vorbei an einem Straßencafé, aus dem auf einmal jemand recht laut «Luisa!» rief.

Es war Alex, der in einem hellen Leinenanzug unter einem großen Sonnenschirm saß und einen Espresso trank. Jetzt setzte er seinen Panamahut auf, warf achtlos ein paar Münzen auf das Tellerchen vor ihm, stand auf und verabschiedete sich vom Kellner mit Handschlag und ein paar Worten auf Portugiesisch. Dann gesellte er sich zu uns.

«Bom dia, schöne Frau», küsste er Luisa dreimal auf die Wange und gab mir gönnerhaft die Hand. «Wohin des Weges? Zeigst du unserem jungen Freund die Sehenswürdigkeiten dieses faszinierenden Städtchens?» Und dabei wies er mit großer Armbewegung einmal quer über den Platz. «Sklavenmarkt, hm? Nehmt ihr mich mit?»

«Ja, klar!» und «Nein, tut mir leid!», sagten Luisa und ich gleichzeitig – die eine erfreut, der andere betreten.

«Toll, freut mich! Wo geht's hin?»

«Wir wollten gerade in die Kirche.»

«Sehr gut, die wollte ich immer schon mal sehen. Und man kommt mal raus aus der Hitze. Auf geht's!»

Das Innere der prachtvollen Kirche war menschenleer und tatsächlich so kalt, dass Alex Luisa sein Jackett gentlemanlike um die Schultern legte. Sie lächelte ihn an und bedankte sich – ich stand daneben, in blauen Boxershorts mit gelbem Bananenmuster und pinkem T-Shirt. Es roch nach Weihrauch und staubigem Brokat. Die Wände der Kirche schmückten herrliche Reliefs aus purem Gold. In vierzehn Nischen langweilten sich vierzehn Heiligenfiguren, deren Namen auf kleinen Schildchen standen: der heilige Christophorus mit dem Jesuskind auf der Schulter, der heilige Achatius in einer Ritterrüstung und der heilige Blasius mit einem Schweinekopf und einer geflochtenen Kerze. Die Einzigen, die ich dank einer Eselsbrücke, die meine Mutter mir mal vor Jahren beigebracht hatte, selbst identifizieren konnte, waren «Barbara mit dem Turm, Margarethe mit dem Wurm, Katharina mit dem Radl, das sind die drei heiligen Madl».

«Na, na, aus purem Gold sind die Reliefs nicht!», belehrte mich Alex. «Das ist geschnitztes Tropenholz aus Brasilien, mit Blattgold verziert. Trotzdem natürlich unermesslich wertvoll! Und dann möchte ich euer Augenmerk auf die Decke lenken. Es sieht aus wie ein Tonnengewölbe, nicht wahr? Aber es ist eine ganz normale Decke, die bloß perspektivisch bemalt ist. Bist du sicher nicht drauf reingefallen, Jayjay, oder?»

«Nein, das habe ich sofort bemerkt», antwortete ich. Hatte ich aber natürlich nicht.

«Ich nehme an, die Kirche ist nach dem großen Erdbeben 1755 irgendwann wieder aufgebaut worden», dozierte Alex, «bloß nicht mehr ganz so aufwendig wie vor dem Beben. Und deshalb ist das Gewölbe eben nur noch gemalt. Das Erdbeben, mein Freund, kennst du sicher aus der Schule, Heinrich von Kleist hat darüber geschrieben, und Johann Wolfgang von Goethe auch.»

Ich war selbstverständlich ahnungslos. Von diesem ominösen Erdbeben hatte ich noch nie gehört, von Kleist wusste ich nur «der schreibt lange Sätze» und von Goethe hatten wir immerhin mal «Faust I» im Deutschunterricht gelesen. «Woher kennst du Kleist und Goethe?», fragte ich ihn.

«Ich war auf einer guten Schule», antwortete er schulterzuckend, wie schon vor einigen Tagen, als ich ihn gefragt hatte, weshalb er so gut Deutsch sprach.

«Und das Erdbeben von Lissabon war ein wichtiger Einschnitt in die Fortschrittsgläubigkeit der noch jungen Aufklärung.»

Ich rollte mit den Augen, was man in der dunklen Kirche hoffentlich nicht erkennen konnte, und begutachtete einen Automaten, mit dem man gegen freiwillige Geldspende eine von vielen elektrischen Kerzen auf einem Ständer per Knopfdruck für einige Minuten zum Leuchten bringen konnte.

Luisa hingegen zeigte sich beeindruckt. «Was du alles weißt!», bewunderte sie ihn.

Ich pfiff auf die Geldspende, spielte an den Knöpfen herum und versuchte, auf dem Ständer ein Muster entstehen zu lassen. Aber immer, wenn ich kurz davor war, die Leuchten in eine Ordnung zu bringen, erloschen die ersten Kerzen bereits wieder.

Schließlich war Alex fertig mit seinem Bildungsvortrag, wir schlenderten gemächlich durchs Seitenschiff und entdeckten eine kleine Kapelle.

«Ein Ossarium!», flüsterte Alex begeistert. Ich wusste zwar nicht, was das war, konnte es mir aber sofort erschließen: Die Wände der Kapelle waren über und über mit Totenschädeln bestückt, echten Totenschädeln, wohlgemerkt. Von der Decke hing ein Kronleuchter aus menschlichen Rippenknochen, mit Rückenwirbeln als Kerzenhalter und Schulterblättern als Tropfenfänger. Überall lagen Kisten mit nicht inventarisierten Knochen herum, es war kalt und roch muffig – der Eishauch der

Ewigkeit wehte uns entgegen. Hier lagerten Schädel von Menschen, die in diesem Ort gelebt hatten und gestorben waren; Schädel von ehrenwerten Bürgern, aber auch die von Halunken, Seefahrern und Eroberern, von Sklaven aus Afrika wie von Menschen, deren Ketten zu Lebzeiten nicht sichtbar gewesen waren. Ehrfürchtig starrten wir auf die bleichen Knochen, hatten uns aber bald genug gegruselt und flohen zurück ins Hauptschiff der Kirche.

Hinter dem Altar prangte eine Marienstatue mit blauem Mantel, flankiert von zwei Engeln, die Kerzenleuchter in den Händen hielten. Um Marias Füße rankten sich Erdbeerpflanzen, -blüten und -früchte, und ich musste daran denken, was der alte Gonçalo uns über die heilige Mutter Gottes und ihre Erdbeeren erzählt hatte. Auf dem Kopf trug Maria eine Krone, besetzt mit Amethysten und Saphiren. Die acht Bügel der Krone wurden oben von einer Kugel aus Lapislazuli zusammengehalten, auf dieser Kugel thronte ein kleines Diamantkreuz mit vier Rubinen an jedem Ende. In der Mitte des Kreuzes aber funkelte ein Rubin, der so groß war wie die anderen vier zusammen.

«Die Krone mag ich besonders gern», sagte Luisa.

«Ja, die ist toll», bestätigte ich.

«In der Tat, sehr wertvoll», ergänzte Alex. «Soll ich sie dir schenken? Sie gebührt dir – der Heiligen Jungfrau!»

«Red keinen Unsinn», wehrte Luisa lachend ab.

«Warum nicht? Ich hole sie jetzt da runter und setze sie dir auf.» Und damit schickte er sich an, den Altarraum zu besteigen. Luisa hielt ihn zurück, sie lachte nicht mehr.

«Hör sofort auf damit, das ist nicht lustig! So was macht man nicht! Das hier ist eine Kirche!»

«Warum nicht? Du hast sie verdient! Viel mehr als diese Statue!» Und schon stand er oben, fummelte an der Krone rum und nahm sie ab. Mit der Krone in der Hand bewegte er sich auf die Treppe zu.

«Hiermit kröne ich dich zur schönsten Frau Portugals – nimm diese Krone als Zeichen meiner Liebe, aber bedenke: Du bist auch nur ein Mensch!»

Luisa sprang auf, lief hoch zum Altarraum und warf ihm das Jackett um die Ohren.

«Blödmann», fauchte sie Alex an. «Das ist hier kein Kinderspielplatz für kleine Jungs!»

Dann rannte sie an mir vorbei Richtung Ausgang. Alex ihr hinterher.

«Lass sie doch in Ruhe!», rief ich ihm nach.

«Was weißt du denn schon, Grünschnabel?», blaffte er mich an, drückte mir die Krone in die Hand und lief aus der Kirche.

Ich stieg hoch in den Altarraum und setzte der Maria die Krone wieder auf. Dann lief ich raus, den beiden hinterher. Vor der Kirche sah ich aber weder Luisa noch Alex. Der Platz war fast leer, in der knalligen Sonne traute sich ohnehin niemand nach draußen. Ich schaute in das Café, in dem Alex zuvor gesessen hatte, und in ein paar Seitengassen, aber die beiden waren wie vom Erdboden verschluckt. Ich seufzte und machte mich auf zum Strand. Dort brieten die anderen schon seit Stunden in der Sonne, gingen schwimmen und aßen Eis, so wie jeden Tag. Ich hoffte, dass Luisa sich bis zum nächsten Morgen beruhigen würde, und war in Gedanken bei ihr, während ich mit den anderen im Meer tobte.

Am Abend besorgte ich noch den Plastikkanister mit fünf Litern Wasser und wurde so langsam aufgeregt. Ausnahmsweise ging ich nicht mit ins Pica Pau, sondern früh schlafen, was sich ganz merkwürdig anfühlte: So gern ich unser Mausoleum mochte, es war doch ungeeignet, um sich da drin die Zeit zu vertreiben. Alle anderen waren ausgeflogen, nur ich lag da in der Friedhofsstille auf dem Bett, im Zwiegespräch mit Generationen von Verstorbenen, die einst lebendig waren, mit ihren Zielen, Träumen, Sorgen und Ängsten – die gelacht hatten, geweint und geliebt. Am nächsten Morgen bei Sonnenaufgang sollte es losgehen.

2.

Als ich im Morgengrauen meine Strandtasche packte und mit dem Wasserkanister aufbrach, war Tiggy noch nicht einmal zu Hause. Auf dem Weg den Berg hinab kamen mir ein paar versprengte Besoffskis in Schlangenlinien entgegen, in der Fußgängerzone lärmte der Wagen der Straßenreinigung. Die Müllmänner hatten allerhand zu tun und verluden mürrisch die großen Container mit Essensresten und Altglas, die die vielen Restaurants vor die Tür gestellt hatten. Es stank nach altem Fisch, und ein großer Schwarm Möwen begleitete schreiend den Wagen. Direkt dahinter spritzte ein Gespann mit einer altertümlichen Vorrichtung an der unteren Vorderseite die Straße erstaunlich sauber. Am Kanal, der eigentlich ein Fluss war, wartete Luisa bereits mit ihrer Kühltasche und drei großen, ineinandergesteckten Eimern. Sie trug dasselbe gelbe Kleidchen wie am Tag zuvor und gähnte mich herzhaft an.

«Wir haben ein Problem!», begrüßte sie mich. «Das Boot vom alten Luis ankert in der Mitte der Flussmündung, das da drüben ist es, die ‹Peregrina IV›. Wir kommen da gar nicht so ohne weiteres hin!»

Und in der Tat: Einige der kleineren Boote hatten an Bojen mitten im Fluss festgemacht, unter anderem auch der offene Kahn vom alten Luis, mit dem er normalerweise Touristen wie mir für fünf D-Mark die Grotten zeigte: eigentlich ein Ruderboot, das mit einem kleinen Außenborder ausgestattet und blau, goldgelb und rot angestrichen war. Weiß der Geier, wie die Fischer morgens in die Mitte des Flusses und abends wieder an Land kamen.

«Hilft ja nix. Schwimmen, oder?»

«Puh, der Fluss ist ziemlich dreckig», sagte Luisa. «Etwas weiter flussaufwärts werden die Abwässer der Stadt eingelassen und ins Meer geleitet. Die Fischer kommen immer mit mehreren Booten und werden von einem Begleitboot eingesammelt. Selbst die gehen hier nicht ins Wasser. Und die sind sonst nicht zimperlich. Ich will da auch nicht unbedingt rein.»

Gut, ich hatte mir vielleicht eine andere Aufgabe gewünscht, bei der ich den Helden hätte spielen können – aber so war es nun mal.

«Dann mache ich es eben. Mir fällt keine andere Lösung ein!»

Ich stellte Luisa den Wasserkanister und meine Strandtasche vor die Füße, zog T-Shirt und Schuhe aus und kletterte vorsichtig über die rutschigen Steine in das brackige Wasser. Der Fluss hatte kaum Strömung und war gerade mal 1,50 Meter tief – ich hätte sogar waten können, wenn die Betrunkenen in diesem Abschnitt nicht so gerne ihre

Bierflaschen ins Wasser geschmissen hätten und der Boden nicht so fies glitschig gewesen wäre, dass ich es vorzog zu schwimmen. Das Wasser war eiskalt, denn es kam direkt aus dem Gebirge hinter Monchique, aber ich wollte es mir vor Luisa nicht leisten, die Memme zu spielen. An der ‹Peregrina IV› angekommen, musste ich allerdings feststellen, dass es leider gar nicht so einfach ist, aus dem Wasser heraus ein Boot zu besteigen. Das muss recht jämmerlich ausgesehen haben, wie ich versuchte, mich erst an der Seite, dann auch an der Boje und an der Vertäuung hochzuhangeln und dabei immer wieder in die trübe Brühe zurückplumpste. Schließlich gab Luisa mir vom Ufer aus den Tipp, übers Heck und den Außenborder hineinzuklettern, was dann auch auf Anhieb klappte. Hätte ich vielleicht auch selbst drauf kommen können. Einmal an Bord, knöpfte ich den Schutzbezug auf, verstaute ihn in einer Luke und stand jetzt vor der Aufgabe, den Motor anzulassen. Überflüssig zu erwähnen, dass ich noch nie ein Boot gesteuert hatte. Ich meinte aber, in Filmen gesehen zu haben, dass man mit Schmackes an irgendeiner Schnur ziehen müsse, um den Motor anzuwerfen. Diese Schnur fand ich allerdings nicht, sodass Luisa mir zurief, doch erst einmal die Leinen loszumachen, um sie dann, mit den Händen paddelnd, am Ufer abzuholen. Sie werde sich dann schon um den Rest kümmern. Zum Glück fand ich wenigstens eine Art Staken an Bord, mit dem ich mich Richtung Ufer stocherte, sodass ich eine nicht ganz so erbärmliche Figur abgab, wie ich es beim Paddeln mit den Händen getan hätte. Wenngleich ich das angepeilte Ziel um etwa zehn Meter verfehlte und die Ufermauer schrammte, wirkte ich doch immerhin wie ein Fährmann beim Übersetzen – zumindest bildete ich mir das ein.

Luisa warf mir die Eimer an Bord. Für sie war es ein Leichtes, mit Wasserkanister und zwei Strandtaschen beladen ins Boot zu springen, ohne dass es auch nur wackelte. Sie übernahm gleich das Kommando, warf mit einem Knopfdruck den Motor an und tuckerte in Richtung des freien Meeres. Ich saß daneben und glaubte, ein wenig streng zu riechen.

Nach einigen hundert Metern erreichten wir die beiden Leuchttürme, die die Hafeneinfahrt begrenzten. Dahinter bog Luisa rechts ab, gab Vollgas und fuhr in einiger Entfernung am Kartoffelstrand vorbei. Kurz darauf sahen wir Gonçalos Häuschen oben auf der Klippe, fuhren um ein kleines Kap, ließen die Küste der Touristenstrände und damit den Geruch des Landes hinter uns und düsten vorbei an unzugänglichen Felsen in Richtung der Ponta da Piedade mit ihrem Leuchtturm, dessen Lichtschein uns in der Morgendämmerung noch regelmäßig streifte. Wir hielten Ausschau nach den «Vier Brüdern», von den Touristenführern die «Daltons» genannt – und Gonçalos Beschreibung stellte sich als recht präzise heraus.

«Da drüben!» Luisa zeigte in Richtung des Ufers und stellte den Motor ab, sodass das Boot in den Wellen schaukelte. «Siehst du? Eins, zwei, drei, vier. Die müssen es sein!»

«Versuchen wir's, fahren wir da hin!»

Luisa ließ den Motor wieder an und tuckerte langsam auf das Ufer zu. Sie umschiffte einige Felsen und fuhr geschickt eine Abkürzung durch einen natürlichen Torbogen, indem sie den Wellengang abpasste und sich von der Strömung durch die steinerne Pforte tragen ließ, unter der wir sogar den Kopf einziehen mussten, um uns nicht zu stoßen. Die Morgensonne rötete die Küste, an der wir jetzt tatsächlich einen Strand erkennen konnten, auf dessen Mitte ein prachtvoller Baum aus dem Felsen wuchs. Es war Ebbe, sodass die Wellen nur zaghaft an den Strand schwappten. Luisa ankerte mit der «Peregrina IV» ein paar Meter vor dem Ufer, dann sprangen wir ins kristallklare Wasser, das sanft unsere Beine umspülte. Das war Praia Estrela oder – wie Gonçalo ihn nannte – Incoberta, der verborgene Ort.

3.

«Erst die Arbeit, dann das Vergnügen», wuchtete Luisa die Eimer an Land. «Wobei, du darfst erst mal baden gehen. Der Fluss war echt nicht sauber.»

Die Morgensonne hatte den Tag erobert und wärmte bereits mit voller Wucht den Strand, der von Land aus gesehen tatsächlich keinen Zugang besaß. Die roten Klippen ragten steil empor und begrenzten die kleine Bucht an beiden Seiten. Bei Ebbe war reichlich Platz – bei Flut blieb nur ein schmaler Streifen weißer Sand. Eine feine Linie angeschwemmter Muscheln zeigte uns, bis wohin das Wasser vordrang, und kein einziger Fußstapfen verriet, dass hier je ein Mensch das Ufer betreten hatte.

Ich sprang ins Meer, tauchte den Kopf unter und blubberte mit der Nase Luft aus. Als ich wieder hochkam, zog Luisa am Strand gerade ihr gelbes Kleid aus und lief in einem weißen Bikini auf mich zu.

«Die Badehose auch!», forderte sie.

Ich schämte mich etwas, aber sie hatte ja recht. Die Badehose war im grünen Flusswasser algig und ölig geworden, völlig verschmutzt. Also zog ich sie strampelnd unter Wasser aus, wrang sie im frischen Meerwasser aus und wollte gerade wieder hineinsteigen, als Luisa begann, mich nass zu spritzen.

«Hab dich doch nicht so. Du ... du ... Deutscher! Uns sieht hier doch keiner!» Und dann löste sie ihr weißes Bikini-Oberteil und schwang es in der Luft hin und her. «Damit es nachher keine Flecken von den Früchten gibt!»

«Okay», lachte ich und schleuderte die klitschnasse Badehose an den Strand.

Luisa zog auch ihre Bikinihose aus, knüllte sie mit dem Oberteil zusammen und warf das Bündel hinterher. Um nicht in Ohnmacht zu fallen, tauchte ich mit dem Kopf unter Wasser und zählte langsam bis zwanzig. Anschließend schwammen wir um die Wette bis zum ersten Felsen und zurück – ich war aber chancenlos gegen Luisa, die im Wasser lag wie eine Sardine. Sie stand längst nackt am Ufer und wrang ihre blauschwarzen Haare aus, als auch ich endlich prustend und schnaufend den Strand erreichte und an Land kroch wie eine männliche Parodie auf Ursula Andress in der Rolle als Muschelsammlerin Honey Ryder in «James Bond jagt Doktor No».

«So, jetzt wird aber gearbeitet!» Luisa breitete unsere Badesachen auf einem Felsen zum Trocknen aus und schnappte sich die Eimer. «Schauen wir uns das Prachtexemplar mal an!»

Der riesige Erdbeerbaum stand etwas zurückgesetzt in einer Spalte und spendete ordentlich Schatten. Er trug massenweise Blüten und Früchte, dunkelrote, hellrote, aber auch grüne. Wir würden keine Probleme haben, unsere Eimer zu füllen. Der Stamm des Baums wuchs nicht senkrecht in die Höhe, sondern schräg aus dem Felsen, sodass es ein Leichtes war, ihn zu erklettern. Die Eimer konnte man allerdings weder irgendwo am Baum aufhängen noch mit nach oben nehmen, weshalb wir sie an den Stamm stellten. Das war doof, denn jetzt fehlte uns ein Gefäß, das zwar kleiner als die Eimer, aber größer als unsere Hände war, so eine Art Zwischenablage für die winzigen Früchte, die nicht größer waren als die Johannisbeeren, mit deren Sirup Luisa ihr Bier süßte. Dadurch gestaltete sich unsere Arbeit ein wenig mühsam. Zum Glück fand Luisa im Boot einen kleinen Putzeimer, den wir oben auf dem Baum befüllen konnten, sodass wir erst dann wieder runterklettern mussten, wenn er voll war. Trotzdem war es sauanstrengend: Nachdem jeder dutzendmal runter- und wieder raufgeklettert war, wurden die Muskeln müde, aber der erste Eimer war noch nicht einmal halb voll. Nach ein paar Stunden, als wir endlich alle drei Eimer gefüllt hatten, fielen wir quasi erschöpft vom Baum und ließen uns zur Entspannung ein bisschen von den Wellen im Meer hin und her schaukeln.

«Und das alles für diesen Terpentinschnaps», stöhnte Luisa.

«Denk immer daran, dass wir deinem Großvater eine Freude machen! Außerdem finde ich es hier wunderschön. Der Tipp war super, ich glaube, Gonçalo und wir sind quitt!»

«Ja, da hast du allerdings recht. Ich hoffe bloß, wir

haben alles richtig gemacht, die richtigen Früchte, der richtige Reifegrad, die richtige Menge, weißt du?»

Mittlerweile war es schon Nachmittag, wir legten uns einfach nackt in den Sand im Schatten der Felsen und schauten den Wellen zu. Luisa schlief irgendwann ein. Ich sammelte am Strand die Nylonschnur eines alten Netzes ein, ein Stück Draht und eine kleine, weich- und rundgespülte Scherbe blaues Glas. Daraus bastelte ich eine Kette, das Glas provisorisch mit dem Draht eingefasst. Das war gar nicht so einfach und gelang mir nur mit Hilfe eines abgebrochenen Metallbügels, der eigentlich zum Tragen der Eimer vorgesehen war. Die fertige Kette legte ich schließlich der schlafenden Luisa um den Hals und knotete sie vorsichtig zu. Dann schlief auch ich ein.

Nach einiger Zeit wachte ich von einem schabenden Geräusch auf. Luisa saß hinter mir am Sandsteinfelsen und hatte immer noch nichts an, außer ihrer neuen Kette. Mit dem abgebrochenen Metallbügel in der Hand kratzte sie ein großes Herz in den Stein, darunter die Buchstaben «J» und «L».

Ich lächelte sie an, und sie lächelte zurück. Die Flut kam, ans Ufer schlugen Wellen, die von Minute zu Minute höher wurden. Die Gischt produzierte einen Nebel in der flirrenden Luft, der sich über der gesamten Küste niederlegte. Auf einem kleinen Felsen putzte sich ein Kormoran das Gefieder.

Wir hörten nur die Brandung und das leise Rauschen des Windes in der Krone des Erdbeerbaums. Hier gab es nur uns und diesen verborgenen Ort, unser unberührtes Geheimnis. Wir mussten uns gegen nichts verteidigen, wir mussten uns vor keinem rechtfertigen. Wir kamen nirgendwo her und wollten nirgendwo hin. Und als Luisa ihren Kopf auf meine Brust legte und ihr immer noch salznasses Haar mich kühlte, als der Strand in Flammen stand und sie mich küsste, und ich mich fragte, wie lange so ein Moment wohl dauert, ob es nur ein Wimpernschlag war oder eine kleine Ewigkeit; als all das passierte, da hatte sich eine Tür in eine neue Welt aufgetan, und ich musste nicht mehr suchen. Ich war gerade dabei, einen Kontinent zu entdecken, und hatte etwas gefunden, das ich auf keinen Fall wieder verlieren wollte: Luisa. Sie roch nach Safran, Pfeffer, Nelken und Zimt. Und ich hatte noch etwas gefunden, das ich nicht mehr verlieren wollte: mich selbst. Aber dieser Tag war auch das Ende der Unschuld, und die Welt danach würde nicht mehr dieselbe sein.

4.

«Hunger», rief Luisa, warf das gelbe Kleid über ihren nackten Körper, sprang auf und begann, nach trockenem Treibholz zu suchen. In der kleinen Schlucht, aus der der Erdbeerbaum wuchs, lag reichlich davon herum. Ich stieg in meine Badehose und half mit. Schnell hatten wir am Strand eine kleine Feuerstelle gebaut, die wir problemlos zum Brennen brachten.

Die Mittagshitze war einer angenehmen Wärme gewichen. In unserem Rücken sank die Sonne schon hinter die steilen Felsen, deren Schatten dadurch immer länger wurden. Die Flut hatte noch so einiges Zeugs an den Strand gespült: kleine Seesterne; die kalkhaltigen Rückenschulpe von Tintenfischen, die ich manchmal für den Kanarienvogel meiner Schwester als Nahrungsergänzungsmittel in einer traurigen Tierhandlung besorgen musste; allerlei Tauwerk, das Fischer über Bord geworfen oder verloren hatten; Herzmuscheln, Pfahlmuscheln, kleine Jakobsmuscheln und Austern, deren Innenseiten perlmuttern glänzten.

Luisa nahm die bereits ausgenommenen Wolfsbarsche aus der Kühltasche und steckte sie auf zwei Stöcke, die sie schräg in den Sand rammte – sodass die Fische gerade noch die Hitze des Feuers abbekamen, ohne zu verbrennen. Während unser Abendessen langsam gar wurde, verluden wir Eimer für Eimer unserer Obsternte auf die «Peregrina IV», die Luisa zu diesem Zweck extra bis an den Strand manövrierte, damit wir die Eimer nicht durchs Wasser schleppen mussten. Anschließend wurde serviert: gegrillter Wolfsbarsch mit frischen Feigen und Wasser aus dem Kanister.

«Meinst du, wir werden uns in zehn Jahren noch kennen?», fragte ich Luisa kauend.

«Ich weiß nicht, das liegt ja in unserer Hand», antwortete sie und zupfte mit den Zähnen den Fisch von den Gräten.

«Ich glaube nicht, dass wir uns je aus den Augen verlieren», sagte ich. Leider war die Haut außen doch ziemlich verkohlt – und der Fisch innen noch fast roh. Ein bisschen fühlte ich mich auch so: außen verbrannt, innen noch nicht ganz fertig – aber bevor ich den Gedanken näher fassen konnte, sprach Luisa auch schon weiter. Dabei hielt sie die rohen Teile noch mal ans Feuer.

«Und wenn doch, dann wird es auch nicht so wertvoll gewesen sein.»

«Weißt du, wovor ich Angst habe? Dass uns das alles hier irgendwann nicht mehr so viel bedeutet. Das wir irgendwann auf uns herabsehen und sagen: Das war damals sentimentaler Mist, für den ich mich heute schäme.»

«Aber vielleicht ist es so.» Luisa hörte auf zu kauen. «Vielleicht warten auf uns Dinge, die größer sind als ein gegrillter Fisch am Strand und Sex mit einem Kleinstadtmädchen aus Portugal. Eigentlich hoffe ich das sogar.»

«Genau deshalb müssen wir uns später daran erinnern, wenn wir nicht mehr wir sind, sondern längst jemand anders: daran, wie wichtig das hier ist. Unsere Eltern haben so was vielleicht auch mal erlebt – aber man merkt es ihnen nicht an. Ich will, dass hiervon was übrig bleibt, wenn wir mal erwachsen sind.»

«Aber wenn du älter bist, bewertest du das hier doch auch ganz anders.» Luisa warf ein weiteres Stück Treibholz ins Feuer. «Dann guckst du dir den jungen Jayjay an und sagst schulterzuckend: Ach, damals war ich halt jung. Und das, was du heute lahm und alt findest, findest du dann vielleicht wichtig und bedeutend.»

«Es könnte sein, dass du recht hast. Aber ich will das nicht akzeptieren. Das hier ist was ganz Besonderes.»

«Ja, für dich ist das schon was Besonderes. Ich aber lebe hier. Und wir müssen gar nicht über einen Zeitraum von Jahren sprechen, bis das vermeintlich Besondere auch für dich verblasst. Ich kenne das schon, die Touristen kommen und gehen. Sie verbringen den Sommer hier, tauschen Adressen aus und schwören sich ewige Freundschaft. Aber ich zumindest höre nie wieder von ihnen. Letztes Jahr wäre ich beinahe mit einem mitgefahren. Der wollte mich heiraten und seinen Eltern in England vorstellen. Ich fand den süß, der war auch was ganz Besonderes. Und dann hat er nie wieder geschrieben», zuckte sie mit den Schultern. «Sie sind alle gleich. Sie arbeiten mal in der einen Bar, mal in der anderen. Sie brennen mit den Wocheneinnahmen durch. Sie beklauen ihre WG-Mitbewohner, mit denen sie nachts zuvor noch geschlafen haben. Sie sind im Juli in Lagos, im August auf Ios und im September in Bodrum. Ich habe keine Illusionen über die Romantik des Traveller-Daseins. Aber damit meine ich nicht dich, versteh mich nicht falsch.»

«Würdest du denn mit mir mitfahren?»

«Nach Deutschland? Und dann? Nein.»

«Keine Ahnung. War nur so eine Idee.»

«Wie gesagt, ich kann Großvater nicht alleine lassen.»

«Bist du denn noch da, wenn ich nächstes Jahr wiederkomme?»

«Auch das hängt davon ab, wie es Gonçalo geht.»

«Werden wir uns schreiben?»

«Ja, natürlich. Schreib mir. Und wenn du wiederkommst, werden die Zeit und Lagos dich nicht alleine lassen.»

Es war dunkel geworden, und der Leuchtturm an der Ponta da Piedade funkte bereits sein Signal aufs Meer. Wir löschten das Feuer, lichteten den Anker und tuckerten zurück. An den vier «Daltons» vorbei, durch den Torbogen, entlang an Gonçalos Klippe, dem Kartoffelstrand bis hin zu den beiden Leuchttürmen der Hafeneinfahrt. Am Himmel stand der Abendstern, von dem ich damals noch nicht wusste, dass er die Venus war.

5.

Plötzlich steuerte in der Ferne ein Boot mit großer Geschwindigkeit auf uns zu. Es erklang eine laute Sirene, und durch ein Megaphon hörten wir eine Ansage auf Portugiesisch.

«Die GNR», rief Luisa, stieß einen portugiesischen Fluch aus und gab Vollgas in Richtung Hafeneinfahrt. «So ein Riesenscheiß!»

«Aber die meinen doch sicher nicht uns. Wir haben doch gar nichts getan!»

«Das erzähl mal den Bullen! Erstens: Die Grottenfahrten müssen um neunzehn Uhr beendet sein, Nachtfahrten sind verboten. Zweitens: Die werden glauben, wir sind mit einem geklauten Boot unterwegs. Und drittens: Wir haben einhundert Kilogramm ungenießbare Früchte an Bord, mit denen man nichts anfangen kann, außer illegalen Schnaps zu brennen. Und jetzt kommst du!»

«Suchen die nicht viel mehr Drogenhändler, Dynamitfischer und so was? Wir haben doch nur Obst dabei!»

«Vielleicht ist es dir noch nicht aufgefallen, aber wir werden von denen verfolgt! Und selbst wenn sie uns nichts beweisen können – die sind korrupt und werden uns auf jeden Fall Geld abknöpfen. Als Preis dafür, dass sie uns laufenlassen.»

Und in der Tat hatte das Polizeiboot die Verfolgung aufgenommen und beschallte uns pausenlos mit Megaphon-Durchsagen.

«Pass auf, folgender Plan», schlug Luisa vor. «Wir haben ja einen Vorsprung. Ich lasse dich mit den Eimern an der Promenade raus. Dann lenke ich sie ab in der Hoffnung, dass sie mich mit dem Boot verfolgen und nicht dich. Das mit dem Boot vom alten Luis kriege ich denen vielleicht erklärt. Aber wenn sie die Früchte erwischen, sind die auf jeden Fall weg.»

«Aber wie erklären wir, dass wir vor ihnen abgehauen sind?»

«Gar nicht! Schnell fahren ist nicht verboten – und nachweisen können sie uns nichts!»

«Und was mache ich dann mit den Früchten an der Promenade?»

«Du wartest damit, bis ich dich dort abhole.»

Damit schnitt sie scharf die Hafeneinfahrt und bog in die Flussmündung ein. Dort drehte sie sofort bei und legte seitlich an der Promenade an. Währenddessen näherte sich das Polizeiboot mit rasanter Geschwindigkeit – das würde knapp werden.

«Vergiss das mit den Eimern», rief Luisa. «Planänderung: Ich lasse die Eimer hier an Bord. Du springst schnell raus, lenkst die Bullen ab und versuchst dann wegzulaufen. Vielleicht setzen sie dir nach – und währenddessen kann ich das Obst in Sicherheit bringen! Komm, mach schon! Treffen im Pica Pau!»

Schneller als ich denken konnte, stand ich mit meiner Badetasche an der Uferpromenade und sah Luisa hinterher, wie sie schäumend flussaufwärts davonjagte. Direkt danach legte das Polizeiboot an der Promenade an. Yes! Sie hatten sich dazu entschieden, nicht das Boot, sondern mich zu verfolgen! Demonstrativ nahm ich mein zusammengeknülltes Handtuch und versteckte es auffällig unauffällig unter einem Felsen. Vielleicht ließe das die Polizei glauben, ich würde versuchen, Drogen zu verstecken oder so. Und in der Tat hüpften drei Polizisten an Land, von denen einer in Richtung des Handtuchs lief und die beiden anderen mir hinterher.

Ich rannte davon – und jetzt musste ich lachen bei dem Gedanken, dass der Polizist gleich ein klitschnasses «Miami Vice»-Handtuch unter dem Felsen hervorholen würde. Wie ich auch die beiden anderen abhängen könnte, wusste ich bereits: Ich lief die Uferpromenade entlang, bis zum ersten Haus der Fußgängerzone. Dort erklomm ich eine Feuerleiter aufs Dach, sprang von dort aufs nächste Dach und lief die Häuserzeile entlang. Und schon war ich auf dem alten Schmugglerweg von Großvater Gonçalo. Ich hatte die Polizei im Sack.

Die beiden kletterten umständlich die Feuerleiter hoch und setzten mir nach. Eigentlich hätte ich sie jetzt schon loswerden können, Luisa war hoffentlich längst in Sicherheit. Aber ich fand Spaß an der Sache: Luisa und ich waren Bonnie und Clyde, und im Fernsehen hatte ich mal sonntagnachmittags «Über den Dächern von Nizza» gesehen – ich fühlte mich wie Robie, die Katze. Ich war der beste Juwelendieb der Welt, maskiert, in schwarzem Stretchanzug, mit einer Tasche voller gestohlener Brillanten, Smaragden und Perlen. Ich stellte mir die Sirenen vor, das Blaulicht und die Verzweiflung der Polizei beim Auswerten der Überwachungskameras, die natürlich genau in dem Moment krisselig wurden, in dem Robie die Katze, also ich, den Tresorraum betrat. Verborgen vor den Augen der Welt, hatte ich den größten Schatz geraubt, die Liebe einer schönen Frau gewonnen und zog jetzt der Polizei eine lange Nase. Was wussten diese Verlierer schon, Tölpel in einer Komödie? Ich fühlte mich unbesiegbar, hatte neun Leben, hangelte mich an den Wasserspeiern der Kirche entlang, tänzelte über Regenrinnen und begleitete das Ganze musikalisch mit «Walk like an Egyptian» von den «Bangles». Der Mond leuchtete mir den Weg, ich hüpfte über die Dächer, hinter mir Dick und Doof, die nicht wussten, wie ihnen geschah, weil sie aus Lissabon kamen und den Schmugglerpfad nicht kannten, die nicht ahnen konnten, dass sie geradewegs in eine Falle tappten, die jetzt nur noch ein paar Meter vor mir lag. Ich sprang von einem Dach auf das nächste herunter, ein flaches Betonkarree ohne Tür, nicht mal eine Luke gab es hier. Es gab sogar überhaupt keinen Weg zurück, die hohe Wand, von der ich runtergesprungen war, konnte man nicht wieder hochklettern. Es gab nur einen Weg nach vorne – und den würde ich ihnen jetzt abschneiden. Ich balancierte vorsichtig über das dicke Brett, das dieses Haus mit dem nächsten verband, hinter mir das flache Betondach ohne Ausgang, vor mir eines mit Treppenhaus. Ich wartete ein wenig, bis meine Verfolger in Sichtweite waren – und dann schlug Robie die Katze zu: Mit einem Klacken legte ich das Scharnier um, welches das Brett in meine Richtung runterklappen ließ. Die beiden Polizisten bremsten abrupt ihren Laufschritt, blieben vor der Spalte stehen, blickten fassungslos erst mich an, dann den unüberwindbaren Abgrund und dann wieder mich. Als der eine sich schließlich umdrehte und da hinschaute, von wo sie heruntergesprungen waren, und merkte, dass kein Weg zurückführte, da dämmerte ihnen langsam das Ausmaß ihrer Misere.

Ich winkte ihnen fröhlich zu und schlenderte langsam zu dem kleinen Treppenhäuschen, das mich runter zum

Ausgang führte. Bis in die Bar würde ich von hier aus ein paar Minuten brauchen, aber ich hatte es nicht eilig. Ich konnte es ab sofort mit der Welt aufnehmen.

6.

Der nächste Morgen brachte eine unerhörte Begebenheit mit sich; ein Ereignis, dem das kleine Städtchen mit gottergebener Ratlosigkeit und ein bisschen gespielter Verzweiflung begegnete, weil es darauf nicht vorbereitet war und dementsprechend schlecht damit umgehen konnte: Regen. Das war jetzt kein Wolkenbruch, aber immerhin ein nerviger Sprühregen, der die Temperatur merklich abkühlte und den auf «draußen» ausgerichteten Ort quasi unbrauchbar machte.

Am Abend zuvor war ich nach Luisas und meiner abenteuerlichen Expedition bereits im Pica Pau vermisst worden. Luisa war zwischenzeitlich schon hier gewesen, hatte von unserer Verfolgungsjagd erzählt und sich erkundigt, ob ich mittlerweile gesichtet worden war. Gut, anscheinend war also auch sie entkommen. Hoffentlich hatte sie die Erdbeerbaumernte sichern können! Fuck-off-Peter grinste zahnlos aus seiner Ecke und hielt den Daumen hoch. Boo und Roger diskutierten kontrovers die Rechtmäßigkeit unseres Handelns. Kirsty freute sich, dass jemand das unfreiwillige Ende ihrer Party an der Polizei gerächt hatte. Und selbst German Helmut gratulierte mir dazu, davongekommen zu sein, denn wenn man erst einmal erwischt werde, «dann wiehert der Amtsschimmel, aber frag nicht nach Sonnenschein!». Helmut saß alleine an einem Tisch vor seinem «kühlen Blonden», weil nach der Aktion mit Kirstys Party keiner mehr was mit ihm zu tun haben wollte. Jasper läutete an seiner Glocke, schmiss eine Lokalrunde und drehte sich auch ohne Trinkgeld einmal um die eigene Achse.

«Weißt du denn, wo Luisa hin ist?», fragte ich Jasper.

«Die ist mit Alex raus – ich glaube, sie wollte sich schnell umziehen. Sie hatte ja wie du noch ihre Strandsachen an!»

«Bitte was?»

«Ja, sorry, ist halt so. Sie kam rein und hat nach dir gefragt. Es war aber nur Alex hier. Und die beiden sind dann schnell fort, keine Ahnung, wohin!»

O Mann. O Gott. Das durfte doch nicht wahr sein. Ich dachte, die Schlacht sei gewonnen und Luisa jetzt meine Freundin! Ich rannte zu ihr nach Hause, aber es brannte kein Licht, und Luisa blieb verschwunden. Ich klapperte sämtliche Bars der Stadt ab, aber Luisa blieb verschwunden. Ich suchte sogar ein paar nächtliche Strände ab, aber Luisa blieb verschwunden. Und mit ihr Alex, der rätselhafte Unsympath.

Ich war also in mein Bett gekrochen, hatte noch lange wach gelegen und ungläubig dem aufkommenden Wind gelauscht, bis ich aufstand und mich vergewisserte, dass das regelmäßige Klackern tatsächlich Regentropfen auf den Kupferdächern der kleinen Grabhäuschen waren.

Und genau so war ich dann auch aufgewacht. Wir Mausoleumsbewohner hatten zunächst in unseren Denkmälern gesessen und uns durch die unverglasten, aber vergitterten Fenster fröstelnd von Grab zu Grab Botschaften zugerufen, um den weiteren Tagesablauf zu planen, denn wir konnten ja nicht bis abends hier rumsitzen wie lebende Leichen. Dann entschlossen wir uns, durch den Regen ins Pica Pau zu fliehen, und hielten uns dabei Strandmatten aus Bast über den Kopf. Die Kellner der Cafés in der Fußgängerzone versuchten mit Besenstielen, das Wasser von den Sonnenmarkisen zu stoßen. Die Verkäufer der kleinen Souvenirgeschäfte wussten nicht, wohin mit ihrer Ware, weil sie den Platz vor ihren Geschäften nicht nutzen konnten. Die Boote für die Grottenfahrten lagen vertäut in der Flussmündung, und auf den Persennings bildeten sich kleine Pfützen.

«Weißt du, wie lange das Mistwetter noch dauert?», fragte ich Jasper, der uns reingelassen hatte, obwohl die Bar eigentlich noch geschlossen war.

«Ja. Bis heute Nachmittag. Um sechzehn Uhr könnt ihr wieder am Strand liegen. Kann sein, dass der Strand dann noch etwas feucht ist, aber auch das wird sich gegen Abend erledigt haben, keine Sorge!»

Jasper setzte sich auf die Theke. Davor standen Orangenkisten, und eine einheimische Putzfrau machte sich mit Eimer und Mopp am Fußboden zu schaffen. Boo und Roger spielten an einem Ecktisch Schach, und Tiggy schrieb jetzt doch eine Postkarte nach Hause. Und auch Helmut wusste offenbar keinen besseren Ort als die Bar, um sich einen Tag zu vertreiben, an dem es «junge Hunde» regnete. Tiggy fragte er, ob er «von der schreibenden Zunft» sei und «Federkrieg» mit seiner «besseren Hälfte» führe, was Tiggy mit einer hochgezogenen Augenbraue verneinte.

Wir saßen rum wie ein paar versprengte Söldner, die nach der Schlacht nicht so recht wussten, wohin mit sich.

Auch wer nicht in den Mausoleen wohnte, tröpfelte nach und nach ein – die Bar war wie ein unsichtbarer Magnet. Kirsty kam vorbei, wärmte sich mit Milchkaffee auf und fluchte, weil sie heute keinen Pfennig verdienen würde. Ihr Fluchen schien Peter herbeigezaubert zu haben, der mit einer Plastiktüte auf dem Kopf hereinkam, sich ausschüttelte, «Fuck off» murmelte, in seine Ecke kroch und das erste Bier bestellte. Und irgendwann kam Boo auf die Idee, mich noch einmal zu gestern auszufragen.

«Und diesen Strand hat tatsächlich noch nie jemand betreten?», fragte er skeptisch.

«Na ja, ‹noch nie› würde ich nicht sagen, aber er ist schon ziemlich von der Öffentlichkeit abgeschirmt», entgegnete ich.

«Hast du ihr die Pussy geleckt?», fragte Roger, und zum Glück brauchte ich nicht antworten, weil alle sofort anfingen zu buhen. «Was denn, was denn, habt ihr nie ‹Emmanuelle 6 – am Strand der Liebe› gesehen?» – und Kirsty bewarf Roger mit den Zuckerstückchen ihres Kaffees.

«Aber sag mal, wie kommt man denn zu diesem magischen Strand?», lenkte sie ab.

«Jedenfalls nicht auf Schusters Rappen!», freute sich Helmut.

Ich erklärte Kirsty, dass man schwimmen oder ein Boot nehmen müsse, was sie aber nicht davon abhielt, in die Hände zu klatschen und zu verkünden: «Es ist also beschlossen – wir fahren da alle zusammen hin und machen eine Beachparty! Da kann die Polizei ja nun nichts gegen haben!» Und ebenso, wie vorhin kollektiv gebuht worden war, so johlte und applaudierte jetzt die gesamte Belegschaft. Mein zaghafter Protest, «aber das war eigentlich ein Platz nur für Luisa und mich», wurde einfach mit dem Sprechchor «Beachparty, Beachparty» hinweggewischt. Und dann wurde geplant, denn es müsse – so Helmut – auch «für das leibliche Wohl gesorgt werden»: Wer besorgte Wasser und Wein, wer brachte was zu essen mit, und wer würde uns ein Boot organisieren. Das Boot vom alten Luis wäre für uns alle nicht groß genug, glaubte ich. Und mitten in diesen Planungen öffnete sich die Tür, und Luisa und Alex kamen herein. Ich wollte Luisa mit einem Kuss auf den Mund begrüßen, aber sie hielt mir nur die Wange hin. Ich bemerkte sofort, dass sie nicht mehr meine Kette mit der blauen Scherbe trug, sondern ein dünnes Lederhalsband, wie es der Hippie am Kartoffelstrand verkaufte. An diesem Halsband baumelte ein großer roter Stein, wie ein Rubin, aber natürlich aus Modeschmuck – ein echter in dieser Größe würde ja ein Vermögen kosten. Und den aus der Marienkrone hätte Luisa ja nie und nimmer als Geschenk angenommen, so sauer wie sie damals auf Alex gewesen war.

«Hey! Wo bist du denn geblieben? Haben dich die Bullen gekriegt?», fragte sie mich.

«Nein, ich bin ihnen über den Schmugglerpfad entkommen! Klappe zu – Affe tot», übersetzte ich wortwörtlich ins Englische, Helmut-Style, und blickte in fragende Gesichter. «Egal. Hast du die Erdbeerbaumfrüchte in Sicherheit bringen können?»

«Ja – ich hab gestern in einem kleinen Seitenarm des Flusses geankert. Danach bin ich sofort hierher, aber du warst noch nicht da. Alex schon. Und der hat mir geholfen, die Eimer zu Gonçalo zu bringen. Er hat ein Motorrad mit Seitenwagen, auf dem wir die Eimer transportieren konnten. Dreimal sind wir hin- und hergefahren! Gonçalo war überglücklich! Bald gibt's neuen Schnaps!»

Alex klopfte mir gönnerhaft auf die Schulter. «Der schmeckt aber nur echten Männern. Wer Groselha-Bier trinkt, kann Gonçalos Schnaps natürlich nicht würdigen! Toller alter Herr!»

«Ja», antwortete ich sparsam. «Vielen Dank für die Hilfe. Gonçalo hat sich sicher sehr gefreut.»

Kirsty erzählte den beiden von ihrem Plan, an der Praia Estrela eine Beachparty zu feiern. Sie waren begeistert. Und ich saß daneben: als hätte mir jemand eine Flasche Medronho über den Kopf gezogen. Ratlos, verwirrt, verzweifelt. Ich hätte heulen können.

7.

Wie von Jasper vorausgesagt, klarte der Himmel am frühen Nachmittag wieder auf. Wir schwärmten aus, um den Ausflug vorzubereiten – und am nächsten Tag brachen wir auf, weit weniger mythisch und geheimnisvoll als vorgestern, aber der Tag versprach, genauso herrlich zu werden. Wir hatten uns mittags am kleinen Hafen verabredet: Boo und Roger, Tiggy und ich, Luisa, Kirsty, Helmut und Fuck-off-Peter. Jasper musste sich um die Bar kümmern – und Alex fehlte quasi unentschuldigt.

«Er kommt aber später nach», erklärte Luisa, und ich fragte mich im Stillen, woher sie das wusste. Die «Peregrina IV» bot Platz für acht, sodass Luisa doch kein zweites Boot zu organisieren brauchte. Helmut bot dem «schwachen Geschlecht» («the weak sex») einen Platz am

Bug an, denn so ein Boot zu steuern sei ja wohl Aufgabe der «Herren der Schöpfung» («lords of creation»). Luisa zeigte ihm einen Mittelfinger und setzte sich an den Außenborder.

Um diese Uhrzeit verließen wir den Hafen in der Flussmündung gemeinsam mit einem Dutzend anderer Ausflugsboote – der einzige Unterschied zu den Touristenbooten bestand darin, dass wir nach ein paar hundert Metern abbogen und uns durch die Felsen schlängelten, bis wir den verborgenen Strand am Ufer erreichten.

Der Tag war toll, keine Frage. Tiggy hatte innerhalb von zehn Minuten mehr wunderbare Muscheln gefunden als an allen anderen Stränden der Stadt zusammen. Wir zeigten den anderen, wie man an der Nordsee Sandburgen baut, und belegten die Burg mit einem Schriftzug aus Muscheln, «Lagos 1987». Boo und Roger veranstalteten mit Holzschlägern und einem Hartgummiball ein Beachballturnier, das zu unser aller Verdruss Helmut haushoch gewann, der dann damit renommierte, zu Hause in Duisburg eine feste Größe in der lokalen Faustballmannschaft zu sein. Er war quasi um mehrere Zentimeter gewachsen und nahm seinen Sieg zum Anlass, sich selbst wieder in der Runde der Bewerber um die Gunst Luisas zu begrüßen. Ich blieb aber entspannt, immerhin hatte Luisa da auch noch ein Wörtchen mitzureden. Fuck-off-Peter setzte sich etwas abseits in den Schatten des Erdbeerbaums und lutschte, zahnlos, wie er war, den ganzen Tag an Erdbeerbaumfrüchten herum. Dabei machte er sich aus Strandhafer eine Art Hut, mit dem er aussah wie Robinson Crusoe nach zehn Jahren Insel. Als seine selbstgebastelte Sonnenuhr einen bestimmten Punkt erreicht hatte, öffneten wir das erste Bier aus der Kühltasche, und Luisa zauberte eine Flasche Erdbeerbaumschnaps aus ihrem Gepäck, die ihr der alte Gonçalo als Dank für die Früchte überlassen hatte. Für Nachschub hatten wir ja gesorgt. Dann begannen wir wie vorgestern, trockenes Treibholz für das Lagerfeuer zu sammeln. Während der Suche gab es von oben einen kleinen Erdrutsch. Ein Haufen Steine und eine Menge Sand rasselten vom Felsen herab, und mit dem ganzen Geröll kam, halb kletternd, halb fallend, ein Mann auf den Strand gerutscht, schüttelte sich aus und rückte seinen Panamahut zurecht.

«Alex!», rief Roger. «Wie hast du das denn geschafft? Ich dachte, es gibt keinen Landweg!»

«Das war kein Problem!», antwortete Alex, nahm den Hut ab, wischte sich den Schweiß von der Stirn und küsste Kirsty, aber auch Luisa zur Begrüßung auf den Mund.

«Den Weg kennen selbst Einheimische nicht – toll!», strahlte Luisa ihn an.

«Quer über die Felsen und dann hier runter. Am Amazonas ist es gefährlicher! Bekomme ich ein Bier?»

Man soll ja nicht hassen. Aber es ging einfach nicht anders. Dieser Typ, gegen den ich mich offenbar nicht wehren konnte, der mir in allen Belangen überlegen war: Ich hasste ihn.

Alex war offensichtlich schon ein wenig angetrunken, und sein Leinenanzug hatte unter dem waghalsigen Abenteuertrip über die Felsen und durch das Stachelgestrüpp kräftig gelitten. Ich reichte ihm widerwillig ein Bier aus der Kühltasche und schichtete weiter Holz auf die Feuerstelle, so wie Luisa und ich es vor zwei Tagen auch gemacht hatten.

Aber sofort übernahm Alex das Kommando. «Ihr müsst erst eine Grube ausheben und dann den Fisch vor dem Austrocknen und Verbrennen bewahren!»

«Lass mal, ich komme schon klar, ich habe das schon mal gemacht», wies ich ihn ab.

«Das sieht aber nicht so aus. So verbrennt dir doch alles und bleibt innen roh!»

«Dann mach's doch selbst, wenn du alles besser kannst!», pfefferte ich ihm das Holz vor die Füße.

Er zog eine Augenbraue hoch, lächelte die anderen an und begann, die mitgebrachten Fische in angefeuchtete Feigenblätter einzuwickeln. Dann hob er fachmännisch ein Loch aus und verscharrte die Fische im Sand. Erst dann legte er das Holz in die Grube und zündete das Feuer an, sodass die Fische im heißen Sand darunter langsam und schonend garten. Als er sie für fertig hielt, grub er sie aus und entfernte die Feigenblätter, die unsere Fische sowohl vor dem Sand als auch vor dem Verbrennen geschützt hatten, und verteilte sie an alle. Sie waren köstlich.

Und während wir an unseren Fischen knusperten, stob das Feuer in der Dämmerung Funken. Ich setzte mich neben Luisa. Jetzt wollte ich das Schicksal zwingen: Entweder sie will mich oder den anderen – beides ging ja wohl nicht. Also legte ich vorsichtig meinen Arm um ihre Schulter, was sie sich tatsächlich gefallen ließ. Alex lief leicht schwankend den Strand auf und ab, trank Erdbeerbaumschnaps aus der Flasche und diskutierte mit sich selbst.

Ich hatte nicht genau mitbekommen, wie sie daraufkamen, aber Kirsty und Fuck-off-Peter hatten eine angeregte und leicht angeschwipste Unterhaltung, der plötzlich alle zuhörten. Irgendwie ging es darum, ob es besser sei, das Leben zu beobachten oder daran teilzuhaben. Klar, Fuck-off-Peter plädierte in seinen einfachen Worten für die Beobachtung. Er hielt es für cooler und risikoloser, sich abseits zu halten. Nur Narren begäben sich freiwillig ins Feuer und riskierten es, sich die Finger zu verbrennen. Außerdem sagte er, wenn man Dinge täte, sei man nicht in der Lage, sie zu bewerten, weil man ja gerade damit beschäftigt sei, sie zu tun.

Kirsty erwiderte, dass man dann aber eben auch nichts erlebe. Sie wolle jetzt nicht klingen wie ein Verkäufer von Tombola-Losen – aber wer das Risiko des Verlusts scheue, habe eben auch keine Chance auf Gewinn. Außerdem, so sagte sie, habe sie gar keine Wahl: Sie müsse eben mitten in den Flammen tanzen, weil sie es so wolle. Und dann stand sie auf, balancierte am Rand des Feuers entlang und untermalte ihre Worte mit großen und betrunkenen Gesten: Es müsse für sie immer höher und höher hinaufgehen, damit sie wisse, was dort auf einen warte, auch wenn die Luft da oben dünn sei. Sie würde sich immer dafür entscheiden, die kleinste Chance zu ergreifen, Liebe zu finden – und wenn sie dadurch eventuell alles zerstören würde. Sie sei eben eine Seiltänzerin des Lebens, und sie wisse auch, dass sie dafür irgendwann einmal zur Hölle fahren werde. Aber es gehe halt nicht anders, so sei sie nun mal. Das Leben sei mehr als nur das bloße Überleben.

Ich rülpste ins Feuer: «'tschuldigung.»

Und dann nahm Kirsty Fuck-off-Peter bei der Hand, was der widerwillig mit sich geschehen ließ. Beide nahmen Anlauf und sprangen durch die Funken über das Feuer. Das fand ich irgendwie lustig. Ich nahm Luisa bei der Hand, und wir taten es ihnen nach. Boo und Roger sprangen durch das Feuer und küssten sich anschließend leidenschaftlich. Tiggy und ich sprangen auch noch mal, Luisa holte Alex vom Meer weg und sprang mit ihm gemeinsam, was mich fast wahnsinnig machte, weil sie auch dieses Privileg nicht alleine mit mir, sondern eben auch mit dem Doofmann teilte. Peter und Roger sprangen und Kirsty und Boo. Nur German Helmut spielte mit dem Beachballschläger und winkte ab.

8.

«Hör mal zu, Schlaumeier», Alex nahm mich beiseite und schlenderte mit mir bis ans Ende des Strandes, die bereits halb leere Flasche Erdbeerbaumschnaps bei sich, aus der er immer wieder mal einen Schluck nahm. «Wir haben ein Problem.»

«Und das wäre?», stellte ich mich dumm.

«Das Mädchen. Wir wollen sie beide. Also lass die Finger von ihr!»

«Ich glaube, sie ist gut in der Lage, selbst zu entscheiden, oder? Ich denke nicht, dass wir das in irgendeiner Form beeinflussen können.»

«Doch, genau das können wir. Das müssen wir sogar. Sie mag dich. Sie mag aber auch mich. Und sie kann sich nicht entscheiden. Oder sie will es nicht. Also müssen wir das für sie übernehmen.»

«Und wie soll das funktionieren?»

Alex nahm einen Schluck aus der Flasche. «Ganz einfach. Ich biete dir an, mich zurückzuziehen. Zack, fertig.

Ganz einfach. Du kannst sie haben, ich reise morgen ab. Nur eine Bedingung: Du musst mich schlagen. Aber wenn ich dich schlage, erwarte ich dasselbe von dir: Du räumst das Feld, bist morgen weg, und ich sehe dich nie wieder!»

Das war natürlich kompletter Unsinn – Luisa war ja kein Preis, um den man kämpfen konnte wie zwei Ritter im Mittelalter um die spitzhütige Prinzessin, den Sperber oder um einen Kuss der Königin Ginevra.

«Vergiss es. Das ist doch bescheuert. Wir sind doch keine zwölf Jahre mehr alt!»

«Musst du wissen. Du kannst natürlich weiter zuschauen, wie sie dir entgleitet. Oder du nimmst dein Schicksal selbst in die Hand. Willst du Fuck-off-Peter sein? Oder Kirsty? Deine Entscheidung.»

Nun. Wenn Alex einfach nicht mehr da wäre, dann hätte ich tatsächlich freie Bahn. Der unliebsame und – wie ich glaubte – überlegene Konkurrent wäre aus dem Weg geräumt. Luisa bräuchte davon ja nie erfahren.

«Und wie soll das aussehen? Eine Partie Beachball? Dann musst du aber auch Helmut als ernsthaften Mitbewerber in Betracht ziehen, der ist gut!»

«Vergiss den Trottel. Das klären wir anders.» Wir waren am Ende des Strandes angekommen. Vor uns ragte der kleinste Dalton in die schwarze Nacht hinein, vom Mondlicht beschienen und immerhin etwa zehn Meter hoch. «Siehst du das? Der Felsen hat oben eine kleine Plattform. Wer zuerst da drauf ist, gewinnt, ganz einfach. Ein fairer Wettbewerb unter Männern.»

O Mann. Das war idiotisch. Ich würde mich doch nicht zum Affen machen wegen irgendeines Mädchens. Andererseits: Es war nicht irgendein Mädchen, es war Luisa.

Meine Überlegung war folgende: Gewinne ich, wäre ich Alex los. Wenn ich aber verliere, könnte ich immer noch verschweigen, worum es bei dem Wettbewerb gegangen war, das Rennen weiter offen gestalten und Luisa entscheiden lassen. Und wenn Alex so dämlich wäre und auf die Erfüllung der Bedingung pochen würde, könnte ich darauf hoffen, dass Luisa das genauso bescheuert finden würde wie ich. Und dann – so spekulierte ich – hätte sich Alex trotz seines Siegs ins Abseits gespielt. Ich dachte also gar nicht daran, mich an die Abmachung zu halten.

«Deal», schlug ich ein. «Aber Luisa darf nicht erfahren, dass wir hier eine Art ‹Kopf oder Zahl› mit ihr als Preis ausspielen.»

«Ganz in meinem Sinne, Bürschchen!» Alex hob die Flasche, prostete mir zu, nahm einen kräftigen Schluck und reichte mir den Schnaps rüber. Auch ich nahm einen tiefen Zug, hustete und gab ihm die Flasche zurück. Alex leerte sie und warf sie ins Meer.

«Pass auf, wir machen das so: Wir gehen jetzt zurück und springen gemeinsam durchs Feuer. Das ist der Startschuss. Gewonnen hat der, der von da oben runterspringt und als Erster im Wasser landet!»

«Moment, von Runterspringen war bisher nicht die Rede!», wandte ich ein.

«Ey. Zehn Meter. Mann oder Maus?»

«Mann», sagte ich leise. «Okay.»

Wir drehten um, joggten gemeinsam in Richtung des Lagerfeuers und wurden immer schneller. Kurz vor dem Sprung hielt ich inne und setzte mich hin, um mir meine Turnschuhe anzuziehen. Ganz so blöd war ich nicht, zu glauben, den Felsen barfuß erklimmen zu können. Auch Alex zog sich Schuhe an.

«Was habt ihr vor?», fragte Tiggy.

Ich schüttelte den Kopf. Dann sprangen Alex und ich gemeinsam über die Glut. Alex drehte links ab und ich rechts, zurück in Richtung des Felsens. Noch im Rennen studierte ich genau die Struktur des Steins, um den besten Weg zu finden, und entschied mich, ein Stück durchs Meer zu laufen und einen Einstieg zu suchen, der etwa in Kniehöhe des Wassers lag. Dann begann ich zu klettern und merkte schnell, dass es schwieriger werden würde als gedacht – der Felsen war wirklich ziemlich steil. Ich blickte nach unten, um zu schauen, wo Alex geblieben war, konnte ihn aber weder unter noch neben mir entdecken. Mit einem Blick über die Schulter sah ich ihn: Er saß am Lagerfeuer und hatte sich noch ein Bier geöffnet. Was war das denn? Hatte er bereits aufgegeben? Hatte er mich verarscht? Oder hatte er einen Spezialplan? Ich beschloss, mich nicht irritieren zu lassen, und kletterte weiter. Dabei riss ich mir die Hände auf, Sandsteinbrocken fielen mir auf den Kopf und ins Gesicht, ich rutschte immer wieder ab, die Leinenturnschuhe waren klitschnass vom Meerwasser und quietschten und quatschten bei jedem Schritt. Ich war mir nicht sicher, ob ich es überhaupt bis ganz nach oben schaffen würde – und vielleicht war das Alex' perfider Plan, mich richtig blöde dabei aussehen zu lassen, wie ich mich verzweifelt an einem unbezwingbaren Felsen abmühte. Denn er saß nach wie vor seelenruhig am Lagerfeuer, das konnte ich selbst aus der Ferne noch deutlich erkennen. Ich fand einen Weg, der nicht ganz so steil war – auf allen vieren kam ich so ganz gut voran, auch wenn hier die Felsen von Möwen vollgeschissen waren. Und als Alex offenbar bemerkte, dass ich einen guten Weg gefunden hatte, stand er auf. Aber statt mir nachzusetzen, ging er ruhigen Schritts in Richtung des Erdbeerbaums und verschwand in der Dunkelheit.

Ich hatte aber ein viel größeres Problem, als mich um Alex und seinen Plan zu kümmern: Es stellte sich heraus, dass mein Weg eine Sackgasse war. Er führte zwar nach oben, endete aber an einer Klippe, die steil nach unten ins Meer abfiel. Von hier führte kein Weg auf die Plattform, und ich war erst auf halber Höhe. Verdammter Mist – ich saß fest. Mir blieb nichts anderes übrig, als umzudrehen und einen neuen Weg zu suchen, wieder von ganz unten. Und als ich den Felsen hinunterkletterte, dachte ich noch einmal nach und besann mich: Auf was für einen riesengroßen Schwachsinn hatte ich mich da eingelassen? Was für ein Volltrottel war ich, einen solchen Primaten-Wettkampf mitzumachen? Und was für ein Idiot war eigentlich dieser vermeintlich weltmännische und souveräne Alex, wenn er tatsächlich glaubte, auf diese Art und Weise eine Konkurrenzsituation klären zu können? Der Typ konnte mich mal, die ganze Situation konnte mich mal – wenn Luisa mit diesem Typen was anfangen konnte, bitte schön. Dann war sie eben auch nicht die Frau, mit der ich was anfangen konnte. Jasper hatte bei unserem ersten Treffen völlig recht – es gab hier überhaupt nichts zu verlieren. Und auch Alex' Argument, dass ich Fuck-off-Peter sei, wenn ich kniffe, hielt für mich nicht mehr stand. Hieß es nicht vielmehr, am Leben teilzuhaben, wenn man unter echten Bedingungen Druck aushält, sich der Konkurrenzsituation stellt und die Hitze ertragen lernt, anstatt zu versuchen, das Problem mit einem Stellvertreterwettkampf zu lösen? Ich war durch – ich wollte zurück ans Lagerfeuer und ein Bier trinken, mit Tiggy und den anderen. Ich rutschte den restlichen Weg runter und stolperte zum Lagerfeuer zurück. Zerschrammt, nass, staubig, schwitzig und keuchend ließ ich mich in den Sand fallen.

«Was war das denn?», fragte Tiggy.

«Nichts, nur ein Wettkampf unter Jungs», antwortete ich und öffnete mir ein Bier.

«Was für ein Wettkampf? Und wo ist Alex?», hakte Luisa nach.

«Keine Ahnung. Ist er nicht hier? Hat er nichts gesagt?»

«Nein, erst haben wir dich beobachtet, wie du wie vom Affen gebissen an diesem blöden Felsen hochkletterst. Dann ist er irgendwann einfach aufgestanden und in die andere Richtung abgehauen.»

Ich war glücklich mit meinem Entschluss, der Welt und ihren Herausforderungen ins Gesicht blicken zu wollen, es fühlte sich erwachsen, gut und richtig an. Aber weil Alex verschwunden blieb, wurde ich das Gefühl nicht los, dass diese Geschichte noch nicht beendet war. Und richtig: Plötzlich durchschnitt ein lautes Knattern die lauschige Nacht. Benzingeruch füllte die Luft. Der Lärm kam von oben und wurde immer eindringlicher, bis wir ein Motorrad mit Seitenwagen entdeckten, dessen Fahrer im Stehen am Rand der Steilküste entlangraste und dabei eine riesige Staubwolke hinter sich herzog. Mit einem gewagten Manöver überquerte das Motorrad schließlich die natürliche Felsenbrücke, die den kleinsten Dalton mit der Küste verband, und kam auf der Plattform zum Stehen. Alex stellte den Motor ab, ging aus dem Sattel, nahm die Hände vom Lenker und hob die Arme triumphierend in die Luft. Alle sprangen auf und sahen nach oben. Auf dem Kopf trug Alex eine Krone, die Krone der heiligen Maria aus der Kirche am Alten Sklavenmarkt. Mit irren Jubelschreien wies er mit dem Zeigefinger auf mich und schlug mit der anderen Hand ständig an den hochgereckten Daumen, so als ob er den Hahn einer Pistole spannen und abdrücken würde.

«Was ist hier los?», schrie Luisa. «Was soll der Unsinn?» Ich zuckte mit den Schultern. Alex hatte gewonnen. Aber es war mir egal.

«Komm da sofort wieder runter! Ihr seid Vollidioten!», rief Luisa nach oben.

Als Alex seinen Coup hinreichend ausgekostet hatte, ließ er den Motor wieder an. Nachdem die alte Maschine einen Moment geknattert hatte, ließ er sie im Leerlauf ein paarmal voll aufheulen. Dann gab er Gas und fuhr – um seinen Sieg mit dem Sprung ins Wasser zu vollenden – mitsamt dem Motorrad in Richtung des Abgrunds.

In Filmen würde so eine Szene in Zeitlupe gezeigt, öfter wiederholt und durch das Präsentieren aus mehreren Perspektiven künstlich gestreckt. Dann das Ganze noch mal in Sepia. Dann Schnitte ins Publikum: entsetzte Gesichter, Frauen, die sich die Hand vor den Mund schlagen. Dann weiter in Zeitlupe. Solche Kunstmittel standen uns nicht zur Verfügung.

Mit einem lauten «Yiihaa!» stürzte Alex sich mit seiner Maschine nach unten. Krachend landete sie im Wasser. Ein Gurgeln, ein Röcheln – wobei ich bis heute glaube, dass diese Geräusche von dem Motorrad kamen. Wir hörten weder irgendwelche Knochen brechen, noch sahen wir, wie Alex unterging. Vielleicht hatte er sich mit einem Hechtsprung gerettet und würde gleich wieder triumphierend auftauchen. Aber jetzt stiegen aus dem Wasser lediglich ein paar Blasen hoch, und auf der Oberfläche bildete sich ein kleiner Ölfilm, der im fahlen Mondlicht glitzerte. Dann war Ruhe.

VI.

Vor der Tür staubsaugte das Zimmermädchen immer wieder wütend den Gang entlang – vermutlich, weil es heute bereits von den Gästen des gesamten Flurs wegen Ruhestörung beschimpft worden war. Die Sonne fiel auf meine Bettdecke, und Stäubchen tanzten im hellen Licht. Es war schon nach elf. Ich hörte das Geschrei der Marktleute, die ihre letzten Fische an den Mann bringen mussten, und in der Ferne rauschte das Meer, das mich daran erinnerte, wo ich war. Immer noch rabenvoll, holten mich eine Cola aus der Minibar und eine kalte Dusche zurück ins Leben. An ein Hotelfrühstück war nicht mehr zu denken. Waren wir eigentlich nie erwachsen geworden – dass wir uns nach wie vor nicht angemessen zu benehmen wussten, dass wir wie Teenager außer Kontrolle dümmliche Trinkspiele mitmachten und uns spätnachts in der Hotellobby mit Cocktailschirmchen hinter den Ohren erwischen ließen? Oder war es im Gegenteil ein Zeichen dafür, dass wir erwachsen geworden waren? Weil wir Hip-Hop und Rap nicht mehr verstanden, weil wir nicht mehr in der tanzenden Menge aufgehen konnten wie in Trance, und weil wir morgens in einem Luxushotel die Sonne aufgehen sahen? Ich schickte Tiggy eine SMS. Ihm ging es ähnlich. Er lag noch im Bett, schämte sich und sagte, vor dreizehn Uhr werde er nicht in der Lage sein rauszugehen. Also telefonierte ich kurz mit Julia, die in ihren

Messe-Vorbereitungen unterging. Ich beschloss, ihr nach meiner Rückkehr mehr Aufmerksamkeit zu schenken, damit uns nicht das Gleiche widerfuhr wie Tiggy und Helena. Denn im Alltag den Blick für die Schönheit der Gegenwart zu verlieren, das passiert still und schleichend, da muss man wachsam bleiben. Nach dem Telefonat zog ich alleine los in die Stadt.

Draußen brannte die Mittagssonne. Ich setzte mich in ein schattiges Café und frühstückte in Erinnerung an alte Zeiten eine Portion Eier mit Speck, während ich die Passanten beobachtete, die auf dem Weg zum Strand waren, zum Hafen oder zu einer Grottenfahrt. Die irre Geigerin kam vorbei und belästigte die halbe Straße mit ihrem Gefiedel. Wo andere Musiker einen Hut oder einen Instrumentenkoffer vor sich aufstellten, um Geld zu sammeln, hatte sie einen BH hingelegt mit dem selbstgemalten Hinweisschild «Feed the puppies!». Diesen Morgen hatte sie sich auf Popsongs der Achtziger und Neunziger und dem Besten von heute eingeschossen, zunächst erschreckte sie mich mit einer Phantasie von «The End of the Innocence» von Don Henley, für dreisaitige Violine und schrillen Gesang. Die vierte Saite hing gerissen herab. Anschließend spielte sie noch ein Geschraddel, in dem ich nur die wiederkehrenden Worte «why don't we go somewhere only we know» ausmachen konnte. Dann kam ein Kellner, warf ihr einen Euro in den ausliegenden BH und bedeutete ihr herzlich, aber bestimmt, dass er das Konzert an dieser Stelle für beendet erklärte. Schimpfend zog die Gewitterziege ab. Tiggy würde noch ein wenig brauchen – und dann konnten wir die Suche vorbereiten, die wir fast dreißig Jahre versäumt hatten.

Ich wollte gerade zahlen, als mein Handy klingelte. Zuerst dachte ich, es wäre Tiggy, um mir zu sagen, dass er sich noch weiter verspäten würde, weil der Kater einfach zu stark sei. Aber die Nummer im Display war mir nicht bekannt.

«Hallo, mein Name ist Roland Herwegh, ich bin der Producer von ‹Too Late TV›. Sie hatten sich bei uns beworben.»

Ohgottogott. Meine Traumsendung, die mich abgelehnt hatte, weil ich nicht genug Erfahrung mitbrachte. Und der Producer rief mich an!

«Ja, hallo, Herr Herwegh, das ist richtig. Allerdings hatten Sie mir eine Absage geschickt.»

«Das stimmt. Hätten Sie denn noch Interesse? Ich sage mal, hier hat sich ‹die Sachlage› ein wenig geändert.»

«Äh, ja, natürlich hätte ich noch Interesse. Was ist denn jetzt anders?»

«Der Bewerber, für den wir uns ursprünglich entschieden hatten, hat sich leider disqualifiziert. ‹Leider› für ihn, aber Glück für Sie. Vielleicht haben Sie von dem grandiosen Flop bei ‹Casting Stars› gehört?»

«Na ja, ich weiß, war mein Fehler, tut mir immer noch etwas leid für die Kollegen.»

«Ach, Sie waren auch dabei? Nenene, wir wissen schon, wer da Bockmist gebaut hat. Die miesen Kommentare kamen ja nicht von Ihnen. So wie Sascha Weber benimmt man sich einfach nicht. Und wir bei ‹Too Late TV› haben keine Lust auf Arschlöcher.»

Sascha! Der Redaktionsleiter, der die Dossiers handschriftlich um die Liederlichkeiten ergänzt und mich gefeuert hatte!

«Wir sollten uns auf jeden Fall mal zusammensetzen: Wir suchen jemanden, der sich für unseren Moderator ein paar lustige Aktionen überlegt und damit den Show-, Sport- und Politikbereich ordentlich aufmischt. Könnten Sie sich so was vorstellen?»

Und ob ich mir das vorstellen konnte! Aus dem Augenwinkel sah ich Tiggy dazukommen, der aber legte einen Zeigefinger auf den Mund, um mir zu signalisieren, dass er quasi noch gar nicht da sei, ließ sich in einen der Korbstühle fallen und bedeutete mir, ich solle mir Zeit lassen.

«Ja, könnte ich mir gut vorstellen. Vielleicht vereinbaren wir am besten mal einen Termin, oder?»

«So machen wir's. Meine Assistentin meldet sich bei Ihnen – und dann setzen wir uns zusammen. Tschüs und schönen Tag noch! Ich freue mich!»

«Tschüs!» Ich legte auf.

«Gratulation!», sagte Tiggy. «Ich hab's so halb mitbekommen. Neuer Job?»

«Ja, könnte sein. Bei ‹Too Late TV›!»

«Geil! Machen! Und dann holste mich auch da hin, haha!» Tiggy massierte sich die Schläfen. «Eigentlich wollte ich es mir heute gutgehen lassen, Pool, Spa und so. Aber 180 Euro wollen die im Hotel für eine Knetkur haben! Die sind doch nicht ganz dicht», beschwerte sich Tiggy. «Dabei wäre das genau das Richtige gewesen für heute. Ich habe soo einen Schädel! Guten Morgen übrigens!»

«Du hast auch gestern den deutschen Rekord im Exen der ‹Sieben Todsünden› gebrochen – und einer jungen Frau die Nase!»

«Bitte – what happens in Vegas stays in Vegas, okay?»

«Schon gut – ich wusste nur nicht, ob du dich noch erinnerst!»

«Eigentlich wollten wir heute die Ausrüstung für unseren geheimen Schwimmausflug organisieren – aber bei der Sonne kann ich keinen Schritt tun!»

«Du meinst, bei deinem Kater kannst du keinen Schritt tun!»

«Wer kann das schon trennen – warum trägst du eine Sonnenbrille? Sonne oder Kater? Jedenfalls kriege ich das heute nicht hin!»

Ich war nicht unfroh, denn auch ich schwächelte noch ein wenig, trotz der Freude über den überraschenden Anruf – also beschlossen wir, den Nachmittag im Spa zu verbringen, 180 Euro hin oder her. Wir schleppten uns zurück ins Hotel, reservierten an der Rezeption unsere Wellness-Massage und trafen uns kurz darauf am Fahrstuhl, der uns runter in den Spa-Bereich brachte. Wir trugen beide den Bademantel mit Hotel-Logo und die Stoffpantoffeln in One-size-fits-all-Größe, die man im Zimmer für uns bereitgelegt hatte. Vor der Massage war noch ein wenig Zeit – und wir hatten die Wahl zwischen Whirlpool, regulärem Pool und Sauna. Tiggy war für den Whirlpool. Jetzt mussten wir uns nur noch entscheiden, ob wir den Meerwasser-Whirlpool, den Ultra-Sauerstoff-Whirlpool oder den Outdoor-Power-Whirlpool bevorzugten. Wir ließen uns grunzend ins heiße Sauerstoff-Sprudelwasser fallen.

«O Mann, früher haben wir uns zehn Tage hintereinander von Spiegeleiern und kalten Baked Beans aus der Dose ernährt – und heute lassen wir uns den Popo mit Himalaya-Sauerstoff oder so umsprudeln!»

«Die Baked Beans damals waren köstlich», antwortete

Tiggy. «Würde ich noch heute den meisten Sachen hier auf der Speisekarte vorziehen. Du nicht?»

«Hm, ich weiß nicht. Kann sein, dass deine Erinnerung dir einen Streich spielt. Müsste man testen.»

«Ist schon möglich, dass ich mit dem Geschmack von Baked Beans andere Dinge verknüpfe, als in den Dosen von Heinz tatsächlich drinsteckt. Aber dann geht es uns nicht nur mit den Baked Beans so.»

«Wie meinst du das?»

«Na, so generell. Mir gefällt es hier immer noch super. Aber es ist anders als vor dreißig Jahren – und es ist schwer zu sagen, ob wir uns verändert haben, ob der Ort sich verändert hat oder einfach unsere Wahrnehmung von früher.»

«Das gilt dann aber auch für deine Beziehung zu Helena, oder?»

«Was soll denn das heißen? Meinst du, die Baked Beans sind Helena und die Janzen ist der Sauerstoff-Whirlpool?»

«Nein, warte. Helena wären die Baked Beans, die du aber seit Jahren jeden Abend isst. Und die Janzen wären die Baked Beans, wie sie in deiner Erinnerung schmecken. Der Whirlpool hingegen ... Ach, vergiss es. Das ist ja alles Quatsch, ich red mich um Kopf und Kragen. Aber wie steht's denn mit Helena?»

«Na ja, wir haben immerhin schon mal wieder telefoniert. Das war zwar noch etwas sparsam, aber wenigstens ist sie drangegangen. Ich hoffe, wir raufen uns wieder zusammen.»

«War ja nie ganz einfach zwischen euch, oder?»

«Nein, im Gegenteil. Dass Helena und ich überhaupt geheiratet haben, stand auf der Liste der unmöglichen Ereignisse ganz oben. So unmöglich wie die Einreise einer Gruppe junger Iraker ohne Extrakontrolle in die USA. Oder dass man in einem Supermarkt mit einem 500-Euro-Schein bezahlt, ohne dass der unter der UV-Lampe an der Kasse noch mal gecheckt wird.»

«Oder so wie es unmöglich ist, am eigenen Ellbogen zu lecken.»

«Genau.»

Wir wechselten die Location und gingen in den Saunabereich. Dort konnten wir wählen zwischen Arabischem Dampfbad, Finnischer Sauna und Tropischer Lichtsauna mit Vogelgezwitscher. Wir zogen unsere Badehosen aus und gingen in die Finnische Dampfsauna, die es in den Varianten 60 °C, 85 °C und «Nordische Kräuter» gab. Letzteres gefiel uns am besten. Allerdings erschreckten wir dort zwei Engländerinnen, die angesichts unserer Nacktheit das Weite suchten.

«Hm, vermutlich zieht man sich in England in der Sauna nicht aus, was?», fragte Tiggy.

«Scheint so. Ich hoffe, wir werden jetzt nicht als Perverse verhaftet!», entgegnete ich.

«Nee, ist doch harmloser als FKK!», sagte Tiggy.

Mit den Schweißtropfen, die mir von der Nase fielen, versuchte ich, auf dem Holzboden unter mir ein Muster zu kreieren. Aber immer, wenn ich das Haus vom Nikolaus fast fertig hatte, war der erste Schweißtropfen bereits verdampft. «Rosmarin, Thymian oder Latschenkiefer?», fragte ich Tiggy und griff zum Aufguss.

«Latschenkiefer.»

«Und warum eigentlich das Geknutsche mit der Janzen?» Ich stand auf und wirbelte mein Handtuch wie ein

Bekloppter durch die Luft, um die Hitze des Aufgusses gleichmäßig im Raum zu verteilen.

«Ja, es ist nun mal kompliziert», keuchte Tiggy. «Ich muss hier raus. Dieser Aufguss war keine gute Idee.» Und damit schnappte er sein Badetuch und verließ die Sauna. Ich hatte auch genug und ging mit.

Unter der Dusche konnte man wählen zwischen kalter Schwalldusche, Schlauchguss und Rain-Forest-Düse. Dann wurden wir einzeln zur Massage gerufen, Tiggy bekam eine Seltene-Erden-Anti-Aging-Massage für straffe Haut und eine schöne Silhouette. Und ich eine Ayurveda-Kopfmassage mit anschließendem Meersalzpeeling und einem straffenden Körperwickel mit Best-Ager-Wirkstoffkomplex. Anschließend zogen wir uns auf unseren Zimmern um und trafen uns in der Bar des Hotels auf ein Clubsandwich.

«Und – wie war's?», erkundigte ich mich bei Tiggy.

«Ich fühle mich wie ein Baby. Wie ein siebenundvierzig Jahre altes Baby, Anti-Aging hin oder her. Das war schon recht angenehm, aber eigentlich ist es Zeitverschwendung. Das ist doch nur was für Leute, die ständig der Vergangenheit und ihrer trostlosen Jugend hinterherheulen. Dabei ist Jungbleiben ja überhaupt keine Option.»

Wir schauten uns kurz an und bekamen einen Lachkrampf.

Als wir uns wieder beruhigt hatten, wussten wir, dass es jetzt ernst wurde, denn wir hatten ja noch etwas vor. Ich räusperte mich: «Glaubst du, wir finden noch irgendwas von Alex?»

«Ich habe keine Ahnung. Wir brauchen eine Luftmatratze, zwei Taucherbrillen und einen vernünftigen Scheinwerfer. Damit der Weg so kurz wie möglich ist, würde ich vorschlagen, nicht am alten Hafen loszuschwimmen, sondern am Kartoffelstrand.»

«Prinzipiell okay – aber da ficken doch nachts immer die ganzen Backpacker, die sich in den Clubs gegenseitig aufgerissen haben. Die müssen wir erst vertreiben. Ich will nicht dabei beobachtet werden, wie wir mit einem Totenschädel wieder an Land schwimmen.»

«Lass uns doch einfach einen Eimer mit Fischabfällen aus der Markthalle holen. Dann denken alle, wir würden angeln gehen, und den können wir oben von der Mauer kippen, wenn da unten zwei Täubchen rumturteln. Auf dem Rückweg müssen wir halt etwas Glück haben, aber um halb sieben ist das Hauptprogramm in der Regel auch am Kartoffelstrand vorbei.»

«So machen wir's. Ich wünschte, Alex würde gleich einfach hier in der Bar auftauchen, so wie er immer einfach überall aufgekreuzt ist – wobei mich das damals natürlich genervt hat. Luisa hat mir einmal von König Sebastian erzählt, der irgendwo in Afrika verschwunden ist und auf den die Portugiesen noch heute warten, obwohl sie wissen, dass er längst tot ist.»

«Ja, klar, die Statue auf dem Platz mit dem Kiosk von Klaus.»

«Genau. Und viele Portugiesen schieben bis heute jedes Unglück auf die Vergangenheit, wodurch sie sich allerdings den Erfolg in der Gegenwart verbauen. Dass die Portugiesen das EM-Finale 2004 gegen Griechenland verkackt haben, ist quasi auch eine Folge des Sebastianismus und ein weiterer Grund für ewige Saudade.»

«Und deswegen willst du an den Felsen tauchen? Was,

glaubst du, findest du da? Du musst wissen, ob er wirklich tot ist, ob er wirklich da liegt, damit du weißt, der kommt nicht wieder?»

«Ich glaube nicht wirklich, dass er wiederkommen könnte. Aber ich will mit diesem Kapitel abschließen. Ich habe Luisa jahrelang hinterhergeheult. Das ist zwar vorbei. Aber eine Narbe ist zurückgeblieben.»

Und dann bestellten wir die Rechnung und machten Besorgungen für unseren nächtlichen Ausflug. Heute Nacht sollte sich das Rätsel lösen – ob ich tatsächlich Teil eines tragischen Unglücks gewesen war oder ob uns ein herablassender Schnösel aus Kanada oder Südafrika dreißig Jahre lang verarscht und an der Nase herumgeführt hatte.

VII.

1.

Die Ruhe währte nur ein paar Sekunden. Genau die paar Sekunden, die jemand unter Wasser wäre, bis er wieder auftaucht. Plus die Zeit, die man braucht, um zu begreifen, dass die paar Sekunden jetzt schon ein paar Sekunden zu lange dauern. Plus die paar Sekunden, die das Entsetzen braucht, um bis ins Sprachzentrum zu gelangen. In dieser kurzen Zeit plätscherten lediglich die Wellen leise gegen den Strand, und wir starrten auf den kleinen Ölteppich an der Wasseroberfläche, etwa fünfzehn Meter vom Ufer entfernt. Dort wogte das Meer, und nichts erzählte von den Schrecknissen der Tiefe. Das Knacken des Holzes im Lagerfeuer. Funken stoben in die Luft. Dann brach es aus uns heraus.

Luisa rannte schreiend ins Wasser und schwamm hilflos im nachtschwarzen Meer umher, immer wieder tauchte sie unter, natürlich ergebnislos, Tiggy und ich hinterher. Boo und Roger versuchten, uns mit Fackeln vom Lagerfeuer die Suche zu erleichtern, zwecklos. Helmut rannte wie ein Irrer am Strand auf und ab und rief verzweifelt: «Der ist tot! Der hat das Zeitliche gesegnet! Der ist übern Jordan! Übern Deister! Über die Wupper! Der hat die Löffel abgegeben, ich schwör's euch!», bis ihm Kirsty bedeutete, er solle endlich den Rand halten. Peter stieß ein «Fuck off» in die Nacht, spuckte aus, stapfte zum Boot und machte es flott. Er manövrierte die «Peregrina IV» an die Stelle, wo er Alex vermutete. Die Strömung hatte den kleinen Ölteppich mittlerweile aber längst woanders hingetrieben, ausgedünnt und verteilt – wir waren gar nicht mehr sicher, ob wir überhaupt an der richtigen Stelle suchten. Außerdem war es so dunkel, dass wir ohnehin keine Chance hatten. Aber irgendwas mussten wir ja machen, also suchten wir weiter, bis wir nicht mehr konnten und beschlossen, Hilfe zu holen.

Natürlich wussten wir, dass das viel zu lange dauern würde, aber anders kamen wir einfach nicht weiter. Luisa schrie mich an, ich sei an allem schuld, worauf Tiggy sie anschnauzte, sie solle die Klappe halten. Helmut riss Tiggy von Luisa weg, was wiederum Boo und Roger erzürnte, die Helmut beiseitenahmen und ihn unsanft zu beruhigen versuchten. Fuck-off-Peter, Kirsty und Luisa rauschten mit der «Peregrina IV» davon, um in der Stadt Hilfe zu holen, während wir am Strand zurückblieben, aufgewühlt, erregt, verzweifelt.

Ich schilderte Tiggy den Sachverhalt. Er schüttelte den Kopf, schimpfte was von «kindisch», aber das half jetzt weder mir noch dem armen Alex. Wir stapften im flachen Wasser den Strand auf und ab, in der Hoffnung, aber auch in der Furcht, etwas Angeschwemmtes zu finden. Wir suchten intensiv die nächtliche Wasseroberfläche ab, ob vielleicht irgendwas im Dunkel zu entdecken sei, was dort trieb. So vergingen fast zwei Stunden, bis wir in der Ferne ein großes Schiff auf uns zusteuern sahen, das in einiger Entfernung zum Strand ankerte – ein Polizeiboot der GNR. Kurz dahinter kam die «Peregrina IV» angerast, legte am Polizeiboot bei, nahm zwei Polizisten an Bord und landete dann bei uns am Strand.

Die Polizisten rückten sich ihre Uniformjacken zurecht und schickten sich an, mit der Befragung zu beginnen.

«Nein!», rief Kirsty. «Sie müssen zuerst suchen! Da liegt ein Mann im Wasser!»

«Machen wir! Eins nach dem anderen!» Einer der Polizisten musterte mich streng. Und jetzt erkannte ich ihn und seinen Kollegen, genauso wie er mich: Das waren die beiden, die ich auf dem alten Schmugglerpfad abgehängt hatte. Natürlich war ihnen noch im Hafen aufgefallen, dass die «Peregrina IV» ihnen als Geleitboot diente: das Boot, das sie noch vorgestern verfolgt hatten – und jetzt wollten sie uns erst einmal richtig auf links ziehen.

«Name, Adresse, Geburtsdatum!», forderten sie mich auf.

«Aber Officer», flehte ich. «Bitte, alles gerne, aber später. Bitte helfen Sie uns suchen!»

Luisa assistierte und wiederholte meine Bitte eindringlich auf Portugiesisch, aber ohne Erfolg. Zunächst nahmen die Beamten alle unsere Personalien auf. Dass wir hier Erdbeerbaumfrüchte geerntet hatten, dass wir hier nur zum nächtlichen Grillen hergekommen seien, sie glaubten uns das nicht für eine Sekunde. Und als sie bei Peter ein kleines Stück Haschisch fanden, war ihr Urteil gefällt.

«Was hatten Sie vorgestern auf den Dächern zu suchen? Sie sind doch nicht wegen ein paar Eimern Obst geflohen!»

«Nein, äh, doch! Ich hatte Angst, ich dachte, sie nehmen uns das Obst weg, weil man daraus Schnaps brennen könne!»

«Das hätten wir auch getan, aber ich glaube Ihnen kein

Wort. Sie schmuggeln hier Drogen. Ihre Lieferanten aus Marokko legen die Pakete an den Strand, und Sie holen sie hier ab. Wir kennen das System schon lange. Geben Sie es zu, wir finden sowieso alles!»

«Nein, ich schwöre Ihnen, es ist nicht so! Wir waren hier zum Grillen – und einer unserer Freunde ist mit dem Motorrad von da oben runtergefahren und ertrunken!»

«Mit dem Motorrad, natürlich. Wahrscheinlich haben Sie sich über die Ware an die Köppe gekriegt, und dann haben Sie entweder einen Lieferanten oder einen Kunden erschlagen. Wir schauen uns das gleich an, keine Sorge!»

Der andere inspizierte währenddessen sorgfältig den Strand, fand aber zu seinem eigenen Bedauern weder Drogen noch eine nennenswerte Menge Bargeld.

«Wahrscheinlich haben Sie erst alles fortgeschafft, bevor Sie uns Bescheid gesagt haben! So eilig scheint es Ihnen ja nicht gewesen zu sein – warum jetzt die Hetze?»

«Weil da ein Mann im Wasser liegt. Vielleicht lebt er noch – aber sicher nicht mehr lange», flehte Kirsty.

«Wenn da wirklich jemand drinliegt, ist er bereits tot. Wir schauen jetzt mal. Sie bleiben alle hier!»

Die beiden behielten unsere Papiere ein, bestiegen mit Luisa unser Boot und fuhren damit zu ihrem. In der Ferne sahen wir, wie sie es anließen und langsam durch die Felsen Richtung Strand manövrierten. Einer der beiden stand vorne am Bug und hielt einen riesigen Suchscheinwerfer auf die Wasseroberfläche. Wir wiesen ihm vom Strand aus die vermutete Stelle, der Motor heulte immer wieder kurz auf, um die Position zu halten oder ein paar Meter nach links oder rechts zu fahren. So suchten sie etwa eine halbe Stunde, fanden aber ebenso wenig wie wir. Schließlich brachen sie die Suche ab, ankerten wieder und kamen mit der «Peregrina IV» zurück an den Strand.

Dort füllten sie ihr Suchprotokoll aus.

«Wie heißt die vermisste Person?»

«Alex», riefen wir einstimmig.

«Weiter?»

Niemand sagte was.

Der Beamte zog eine Augenbraue hoch. «Kennt keiner? Hm. Herkunft?»

«Kanada», wusste ich.

«Südafrika», rief Boo.

«Er sprach sehr gut Portugiesisch», ergänzte Luisa.

«Und Deutsch auch», sagte ich.

«Was soll ich jetzt hier eintragen?», fragte der Polizist.

«Tragen Sie Kanada, Schrägstrich, Südafrika ein», schlug ich vor.

«Hat jemand eine Adresse, wo er hier gewohnt hat? Wo er herkam, wo er hinwollte?»

Wir zuckten mit den Schultern.

«Hat jemand ein Foto von ihm?»

Das war natürlich schwierig. Unsere Filme waren noch nicht entwickelt, aber wir versprachen, der Polizei eventuelle Fotos umgehend zur Verfügung zu stellen.

«Also», der Polizist holte tief Luft. «Ich bilanziere: Sie vermissen eine Person namens Alex. Und Sie ...», damit zeigte er auf Peter, «Sie bekommen eine Anzeige wegen illegalen Drogenbesitzes.»

«Fuck off», murmelte der.

«Aber was unternehmen Sie denn jetzt, um Alex zu finden?», fragte ich den Polizisten.

«Von unserer Seite aus nichts mehr aktiv. Vielleicht

wird ihn noch jemand vermissen und sich bei uns melden. Vielleicht finden ihn irgendwann irgendwelche Taucher. Aber selbst dann – wir haben ja nicht einmal die Adresse von Angehörigen, die wir informieren könnten!»

«Aber ... aber das geht doch so nicht!», empörte ich mich.

«Was stellen Sie sich denn vor, was wir noch tun sollen?»

«Vielleicht vermisst jemand das Motorrad! Vielleicht meldet sich ein Vermieter, weil Alex nicht aus seinem Zimmer ausgecheckt hat!»

«Alles möglich», sagte der Polizist. «Aber nicht mehr heute Nacht! So, die Party ist vorbei. Alle einsteigen, es geht heim!»

Die beiden händigten uns unsere Papiere aus, Luisa setzte sie an ihrem Boot ab. Und wir blickten noch einmal an den Strand zurück und überließen einen Menschen seinem Schicksal. Eben war er noch da gewesen – jetzt war er weg und würde nicht wiederkommen. Wie vorgestern bogen die «Peregrina IV» und das GNR-Boot in den Kanal ein, bloß mit deutlich weniger Tempo und unter anderen Vorzeichen.

2.

Wir saßen noch bis zum Sonnenaufgang mit wortlosem Entsetzen in der Bar. Jasper hatte die letzten offiziellen Gäste rausgeschmissen und die Tür von innen abgeschlossen. Das Pica Pau war hell erleuchtet. So ganz ohne

Musik und schummrige Atmosphäre wirkte die Bar fast wie ein Wartesaal. Nur die von der Decke hängenden Plastikschinken wirkten dafür ein wenig deplatziert. Die Stühle standen längst auf den Tischen, und Jasper hielt die immer noch aufgelöste Luisa mehrfach davon ab, noch ein weiteres Mal mit dem Boot zur Praia Estrela zu fahren, um die Suche fortzusetzen.

«Der ist wieder aufgetaucht, ans Ufer geschwommen und hat sich heimlich verdrückt. Nur damit wir Panik bekommen. Hat er sauber hingekriegt», behauptete Boo.

«Oder er hat sich verrechnet und sich ganz stumpf das Genick gebrochen», entgegnete Roger.

«Das wäre nicht Alex. Der ist doch immer so einen Film gefahren. Überraschungsauftritte, Überraschungsabtritte. Uh-uh, ‹ich bin so rätselhaft›. Ich traue dem das zu.»

«Und was sollte die Nummer mit der Krone? Hat der die geklaut?», fragte Kirsty.

«Die wollte er Luisa schenken», antwortete ich. «Die kam aus der Kirche.»

«Aber ich hatte damit nichts zu tun!», wehrte Luisa sich. «Wenn, dann ist Jayjay schuld. Der hat sich auf diese dämliche Mutprobe eingelassen. Jayjay, du musst Alex finden und die Krone dorthin zurückbringen, wo sie hingehört. Versprichst du mir das?»

«Ich tue mein Bestes. Aber das ist momentan nicht viel.»

Irgendwann kam die Putzfrau, und als es nichts mehr zu sagen gab und anfing, nach Meister Proper zu riechen, verabschiedeten wir uns mit hilflosen Gesten.

Zum ersten Mal kam mir unser «Hotel Cemitério» makaber vor. Und als ich dann endlich doch noch einschlief, träumte ich einen wilden Traum, in dem ich als Angeklagter vor Gericht stand – einem Gericht, das aussah wie das Kontor der Bank, in der ich die Blitzüberweisung meiner Eltern beantragt hatte. Der Staatsanwalt war der braunbeanzugte Schalterbeamte, der eine Marienkrone trug, bedenklich seinen Kopf schüttelte und in seinen Unterlagen blätterte. Verteidigt wurde ich von João Almeida, Advogado, der zwar eine schwarze Robe und eine weiße Perücke trug, sonst aber – wie es sich gehörte – völlig skelettiert war. Und zwischendurch fiel immer wieder ein Motorrad vom Himmel.

Als wir aufwachten, war es bereits Nachmittag. Diesmal hatte uns nicht der Geruch von Speck geweckt, denn Boo und Roger waren Hals über Kopf abgereist, ihr Mausoleum stand leer. Alles, was man zum Eierbraten brauchte, den Grill, eine Pfanne und mehrere Kartons Eier, hatten sie uns dagelassen und vor die Eingangstür gestellt – aber wir hatten keinen Appetit. Tio schnüffelte am Toilettenwagen herum und musste heute hungrig bleiben.

Tiggy und ich liefen zur Polizei, um uns zu erkundigen, ob es irgendwelche Neuigkeiten gab, vergeblich. Wir hatten gestern Abend Luisa als Ansprechpartnerin genannt – sie war es, die informiert werden solle, falls sich irgendetwas ergeben würde. Von da an sah sich die Polizei also ausschließlich Luisa gegenüber zur Auskunft verpflichtet. Allerdings hatte es auch nicht den Anschein, als ob die Polizei überhaupt noch weitere Schritte unternommen hatte. Wir trollten uns und suchten also Luisa – aber die war weder zu Hause noch am Meer, am Strand oder in der Bar.

Die Sonne schien wie eh und je, doch heute war sie so heiß, dass sie die Pflanzen nicht mehr zum Blühen brachte, sondern sie austrocknete und verbrannte – es war so weit: Wir hatten keine Lust auf das Meer, den Strand, die Bar. Tiggy und ich wollten heim. Wir liefen in der Abendhitze zum Bahnhof, um uns nach den Abfahrtszeiten zu erkundigen, und reservierten Plätze für einen Zug, der uns am nächsten Morgen um 04:53 Uhr nach Lissabon bringen sollte. Zurück auf dem Friedhof, brachte ich der alten Maria Silva die für die Miete beiseitegelegten Escudos. Sie begrüßte mich mit einem portugiesischen Redeschwall, von dem ich nur das Wort «Luisa» verstand. Die beiden kannten sich ja, und ich versuchte, ihr zu erklären, dass ich auf der Suche nach Luisa sei, weil wir morgen in aller Herrgottsfrühe abreisen würden. Keine Ahnung, ob die Alte mich verstanden hatte – zur Sicherheit drückte ich ihr noch einen Zettel mit meiner Heimatadresse in die Hand, mit der Bitte, ihn Luisa zu geben.

Dann packten wir unsere Rucksäcke. Noch ein letztes Bier von Klaus am Denkmal des Dom Sebastião. Der schenkte uns zum Abschied zwei kleine Anstecker mit einer Portugalflagge, die man dort auch als Souvenir kaufen konnte. «Für treue Kundschaft – die portugiesische Ehrennadel der Legion des Dom Sebastião», sagte er uns lachend Lebewohl. Im Pica Pau kaufte Tiggy von seinen letzten Escudos zwei T-Shirts mit dem Logo der Bar. Eines in Pink, eines in Schwarz.

«Sammelstücke. Als Erinnerung. Die werden später mal Millionen wert sein!»

Wir gingen früh ins Bett. Luisa blieb verschwunden.

Um drei Uhr klingelte Tiggys Casio-Digitalwecker, und

weil wir am Abend zuvor bereits gepackt hatten, waren wir um Viertel nach drei abreisefertig. Tiggy saß traurig vor seinen Muscheln, die schon etwas faulig dufteten – er würde sie alle zurücklassen. Schlaftrunken klapperten wir durch die menschenleeren Gässchen den Berg hinab bis zum Kanal. Auf der Brücke blieben wir stehen und blickten uns noch einmal um: Die Palmen an der Promenade schwankten sanft in der lauen Nachtluft, das Mondlicht glitzerte im Kanal, auf dem flussabwärts die Fischerboote dümpelten. Am anderen Ufer mussten wir den ganzen Weg wieder zurück. Bevor wir durch das struppige Brachland Richtung Bahnhof latschten, hielten wir noch ein letztes Mal inne, legten die Rucksäcke ab und blickten auf die Silhouette von Lagos. Drüben, auf der anderen Seite des Kanals, dreißig Meter Luftlinie von uns entfernt und doch meilenweit weg, entdeckten wir sie. Luisa lehnte an einer Palme – und als sie uns bemerkte, ging sie ein paar Meter auf das Wasser zu. Dann hob sie die Hand zu einem Gruß, drehte sich wortlos um, überquerte die Promenade, kletterte am ersten Haus eine Feuerleiter empor und verschwand über den Dächern von Lagos.

Am Bahnhof waren wir etwa eine Stunde zu früh. Wir nahmen unsere Rucksäcke ab und setzten uns auf die Bumper am Ende der Gleise, die zugleich das Ende Europas markierten. Aus dem Augenwinkel heraus beobachtete ich Tiggy und bemerkte, dass er leise heulte. Und als mir dann schlecht wurde und ich schwarze Galle auf die Schienen kotzte, sah man im Osten den ersten rosigen Schein des neuen Tages.

3.

Wir sprachen nicht viel bis Lissabon, wohin wir mit der Tejo-Fähre übersetzten, dieses Mal ohne Übernachtung, weil wir am frühen Vormittag in Barreiro angekommen waren. Eigentlich sprachen wir sogar nicht viel bis Madrid, wo wir am Abend einen Nachtzug nach Paris erwischten. Und so richtig plauderig wurde es nicht einmal bis Paris, wo wir mittlerweile eine gewisse Routine hatten und leichter Hand vom Gare d'Austerlitz zum Gare du Nord wechselten. Dort stiegen wir in einen fast leeren Zug nach Enschede in Holland.

Im Norden Frankreichs, vielleicht war es auch schon Belgien, veränderte sich mit der Landschaft auch das Wetter. Hier schien die Sonne nicht einmal mehr milde. Es wurde nasskalt und neblig. Die beiden braun gebrannten Jungs in den bunten T-Shirts, mit dem Kopftuch, das als Gürtel getragen wurde, dem Armreif und den Ohrsteckern begannen zu frieren. Tiggy starrte aus dem Fenster, zählte die vorbeiziehenden Pappeln, die hier die Felder säumten. Ich hängte mir Tiggys Badetuch über die Schultern. Mein eigenes war ja verloren gegangen, damals vor ein paar Tagen, als Lockvogelpaket für das Polizeiboot in den Felsen des Kanals, der eigentlich ein Fluss war.

Auf der Fahrt von Enschede nach Münster betrat ein Schaffner unser Abteil und verlangte die Fahrausweise. Wir reichten ihm unsere Interrailtickets. Er kratzte sich am Kopf und zog die Nase hoch.

«Die sind seit Mitternacht abgelaufen», monierte er.

«Was? Das kann doch gar nicht sein!», sagte ich erstaunt, wusste aber sofort, dass er recht haben musste.

«Doch. Sie haben Ihre Reise am 1. Juli angetreten. Das Ticket gilt bis zum 31. Juli. Heute haben wir den 1. August. Damit dürfen Sie nicht mehr fahren!»

«Das wussten wir nicht. Was machen wir denn jetzt? Geld haben wir keines mehr!»

Der Schaffner blickte uns an. Er schaute noch mal auf die Tickets, dann wieder auf uns. Schließlich reichte er uns die Interrailpässe zurück.

«Zweiunddreißig Tage Juli, hm? Gute Reise.»

Und damit verschwand er ins nächste Abteil.

In Münster holte uns meine Schwester vom Bahnhof ab und fragte, ob wir «Spaß» gehabt hätten. Wir bejahten schmallippig, schauten aus dem Fenster und wunderten uns, dass die Zeit hier nichts geändert hatte: die gleichen nassen Straßen, die gleichen Läden, es war alles beim Alten. Meine wirklich äußerst dämliche Frage «Was hat sich hier denn so getan?», beantwortete meine Schwester mit einem «Nix», begleitet von einem Schulterzucken. Ich meine, was hatte ich auch anderes erwartet? Für mich hatte sich die Welt gewandelt – für Münster war es nur ein verregneter Sommer. Trotzdem fand ich das erschreckend.

Mein Vater vermisste nicht einmal sein Zelt, das ich in den Tejo geschmissen hatte. «Erzähl doch mal was!», forderte meine Mutter mich am Abendbrottisch auf, was ich offenbar nicht zu ihrer Befriedigung erledigte, da sie ihre Aufforderung ständig wiederholte. Ich war nicht sehr redselig, mümmelte aber immerhin begeistert Schinkenbrote mit sauren Gurken und trank Buttermilch dazu. Es war nicht alles schlecht in Mitteleuropa.

«Habt ihr nette Leute kennengelernt?», fragte meine Mutter.

«Ja, schon.»

«Wo habt ihr denn geschlafen?»

«Auf so einer Art Campingplatz.»

«Was war denn dann so teuer, dass ihr die Blitzüberweisung brauchtet?»

«Eigentlich gar nichts. Eher so die Lebenshaltungskosten.»

«Erzähl doch mal was!»

«Was soll ich denn erzählen?»

Und so ging es dann weiter.

Ich hatte noch fast zwei Monate Zeit, bis ich zum Wehrdienst eingezogen würde, also suchte ich mir einen Job und fand ihn in einer Spedition als Nachtschichtarbeiter. Dort arbeitete ich in einer Halle, auf deren einer Seite viele Tore waren, an denen LKW ankamen und Pakete abluden. Auf der anderen Seite waren ebenfalls Tore, an denen andere LKW die Pakete wieder aufnahmen. Mein Job war es, mit noch fünf weiteren Kollegen die Pakete von den ankommenden auf die abfahrenden LKW umzuverteilen. In der Mitte der Halle stand ein Vorarbeiter, den alle nur den «Professor» nannten, begutachtete jedes Paket, das wir aufnahmen, und versah es mit einer Nummer. Das Paket hatten wir dann zu dem entsprechend nummerierten Tor zu bringen.

«30» malte der Vorarbeiter auf ein Paket, und ich trug es zum Tor «Hannover 30». «50» malte der Vorarbeiter auf ein Paket, und ich trug es zum Tor «Köln 50». «53» malte der Vorarbeiter auf ein Paket, und ich trug es zum Tor «Bonn 53». Die Zahlen waren die damaligen Postleitzahlen, klar. Und da ich die einigermaßen draufhatte, sagte ich «Düsseldorf», als der Vorarbeiter eine «40» auf das nächste Paket malte. Der Professor zog die Augenbraue hoch, sagte aber nichts.

Als er das nächste Paket mit einer «60» versah, den Bauch der «6» allerdings nach links statt nach rechts malte, zog ich die Augenbraue hoch. «Frankfurt», nickte ich – und der Professor wurde unruhig. Bei seiner nächsten «46» und meiner Antwort «Dortmund» platzte er.

«Woher weißt du das?», knurrte er mich an. «Ich habe zwei Jahre gebraucht, bis ich alle Zahlen konnte!»

«Hm, das sind doch die Postleitzahlen der Städte», verteidigte ich mich, zumal ich ihm sein Herrschaftswissen ja gar nicht streitig machen wollte.

«Postleitzahlen?», wiederholte er langsam und fragend, blickte sich um – und nach einer kurzen Pause kam ihm die Erkenntnis. Er schlug sich vor den Kopf, rief «Postleitzahlen!» und bekam sich gar nicht mehr ein vor Begeisterung. «Postleitzahlen!», schlug er mir rhythmisch auf die Schulter und lachte sich scheckig. «Hätte ich auch eher draufkommen können, was?» Zwei Jahre später fiel die Mauer – und nach der Wiedervereinigung würde er neue Postleitzahlen lernen müssen.

Tja, und damit vertrieb ich mir sieben Wochen, bis ich am 1. Oktober 1987 zur Bundeswehr eingezogen wurde.

4.

Schwanewede, 30. Oktober 1987

Liebe Luisa!
Heute vor drei Monaten haben wir uns zum letzten Mal gesehen. Ich wollte eher schreiben, habe den ersten Brief

aber zerrissen und in den Müll geworfen. Ich wollte dich vergessen, aber es geht nicht: Ich vermisse dich sehr, und ich kann nicht sagen, dass ich das alles schon verarbeitet habe. Hast du irgendetwas von Alex gehört? Stehst du mit der Polizei in Kontakt? Und wie geht es dir? Bist du glücklich? Was machen deine Pläne, nach London, Toronto oder New York abzuhauen? Wie geht's deinem Großvater? Hat er genügend Medronho für den Rest seines Lebens gebrannt? Und darf er sein Häuschen auf den Klippen behalten, oder muss er bald raus? Hast du was von Kirsty gehört, von Boo und Roger, von mir aus auch von Helmut? Was macht die Bar? Ich vermisse Jaspers Trinkgeldglocke und den muffeligen Peter. Wie mag es dem wohl gehen? So viele Fragen ...

Tiggy und ich haben uns letzte Woche getroffen und einen Fotoabend gemacht – das war sehr lustig. Soll ich dir ein paar Abzüge schicken? Weißt du was: Wir haben jeder zwei 36er-Filme entwickeln lassen, und auf keinem einzigen Foto ist Alex zu erkennen. Einmal dreht er den Kopf weg, einmal trägt er ein Hasenkostüm, einmal wird er von Roger verdeckt. Oder er ist gar nicht erst dabei. Es ist regelrecht merkwürdig! Du hast ja keine Fotos gemacht – weißt du denn, ob die anderen eines von Alex haben, das sie der Polizei zur Verfügung stellen konnten? Hältst du es für möglich, dass er es absichtlich getan hat? Vielleicht wollte er sich von vornherein umbringen und hat schon im Vorfeld alle Spuren verwischt? Oder ist es Zufall, dass wir kein Bild von ihm haben, dass keiner weiß, wie er mit Nachnamen hieß oder wo er wirklich herkam?

Ich höre gerade «La Isla Bonita» auf dem Walkman und

muss oft an den Strand denken, wo so viel Schönes und so viel Schreckliches passiert ist. Danach kommt gleich «Never Gonna Give You Up» von Rick Astley, nicht mein Lieblingslied, aber ich mag die Aussage. Außerdem habe ich angefangen, Tagebuch zu führen – mal sehen, vielleicht ist es ganz interessant, das später mal zu lesen. Was meinst du? Nein, warte, ich weiß schon: Du bist sicher, dass man das später als kindisches Geplapper abtun wird. Aber mir hilft es gerade über die Zeit, denn ich weiß nicht so recht, wo es mit mir hingehen soll.

Ich bin seit vier Wochen bei der deutschen Armee – und das ist genauso bescheuert, wie es sich anhört. Ich bin in Schwanewede stationiert, das ist in der Nähe von Bremen, und das wiederum ist in der Nähe von Hamburg. Nach drei Monaten Grundausbildung habe ich die Hoffnung auf einen Platz in der Schreibstube der Standortverwaltung in der Nähe von Köln – das wäre super. Aktuell wohne ich noch mit sechs anderen Jungs auf einem Zimmer. Die sind alle ganz o.k., aber weil ich immer so früh aufstehen muss, bin ich abends immer voll kaputt. Wir unterhalten uns so gut wie gar nicht. Den Tag verbringen wir mit Unterricht (gähn!), mit Gewehr-Auseinandernehmen und -wieder-Zusammensetzen und mit Formalausbildung, also Marschieren-Lernen und so. Das Dämlichste ist die Ausbildung zum «Luftraumspäher». Da werden einem Fotos von Ostblock-Flugzeugen gezeigt, die man dann identifizieren muss. Auf den Bildern sind die Flugzeuge so groß wie Fliegendreck, manchmal kann ich nicht einmal erkennen, ob es ein Flugzeug oder nicht doch nur eine Möwe ist – woher soll ich also wissen, ob es sich um eine «Fishbed», eine «Flogger», eine «Foxhound» oder eine «Farmer» handelt? Es ist mir auch komplett wumpe – im Zweifelsfall bombt sie mir eh den Arsch aus der Hose. Gestern gab es einen Test – ich hatte zwei von hundert Flugzeugen richtig erkannt. Ich glaube, das gilt als «nicht bestanden».

Heute habe ich schon den zweiten Anschiss in vier Wochen bekommen: Ich fand es lustig, mein Schiffchen quer aufzusetzen. Schiffchen, das ist so eine Art Barett mit der Spitze vorne. Wenn man es seitlich aufsetzt, sieht man aus wie Frau Antje aus Holland. Kennst du Frau Antje aus Holland? Wahrscheinlich nicht, oder? Und dann habe ich meine rechte Hand ins Hemd gesteckt wie Napoleon Bonaparte. Hihi! Bin leider erwischt worden und musste zweimal mit dem Gewehr in Vorhalte um das Kasernengelände laufen.

Für die zweite Sache wäre ich beinahe im «Café Viereck» gelandet, so nennt man hier die Kasernenzelle, in die ungehorsame Rekruten eingesperrt werden. Tiggy und ich hatten damals beim Abschied von dem Kiosk am Denkmal des Dom Sebastião eine kleine Portugalflagge geschenkt bekommen. Die habe ich als Anstecknadel am Revers der Uniform getragen – keine gute Idee. StUffz Linden hat mich voll angeschrien. «StUffz» musste ich jetzt nachschlagen, das ist so eine Art «Corporal», dagegen waren die Polizisten der GNR, die uns damals am Strand fast verhaftet hätten, echte Charmebolzen! Und als ich die Flagge heimlich weitergetragen habe (ich habe dabei immer an dich gedacht), bin ich wieder erwischt worden. Um ein Haar wäre ich da eingewan-

dert! Jetzt trage ich die Flagge unter der Uniform auf meinem T-Shirt.
Ach, Luisa, in Portugal wird es schöner. Ich freue mich jetzt schon auf nächstes Jahr! Man hat hier auch Urlaub – und den kann ich nächstes Jahr im Sommer nehmen. Tiggy ist auch dabei! Der hat übrigens den Wehrdienst verweigert und arbeitet jetzt im Altenheim. Aber wir sparen beide unser Geld, und dann hauen wir nächstes Jahr in Lagos voll auf den Putz! Bist du dabei? Ich freue mich auf ein Wiedersehen. Ich liebe dich.

Dein Jayjay

5.

Porz-Wahn, 27. Juni 1988

Liebe Luisa!
Ist mein Brief vom Oktober letzten Jahres bei dir angekommen? Ich habe leider nichts von dir gehört, weiß also gar nicht: Hast du Post bekommen und wolltest nicht antworten? Oder ist er gar nicht erst bei dir gelandet? Vielleicht wohnst du nicht mehr in Lagos – vielleicht bist du längst in New York, wer weiß … Vielleicht bist du glücklich, aber ich weiß nichts davon. Was ich weiß: dass du nicht glücklich warst in dem Moment, als wir uns das letzte Mal sahen. Dennoch denke ich an die meisten Ereignisse mit einem Lächeln zurück, an Lagos, an den Strand, an dich. Denn du hast mich damals glücklich gemacht – und etwas von deiner Wärme bleibt. Ich weiß noch genau, wie du riechst, schmeckst, dich anfühlst.

Ich laufe täglich auf die Poststelle und hoffe, dass da ein Brief für mich liegt, verrückt, oder? Und ich habe einen bekommen! Zwar nicht von dir, aber von Boo. Er und Roger haben geheiratet! Er hat mir aus Las Vegas geschrieben und ein Bild der beiden mitgeschickt: er im schwarzen Smoking, Roger im weißen Anzug, beide vor einer pinken Stretch-Limousine. Ich habe ihm an seine Adresse in England zurückgeschrieben – ich hoffe, er meldet sich, wenn die Flitterwochen vorbei sind. Das ist ein Pärchen!

Tiggy hat mittlerweile auch eine Freundin, wobei der seine Freundinnen ja durchaus häufiger mal wechselt. Die hier gibt es aber bereits seit über zwei Monaten, es scheint also was Ernstes zu sein, sie heißt Marijana und kommt aus Jugoslawien, wobei sie immer sagt, sie sei Bosnierin. Mir egal, wer interessiert sich schon für die jugoslawischen Bundesländer. Tiggy arbeitet immer noch im Altenheim – während ich noch 184 Tage Bundeswehr (brutto) vor mir habe. Ohne Wochenenden und Urlaub sind es sogar nur noch 109 Tage. Alle hier haben sich so ein Maßband gekauft, 1,50 Meter lang. Da schneiden wir jeden Tag einen Zentimeter ab, und wenn das Maßband vollständig im Mülleimer gelandet ist, haben wir es geschafft.

Und jetzt komme ich zu dem traurigen Anlass meines Briefes: Ich kann dieses Jahr nicht nach Portugal reisen. Ich könnte kotzen, fluchen und Türen eintreten, aber es geht einfach nicht anders. Der Grund ist folgender: Wenn ich meinen Urlaub aufspare, schenkt mir die Bundeswehr eine Menge Tage Urlaub dazu, sodass ich bereits am 30. September 1988 entlassen werde und im

Wintersemester anfangen kann zu studieren. Wenn ich auch nur einen Tag Urlaub nehme, kann ich erst im Sommersemester mit dem Studium beginnen. Es wäre dumm, diese Chance nicht zu ergreifen – das heißt aber gleichzeitig auch: Wir werden uns nicht sehen. Ich weiß, du warst sauer auf mich. Vielleicht hast du deswegen nicht geantwortet. Aber eigentlich haben wir uns gegenseitig nichts Böses getan. Ich bin dir nach wie vor gut – und hoffe eigentlich, dass du mich auch noch ein wenig magst. Wenn ich nächstes Jahr komme – wirst du da sein? Tiggy will auch unbedingt mit, und ich habe Boo geschrieben, dass die beiden auch kommen sollen.
Ich habe bei der Bundeswehr hier in Köln nicht viel auszustehen. Seit die Grundausbildung vorbei ist, ist weitgehend Ruhe. Nur manchmal muss ich am Tor Wache schieben, das ist immer ziemlich ätzend. Und dann waren wir letzte Woche auf Manöver. Da muss dann jeder mitmachen – dass ich in der Schreibstube arbeite, interessiert da niemanden. Wir wurden auf einen Fliegerhorst gebracht, wo im Minutentakt Kampfjets starteten und landeten – und wir mussten die Landebahn verteidigen. Also, der Feind war natürlich nur imaginär, die startenden Flugzeuge aber echt. Ein Höllenlärm, sage ich dir! Und es hat die ganze Nacht geregnet wie Sau – das war richtig widerlich. Ich habe mich mit meinem Regencape auf den Boden gehockt und gewartet, dass die Nacht vorbeigeht. Als ich wieder aufgestanden bin, habe ich nicht gemerkt, dass mein Cape unter den Springerstiefeln verklemmt war. Also ist es beim Aufstehen sauber abgerissen, etwa in Hüfthöhe. Und als wir in Reih und Glied antreten mussten, standen

alle da in ihren Regencapes, die bis zu den Knöcheln reichen, nur ich trug einen Minirock. Fanden alle lustig, bis auf den Spieß, der hat mich angeschnauzt und noch mal in den Wald gejagt, damit ich das abgerissene Stück suche, während die anderen im «Stillgestanden» warten mussten. Abends haben mich dann alle gehasst. Na ja, noch 109 Tage.
Es tut mir leid, dass es dieses Jahr nicht klappt – nächstes Jahr aber! Gibt es Neuigkeiten von Alex? Irgendwelche Vermisstenanzeigen? Hat man was gefunden? Diese Unsicherheit finde ich ganz schrecklich. Über eine Antwort würde ich mich sehr freuen, liebe Luisa.

Dein Jayjay

6.

Bonn, 14. Juni 1989

Liebe Luisa!
Mittlerweile ist schon wieder fast ein Jahr vergangen, seit du von mir gehört hast. Von dir hingegen habe ich noch gar nichts gehört. Ich verstehe die Botschaft, finde sie jedoch sehr betrüblich. Aber so ist es eben. Dennoch muss ich noch mal bei dir nachfragen, ob sich irgendwas im Fall Alex getan hat. Mir lässt das keine Ruhe.
Was war los in den letzten Monaten? Ich habe angefangen zu studieren. Germanistik, Anglistik – mir ist einfach nichts Besseres eingefallen. Bonn ist hübsch, aber hier ist abends nicht viel los. Wobei – ganz stimmt das nicht, vielleicht hast du gestern Nachrichten geguckt? Wenn du genau hingeschaut hast, hättest du mich

vielleicht erkennen können! Gestern Abend war Michail Gorbatschow hier in Bonn und hat auf dem Rathausplatz eine Rede gehalten. Und die Besucher haben «Gorbi, Gorbi!» skandiert. Verrückte Zeit, in der man im Westen dem Generalsekretär des ZKs der KPdSU zujubelt.
Ich werde es dieses Jahr wieder nicht nach Portugal schaffen – ich muss unbedingt eine Klausur in Mittelhochdeutsch bestehen. Da ich während des Semesters so gut wie nichts davon begriffen habe (Ablautreihen, vierhebige Jamben und so), muss ich ein Repetitorium besuchen – und das fällt genau in die Semesterferien. Die Klausur ist dann leider am Ende der Ferien. Aber da du mir bisher sowieso nicht geantwortet hast, nehme ich an, dass du auch nicht mehr an einem Wiedersehen interessiert bist – oder gar nicht mehr in Lagos wohnst. Insofern ist das hier gewissermaßen mein Abschiedsbrief an dich. Ich hoffe, die Welt trägt dich auf weichen Wolken und serviert dir kühles Groselha-Bier. Ich wünsche mir für dich, dass du dir ein gewaltiges Stück von der Torte des Lebens abschneidest und es dir schmecken lässt.

Lebwohl.

Jayjay

7.

Und so entglitt mir Luisa. So verblasste Portugal. So verschwanden Boo und Roger, Kirsty, Fuck-off-Peter, Jasper und alle anderen. Das Leben bot neue, andere spannende Perspektiven. Die Mauer fiel, und ich fuhr am 10. November 1989 mit Tiggy nach Helmstedt, um dort Trabis mit Schlägen aufs Pappdach willkommen zu heißen und desorientierten Vopos Nelken in die Gewehrläufe zu schieben. Ein euphorisierter Rentner drückte den Ossis auf dem Weg in den Westen 5-DM-Scheine in die Hand und rief ihnen zu: «Ihr müsst jetzt unbedingt weitermachen!» Eigentlich wollten wir nach Berlin, blieben aber im Trabi-Stau stecken und endeten auf dem Volksfest eines Radiosenders in Goslar. Tiggy hatte von all diesen Ereignissen Fotos gemacht, die er aber später bei seinem Umzug verdaddelte. Da ist man einmal bei was Historischem dabei ... Mann, Mann, Mann.

Im Jahr darauf wurde Deutschland Fußball-Weltmeister – Tiggy und ich betranken uns beim Halbfinalsieg gegen England gemeinsam mit britischen Soldaten in der Altstadt von Münster und bekamen dabei fast eins aufs Maul. Das Finale gegen Argentinien schaute ich mit meinen Eltern alleine zu Hause, weil ich am nächsten Tag meinen Semesterferien-Job in der Spedition wieder aufnahm. Der «Professor» kam ein paar Stunden zu spät, hatte noch ordentlich einen im Tee und ließ mich seine Arbeit erledigen, während er sich lallend über den Feigling Lothar Matthäus aufregte, der sich nicht getraut hatte, den Elfmeter zu schießen.

«Das mit dem Schuh war doch nur eine Ausrede! Gott sei Dank hat der Brehme ihn dann reingemacht, dem Goycodingens, na, diesem Elfmetertöter, also den Ball in ihm sein Tor!»

Ein paar Monate später feierten Tiggy und ich den Tag der Wiedervereinigung in Dresden, «einfach machen und hinfahren», hatte Tiggy gesagt. Dort beobachteten wir, wie zwischen West und Ost die Euphorie des Mauerfalls in gegenseitige Skepsis und Misstrauen kippte. Wir standen beim organisierten Wiedervereinigungsfest eine halbe Stunde für ein Bier an, obwohl sich an der Bude drei Kellner langweilten. Das war für uns Anlass genug, vorsichtig den Servicegedanken im Osten in Frage zu stellen, was die Kellner wiederum dazu ermutigte, in uns arrogante Schnösel zu sehen, die es wohl nicht gelernt hätten, sich zu gedulden – der erste Kontakt zwischen Jammer-Ossis und Besser-Wessis.

Tiggy begann sein BWL-Studium, zog es in zehn Semestern durch, fand eine Stelle als Produktionsassistent und machte schnell Karriere. Kein Wunder, so organisiert, wie er war.

Ich fand eine Stelle als studentische Hilfskraft in der Bibliotheksverwaltung und lernte dort ein Mädchen kennen, mit dem ich fünf Jahre lang zusammen war. Lydia und ich fuhren gemeinsam nach Griechenland, nach Mexiko und nach Rügen. Dann trennten wir uns, ich machte das Examen und ging zum Fernsehen. Ich bin nicht wieder nach Portugal zurückgekehrt – aber Portugal ist zu mir gekommen: In den Kneipen gab es Jahre später auf einmal Sagres-Bier, das wir abends immer bei Klaus getrunken hatten. Die Konditorei um die Ecke verkaufte *pastéis de nata*, und beim Portugiesen gab es Stockfisch, Sardinen und eingelegte Schweinefleischhäppchen, die «Pica Pau» hießen. Und irgendwann kam Julia. Sie blieb. Und die Liebe auch.

VIII.

1.

«Jayjay – ich hab ihn.»

«Fuck», rief ich, griff hektisch nach dem Schnorchel und schwamm mit einigen Zügen zu Tiggy. Er hielt den Scheinwerfer genau zwischen die Felsen.

Ich ging unter Wasser und fand das Motorrad, den Schädel, die Knochen und die Krone.

Ich tauchte prustend auf. «Alter! Wir haben ihn! Yesss!» Wir trafen uns auf der Luftmatratze, um uns zu beraten, während wir mit den Flossen ständig die Strömung ausgleichen mussten, um die Fundstelle nicht zu verlieren.

«Und jetzt?», fragte ich.

«Jetzt holen wir den da raus!»

Aber das war gar nicht so einfach. Wir tauchten beide mehrfach, kamen aber nicht so tief. Ich hatte Probleme mit dem Druckausgleich, irgendwie klappte das nicht so gut wie im Flugzeug – und Tiggys Körper hatte einen fürs Tauchen ungünstigen Schwerpunkt: Seinen Bauch trieb es immer wieder nach oben, so als hätte er ein riesiges Quietsche-Entchen verschluckt. Ein paarmal waren wir dicht dran, bei einem Versuch hatte ich sogar einen Zeigefinger im Auge des Totenschädels, der rutschte aber ab und landete wieder im Sand. Außerdem begannen wir allmählich zu schwächeln: Das Wasser zog uns die Kraft aus den Muskeln – Juli hin oder her, die Nacht hatte das Meer unangenehm abgekühlt.

Schließlich hatte Tiggy eine Idee: Er ließ den Eimer mit den Steinen hinab, zog ihn vorsichtig am Meeresboden entlang und versuchte so, den Schädel in den Eimer zu schwemmen. Nach einigen Fehlversuchen klappte es – und bald thronte auf dem Kissen unserer Luftmatratze ein echter Totenkopf, die Parodie eines Piratenschiffes mit der «Jolly Roger»-Flagge: falsches Schiff, echter Schädel. Den dazugehörigen Schatz bargen wir auch: Auf dieselbe Weise fischte Tiggy die Krone in den Eimer und zog sie an die Oberfläche. Dort setzte ich sie meiner Giraffe auf den Kopf – und so retteten wir uns an die Praia Estrela, um unsere Beute zu begutachten und uns ein wenig auszuruhen. Ich ließ mich in den Sand fallen und nahm die Krone. Durch das Loch, dort, wo eigentlich ein großer Rubin sitzen sollte, blinzelte ich in den Sonnenaufgang.

«Ich hab's ja eigentlich immer gewusst – er hat die Krone aus der Kirche geklaut, den Rubin rausgebrochen und ihr geschenkt. Direkt nach der Nacht, als sie mit mir hier war. Aber damals musste ich den Eindruck haben, dass sie mich liebt. Vermutlich hat er in ihr etwas zum Klingen gebracht, das sie veranlasst hat, den Rubin anzunehmen. Im Zulabern war der ja Weltklasse. Und sie muss gewusst haben, dass es sich um den Stein aus der Marienkrone handelt. Am Tag zuvor hat sie ihn noch dafür beschimpft, als er ihr die Krone klauen wollte. Sind Frauen so? Ich weiß es auch dreißig Jahre später noch nicht ...»

«Ja. Du sagst es. Ist ja jetzt dreißig Jahre her. Und dass sie ein Früchtchen war, wussten wir auch damals schon», versuchte Tiggy, mich zu trösten.

«Ach, ich bin gar nicht wütend oder traurig. Dafür ist es zu lange her. Bisschen enttäuscht vielleicht. Aber auch hier gilt: Komödie ist Tragödie plus Zeit. Damals wäre ich vermutlich zusammengebrochen. Heute ist es irgendwie auch eine Art wehmütiger Witz.»

Und dann fiel mir etwas ein: Wie im Pica Pau, als ich die Tische entlangging, um die Stelle zu finden, an der Tiggy und ich uns vor dreißig Jahren haben fotografieren lassen, musterte ich jetzt die rückwärtige Felswand, etwas links vom immer noch beeindruckenden Erdbeerbaum. Ich konnte erst nichts finden, hatte aber den Eindruck, dass mit der Felswand irgendwas passiert war. Der Sandstein war von oben abgebröckelt und hatte so den Strand aufgeschüttet. Also fing ich an zu buddeln, wie ein Hund auf der Suche nach einem vergrabenen Knochen. Mal hier, mal da, ich machte mich sandig und dreckig, egal, ich würde nachher alles im Meer abwaschen können. In etwa zwanzig Zentimeter Tiefe meiner archäologischen Ausgrabung fand ich die Spur, nach der ich gesucht hatte: ein in den Sandstein geritztes Herz, etwas verblasst, mit den Buchstaben «J» und «L», längst verschüttet und vergessen.

«Siehst du? Hier ist der Beweis: Wie sollte ich da nicht glauben...?»

«Jay-Lu», sagte Tiggy. «Ach, du, weißte...!» Und natürlich hatte er damit recht.

Er setzte sich die Krone auf und nahm mir den Schädel aus der Hand. «Sein oder Nichtsein, das ist hier die Frage!», deklamierte er.

«Das kannste vergessen», belehrte ich ihn.

«Hm?»

«Der Monolog mit dem Schädel ist gar nicht die ‹Sein oder Nichtsein›-Szene. Den Schädel hält Hamlet auf dem

Friedhof in der Hand, und er gehört dem Hofnarren Yorick, nicht etwa Hamlets Vater. Das wird häufig verwechselt!»

«Du bist manchmal so ein Klugscheißer!»

«Wo wir schon mal dabei sind: ‹Sein oder Nichtsein› ist auch gar nicht die Frage!»

«Hm?», fragte Tiggy wieder.

«Die Frage ist nicht ‹Sein oder Nichtsein› – die ist ja längst geklärt. Wir SIND – und der da ist NICHT. Das Zitat lautet in Gänze: ‹Sein oder Nichtsein›, Punkt. Und dann erst ‹Das ist hier die Frage›, Doppelpunkt: ‹Ob's edler im Gemüt, die Pfeil und Schleudern des wütenden Geschicks erdulden ODER, sich waffnend gegen eine See von Plagen, durch Widerstand sie enden?› Ich habe sozusagen dreißig Jahre lang das wütende Geschick erduldet – und jetzt meine Plage beendet.»

Er grunzte. «Komm, nimm deinen Schädel, Hamlet. Ich will heim!»

Und so packten wir Krone und Schädel in den Eimer, bedeckten sie mit ein paar Zweigen des Erdbeerbaums, um unsere Fracht vor neugierigen Blicken zu schützen, und paddelten zurück – an den vier «Daltons» entlang, rechts am «Gorilla» vorbei in Richtung der Casa do Pinhão, wo ich kurz an den alten Gonçalo dachte. Nur noch wenige hundert Meter, und wir bogen links ab zum Kartoffelstrand, wo wir wieder an Land gingen, durchgefroren und erschöpft. Dort lagen unsere Klamotten hinter einem Felsen – wir zogen uns an und hatten das dringende Bedürfnis, uns irgendwo aufzuwärmen. Es war halb sieben Uhr morgens – aber für unsere Hotelbetten waren wir viel zu aufgekratzt.

2.

Um diese Uhrzeit gehörte der Hafen den Möwen. Sie saßen auf den Masten der Boote und auf den Mülltonnen der Restaurants, sie beäugten sich gegenseitig kritisch beim Kampf um die Abfälle der Fischerboote, oder sie standen über der Marina nahezu regungslos in der Luft, als ob sie genau wussten, wonach sie suchten.

Die einzigen Menschen so früh am Morgen waren Fischer, raubauzige Gesellen, die verwittert von ihren nächtlichen Fahrten in den Hafen getuckert kamen und ihre Styroporkisten mit Sardinen, Rochen und Degenfischen bereits ausgeladen hatten. Jetzt – um halb sieben Uhr morgens – hatten sie Feierabend und Zeit, ein wenig auszuspannen. Tiggy bewies das richtige Näschen:

«Die gehen doch jetzt nicht nach Hause. Die haben doch sicher immer noch irgendwo hier im Hafen eine Frühgaststätte, für Kaffee oder so! Weißt du, so wie früher die Bäckerei für uns Partypeople!»

«Dann lass uns denen doch hinterhergehen!»

Wir folgten einer abgemusterten roten Pudelmütze, die mitsamt ihrem zauseligen Besitzer irgendwo hinschlurfte – und in der Tat fanden wir kurz hinter dem Hafen an einer Art Werft eine umgebaute Garage, über der ein abnehmbares Schild mit dem Schriftzug «Navegador» hing, ich übersetze mal frei «Zum Seebären». Tagsüber wurde das Garagentor offenbar einfach heruntergelassen, sodass sich der «Navegador» in nichts von den anderen Garagen unterschied. Morgens jedoch wurde aus der Garage eine improvisierte Kneipe. Hier holten sich die Fischer die Wärme zurück, die ihnen der Atlantik aus den Knochen gezogen hatte. Hier rauchten sie ihre Selbstgedrehten und spuckten den gelben Tabaksaft einfach auf den Boden. Hier tranken sie Kaffee, Vinho verde oder ein Bier aus der Flasche. Jeder hatte ein Glas mit Schnaps vor sich stehen, und in einer neonbeleuchteten Vitrine gammelten ein paar Sandwiches mit einer Handvoll *pastéis de nata* um die Wette. Die gelben Plastikstühle trugen Werbung für «Lipton's Ice Tea», und keiner störte sich daran, dass wir als Fremde uns an einen der Tische vor der Garage setzten. Auch wenn sich kaum je einer ausgerechnet hierhin verirrte: An Touristen war man in Lagos gewöhnt. Unseren Eimer stellten wir neben uns ab, auch das war hier nicht ungewöhnlich – und dass unter der luftleeren Schwimmgiraffe ein Totenschädel und eine goldene Krone lagen, das konnte ja niemand ahnen.

Zwischen den Tischen strich schwanzwedelnd ein Hund hin und her, ein paar müde Fischer saßen rum, manche zu zweit, die meisten alleine. Geredet wurde nicht viel, außer von einer: Der Laden wurde von einer älteren Frau ganz in Schwarz gewuppt, die laut schimpfend aus der Garage an unseren Tisch kam und sowohl der Pudelmütze am Nachbartisch als auch uns ungefragt zwei große Schnäpse vor die Nase stellte.

«Medronho», sagte die wuchtige Frau, wischte unseren Tisch mit einem alten Lappen ab und sprach uns in erstaunlich gutem Englisch an: «Geht aufs Haus. Schnaps vom Erdbeerbaum. Portugiesische Spezialität. Macht stark! Trinken hier alle – ihr auch! Sonst noch was?»

Wir nickten und bestellten als Erinnerung an frühere Zeiten zwei Bier mit Groselha zum Runterspülen – und zwei große Milchkaffees zum Aufwärmen.

«Miguel!», schrie sie in die Garage hinein. «Zwei Bier und zwei Galãos für Schweinsteiger und Podolski!» Der Laden lachte. Und an den Nachbartisch gewandt: «Fernando, Paulo, ihr auch noch?» Der mit Fernando angesprochene Fischer nickte müde, und die Wirtin schrie Miguel hinterher: «Und noch zwei Bier für Fernando!» Dann ging sie hinein, lehnte sich an die improvisierte Theke und zündete sich eine Zigarette an.

«O Mann, Medronho. Genau das Richtige», sagte Tiggy und stieß mit mir an. «Den kann ich jetzt gebrauchen. Der Scheißschnaps ist ja eigentlich an allem schuld!»

«Sagste was. Gerade noch am Erdbeerbaum gewesen, jetzt schon den Schnappes in der Hand. Prost!» Wir schüttelten uns. Der Terpentingeschmack war in den dreißig Jahren nicht verflogen. Was für ein Teufelszeug.

«Und was machen wir jetzt mit dem Eimer?», fragte Tiggy.

«Ich hab eine Idee. Lass mich mal machen. Wir werden beides heute noch auf elegante Weise los.»

Die Wirtin kam mit einem Tablett, auf dem die Kaffees und vier Flaschen Bier standen. Zwischen Tablett und ihren Busen hatte sie eine zuckerverkrustete Flasche Groselha-Sirup geklemmt, weil auf dem Tablett kein Platz mehr war. Die Flasche in ihrem Dekolleté funkelte im Morgenlicht wie ein riesengroßer Rubin.

«Hier, könnt ihr euch selbst mischen. Jeder nimmt ja verschieden viel – das überlasse ich euch. Ist eh ein Klein-Mädchen-Getränk, aber das müsst ihr ja wissen!»

Und damit wackelte sie zurück in ihre Garage. Einer der fast zahnlosen Stammgäste blickte ihr dabei auf den imposanten Hintern und deutete an, ihr einen Klaps zu versetzen, worauf sie sich umdrehte und ihm scherzhaft mit dem Finger drohte.

Als die Sonne wärmer wurde und uns die nächtliche Kälte aus den Knochen getrieben hatte, wollten wir um die Rechnung bitten und gehen, aber die Wirtin ließ sich nicht blicken. Der Fischer am Nachbartisch, der eben Fernando genannt worden war, bemerkte, dass wir zahlen wollten – und rief auf Portugiesisch laut in die Garage hinein: «Luizinha! Schweinsteiger will zahlen!»

EPILOG

Wir liefen mit heißen Ohren durch die Fußgängerzone. Es war acht Uhr morgens, wir hatten Bier und Schnaps im Schädel, einen in der Krone, einen Totenschädel und eine goldene Krone im Eimer.

«Luizinha, pfff. Die Verniedlichungsform von Luisa. Aber das war sie nicht», wusste ich. «Ich hätte sie wiedererkannt. Luisa ist hier so ein Allerweltsname. Und sie sah ihr überhaupt nicht ähnlich. Außerdem wollte unsere Luisa genau das nie und nimmer werden: eine alte, schwarze Frau, die in ihrer kleinen Heimatstadt versauert.»

«Wenn du unsere Fotos aus dem Pica Pau nebeneinanderhältst, heute und vor dreißig Jahren, sehen wir uns auch nicht wirklich ähnlich. Sie hat uns ja auch nicht erkannt.»

«Ja, weil sie es nicht war.»

«Sollen wir nicht doch zurückgehen und fragen?»

«Auf gar keinen Fall. Angenommen, sie war es – was für eine Enttäuschung! Und angenommen, sie war es nicht – was für eine Enttäuschung!»

«Musste wissen – aber sind wir nicht genau deswegen hierhergekommen? Um Luisa zu suchen und zu finden?»

«Sind wir das? Ging es nicht eher um Alex? Oder noch vielmehr um uns? Ja, vielleicht ging es auch um Luisa. Aber so hatte ich mir das irgendwie nicht vorgestellt. Wobei ich auch nicht genau weiß, wie ich mir das eigentlich vorgestellt hatte.»

Wir gingen hektisch durch die Stadt. Obwohl uns keiner trieb, hetzten wir durch die verwinkelten Gassen, wie damals, als wir zum ersten Mal Drogen gekauft hatten, auf der Flucht vor einem imaginären Verfolger.

«Wo willst du eigentlich hin?», keuchte Tiggy.

«Da drüben!»

Wir waren am Alten Sklavenmarkt angekommen, auf der anderen Seite stand die Kirche, in der einst die Entdecker und Eroberer in einem Gottesdienst in die unbekannte Welt verabschiedet und bei ihrer Rückkehr wieder begrüßt wurden; über deren Dächer ich Jahrhunderte später mit Luisa balanciert war, die ich von innen so gut kannte, dass ich genau wusste, wohin mit unserer wertvollen Last. Zum Glück war sie schon geöffnet und um diese Uhrzeit noch menschenleer.

Wir setzten uns mit unserem Eimer in eine Bank und blickten auf die Statue der heiligen Maria, die hier auf die Gemeinde herabsah, seit dreißig Jahren unbekront. Vorsichtig entnahm ich dem Eimer die Krone und blickte auf den fehlenden Rubin.

«Um ein Haar hätten wir vielleicht sogar den noch ergänzen können», murmelte ich. Dann ging ich schnell hoch zum Altarraum und setzte der Maria die Krone wieder auf – sie passte wie angegossen. Ich hockte mich zurück zu Tiggy in die Bank.

«Bitte für uns Sünder, jetzt und in der Stunde unseres Todes. Amen», grinste Tiggy. «Apropos Tod ... Den hier müssen wir auch noch beerdigen.»

Wir schlichen uns mit dem Eimer ins Ossarium, Tiggy

nahm den Totenschädel und legte ihn neben einen der anderen.

«Jetzt wäre die Sammlung komplett!»

Das war der letzte Dienst, den wir dem rätselhaften, unbekannten Alex erweisen konnten – und wer weiß, vielleicht hatten wir so auf irgendeine Art seine Seele gerettet.

Wir traten vor das Portal der Kirche, setzten uns auf die Treppe, die bereits in der warmen Sonne lag, und blickten auf den Alten Sklavenmarkt. Die Luft war frisch, ein angenehmer Windhauch strich uns um die Nase. Für einen Moment fühlten wir uns frei. Drüben an der Promenade, wo vor ein paar Stunden noch die Fledermäuse um die Laternen flatterten, saß jetzt auf jedem Pfahl eine Möwe, den Schnabel im Wind. Und in diesem Moment war mir klar: Es ging überhaupt nicht darum, erwachsen oder klug zu werden. Natürlich hatten wir mit den Jahren gelernt, im Wind zu stehen und Kurs zu halten wie die Möwen, so als ob wir genau wüssten, was wir wollen. Aber hier und da irrlichterten wir halt noch rum und suchten wie Fledermäuse flatternd unseren Weg. Und Tiggy hatte recht mit dem, was er vor ein paar Stunden in die Nacht geflüstert hatte: Fledermäuse am Meer sind halt auch nicht viel mehr als betrunkene Möwen.

Weitere Titel von Christoph Schulte-Richtering

32 Tage Juli

Die Kunst der Weltklugheit

Kaiser, Kriege und Kokotten

MIX
Papier aus verantwortungsvollen Quellen
FSC® C083411

Das für dieses Buch verwendete Papier ist FSC®-zertifiziert.